별사이 두번째

우리 가슴은 이야기 바다

별 사이 두 번째

글·선영대 학우들
그림·이명례

작가
교실

'별사이 두 번째'를 내면서

우리에게는,
세상 누구보다 귀하고 특별한 별(김호중)이 있다.

그 별을 사랑하고 아낀다.
별을 위해서라면 무엇이든지 해 주고 싶어 한다.
그리하여 별을 위할 많은 일 중에 책을 내기로 했다.
별을 사랑하는 그 마음을 새기려고.

우리의 진심이 어디까지 닿을지 아무도 모른다.
우리의 마음이 어디까지 이어질지도 모른다.

다만, 확실한 것은
우리는 각기 나름의 방법으로 별님을 사랑하고 아끼고 응원한다.
그대는 어떠신가?

여기,

100여 명의 별님 팬들이 자신의 이야기를 남긴다.

어느 한 편도 허투루 읽을 수 없는 진실의 기록이다.

두 번째 책까지 냈으니 드뎌 '작가'가 되신 분들께 감축드린다.

다시 이런 글을 쓸 수 있기를 간절히 바라면서

2023년 8월 하순

막개바다에서 남외경

| 차례 |

제3장 _

제 4 장 _

제5장 _

제**6**장 _

제 7 장 _

제1장
가을, 실한 열매를 맺었으니

❶

가을, 실한 열매를 맺었으니

-가을이

가을볕이 고슬고슬하게 쏟아지는 날, 자식들이 모였다. 고구마를 캐기로 했다.

먼저, 맛도 좋고 영양도 많은 고구마 줄기를 땄다. 두둑이 두툼한 걸 보면 그 속에 고구마가 제법 든 모양이다. 이랑으로 내려온 원줄기를 들춰 들고, 하나둘 잎이 붙은 부분을 따면 진득하게 배어 나온 진이 끈적거린다. 그렇지만 고구마 줄기를 삶아 말려서 고등어와 쪄먹을 때의 깊은 맛을 포기하지 못하는 것처럼, 줄기 수확의 즐거움 또한 포기할 수 없는 일이다. 몇 년째 하고 있으니 이제 며느리들도 알아서들 척척 나선다.

드디어 고구마 수확이 시작되었다. 영감님도 밀짚모자에 장화까지 신고 나선 폼이 멋지시다. 막내가 낫을 들고 원줄기를 걷어내고 모두들 호미로 이랑을 파헤친다. 줄기에 딸려 나온 올망졸망한 고구마들을 보노라니, 내 자식들이 우리 품에 옹기종기 매달렸을 때의 모습이 생각난다. 그때가 언제였더라? 이젠 우리 부부가 자식들에게 도움과 보살핌을 받고 있으니….

캐낸 고구마로 며느리들이 튀김을 했다.

내 어린 날에는 튀김이란 게 없었다. 마당가에 아궁이를 따로 만들어 무쇠솥을 뒤집어 놓고 전을 부치곤 했다. 가지나 호박 꼭지를 따서 콩기름을 아껴가며 발랐다. 센 불에 전을 부치면 익지도 않고 타버렸고, 짚이나 콩대불은 금방 타올라서 불편했다. 삭정이나 말린 그루터기나 솔방울이 맞춤이었다. 그렇게 지져낸 호박전, 정구지전, 고구마전은 얼마나 맛있었던가!

영감님과 나를 위해서 물을 넉넉히 붓고 말랑말랑하게 삶은 고구마를 내왔다. 하나를 먹고 나니 배가 그득히 불러와서 그릇을 밀쳤다. 몸에 좋은 영양식이라며 하나만 더 드시라고 권하는 며느리의 성의가 고마워서 작은 것을 하나 더 골랐다.

추석 지나고 한참 뒤 과수원의 감을 땄다. 주황빛으로 곱게 익은 감들이 곱다. 내 삶도 저렇게 감빛으로 곱게 물들었다는 말을 들으면 좋겠다.

인간은 혼자서는 살지 못한다. 서로 어깨를 걸고 의지하면서 살아가게 마련이다. 나는 영감님을 만나 가정을 일궜고, 이웃한 사람들과 서로 의지하며 살았다. 내 자식들 또한 어릴 때부터 중학교, 고등학교를 다닐 때의 고향 동무들과 대학, 직장의 친구들까지 더불어 살고 있다. 우리가 살아오는 동안, 삶의 징검다리를 함께 걷는 친구들은 감나무와 닮았다는 생각이 든다.

시골집 우물가에 가지를 늘어뜨리던 반시, 밭둑에서 묵묵히 익어가며 맛과 향수를 주던 대봉감, 장난치듯 한 입 베어 물었다가 깜짝 놀라던 떫은맛의 땡감까지 그 모두가 우리 삶에 존재하는 것이다.

배고플 때 대봉감 하나만 먹어도 한 끼 식사가 되는 것처럼, 껍질을 벗겨 햇볕에 말리면 달콤한 곶감이 되는 반시처럼, 때론 터무니없이 우리의 뒤통수를 치는 땡감처럼, 사람들은 저마다의 모습으로 우리 곁에서 이웃으로 살아가는 것이다.

감꽃이 피면 그 아래에 둘러앉아 꽃목걸이를 만들며 놀던 내 친구들은 지금 어떻게 지낼까?

이생에서의 나이가 적지 않으니 함께 초등학교를 다녔던 친구들 중 세상을 떠난 친구들이 여럿이겠다. 누군가는 요양원의 침대에 누워 가을볕을 맞을까?

이제는 기억 속에서 가물가물해진 유년의 동무들을 기억해 본다. 순이, 덕이, 덕자, 광자, 미옥이, 말분이, 끝순이… 동무들의 얼굴이 달덩이처럼 떠올랐다가 그믐달처럼 스러진다. 누가 누군지 분별조차 흐릿하다. 하긴 기억하면 무엇하랴? 지금 내 옆에서 웃어주고 마주 앉아 차를 나눠 마시는 영감님이 최고지.

늦가을에 식구들이 모여서 곶감을 만들었다. 잘 익은 감은 홍시가 되었으니 숨 쉬는 항아리에 넣었다가 그대로 먹기로 하고 단단한 감들을 골라 껍질을 벗겼다.

영감님도 예전의 솜씨를 발휘하여 감을 깎았다. 첫 시작부터 끝까지 도르르 말듯이 벗겨내는 일, 중간에 끊어지지 않게 껍질을 잇는 일이 재미있다. 세상살이가 처음부터 끝까지 어찌 이어지던가 말이다. 시작은 좋았어도 중간에 끊어지기도 하고, 엉뚱한 방향으로 굴러가기도 하던 것을.

깎은 감의 꼭지를 잘 집어 걸었다. 곶감을 만드는 데는 이 꼭지가 무엇보다 중요하다. 그래서 애초부터 곶감을 위해서는 꼭지를 알맞게 두고 감을 따는 것도 기술이라나?

나는 알지 못하는 것을 자식들은 많이도 알고 있다. 우리는 살면서 배운 경험을 귀히 여기고 그 경험 위주로 살아왔다면, 자식들은 공부를 하면서 지식을 쌓고 사회생활을 하며 터득한 폭넓은 경험치에 지혜로움까지 더해져 현명하기 짝이 없다.

부모란 존재가 세상을 살아온 나이테는 많지만, 어찌 보면 삶의 자세와 살아가는 방법에 있어서는 자식들에게 배워야 하는 일도 부지기수다.

'나이가 많으니 내 생각이 옳다.'

'내가 부모니까 너희들은 따라야 한다.'

'나는 이렇게 어렵게 살았으니, 너희들은 인정해야 한다.'

이런 생각은 어리석다. 한 번은 '나때카페'란 말이 나와서 웃은 적이 있었다.

'나 때는 말이야…'로 시작하는 꼰대 어른들의 말투를 요즘 젊은이들이 싫어한다나?

나는 그런 사람이 되기 싫다. 가끔 영감님의 말씀 중에 염려스러울 때가 있다. 본인의 주장이 너무 꼿꼿해서 강하게 말씀하시는데 혹시 꼰대 소리를 들을까 봐서다.

　가을볕은 공평하다. 이 볕을 받고 열매와 알곡이 익는다. 과육에 단맛이 스미고, 뿌리 식물이 제 맛을 제 몸에 골고루 삼킨다.
　볕 좋은 날, 내 마음에 묻은 찌꺼기가 있었다면 남김없이 털어내고 싶다. 빨랫줄에 널어 고슬고슬 말리고 싶다. 그리고 남은 생을 정리정돈하고 싶다.

2

내 인생 최고의 시간
-별님과 소프라노 아리스

-강순규(보드리맘)

2년 전 우연히 보게 된 《미스터 트롯》에서 김호중 별님을 처음 보았다. 성악가다운 폭발적인 성량과 아름다운 목소리로 트롯마저 고급스럽게 소화하는 별님이었다.

특히, 〈천상재회〉를 부르는 것을 보고 그 진정성 있는 모습과 애절한 눈빛, 따뜻하지만 울부짖는 듯한 목소리에 나는 매료되고 말았다.

생각해 보면 이 때부터 김호중 별님의 노래만 듣고 부르게 된 것 같다. 일명 '호중앓이'의 시작이었다. 하지만 남편과 세 자녀, 그리고 손자들까지 9명의 식구 중, 내 편은 한 명도 없었다. 오히려 별님 이야기를 하면 듣기 싫어하고 나를 이상하게 보는 것 같았다.

랩을 좋아하는 어린 손자는 기승전 김호중만 찾는 할머니를 디스하는 가사를 붙여 랩으로 부르며 할머니를 놀리곤 했다.

그러던 어느 날이다.

SBS 추석 특집 판타지아 공연에 같이 노래 부를 아리스를 뽑는다는 소식을 듣고 성악가인 둘째 딸에게 은근슬쩍 얘기해 보았다.

사실 큰 기대는 하지 않았지만 이태리 유학까지 다녀왔고, 현재 오페라단을 운영하며 활발한 활동을 하는 둘째 딸은 다른 식구들보다는 나를 이해해 주는 편이었다. 바쁜 시간을 쪼개서 김천에 있는 호중길에도 같이 가고, 별님 나오는 콘서트도 데리고 가주며 별님의 노래를 좋아해 주고 인정해 주는 고마운 딸이었다.

"혜진아, 너는 별님과 같은 경주김씨에 고향도, 혈액형도, 심지어 영문 이름 이니셜까지 K. H. J로 같네. 어릴 때 사진을 볼래? 이것 봐라. 친남매처럼 외모까지 닮았잖아."라고 너스레를 떨며 다시 한번 권유했다.

딸은 뜨뜻미지근한 반응으로 생각해 보겠다는 말만 했다. 그런데 얼마 후 딸에게서 전화가 왔다. 엄마한테 효도하는 마음으로 〈나보다 더 사랑해요〉를 불러서 영상을 냈는데 뽑혀서 별님과 같이 노래하게 되었다고 했다.

"지성이면 감천"이라는 말이 실감 나고 너무너무 좋아서 눈물이 왈칵 났다.

인터뷰하러 가서 별님을 만나고 온 딸은 별님이 겸손하고, 노래도 잘하고, 마음도 따뜻한 사람이라며 별님의 팬이 되어 돌아왔다.

그 후 8월 30일, 판타지아 공연 날이 되었다.

나는 일찍부터 양평 집에서 나와 2시간 넘게 전철을 타고 고양 체육관에 도착했다. 그리고 딸이 출연자여서 받은 티켓 덕분에 좋은 자리에서 공연을 관람했다.

성악가 둘째 딸의 크고 작은 공연들을 많이 봐왔지만 '소프라노 아리스'로서 별님과 같이하는 무대는 더욱더 벅차고 감동이 넘쳐났다. 사랑하는 별님과 딸이 함께 노래하는 모습! 돈 들여 성악을 시키고 유학까지 보내길 잘한 것 같다는 생각이 들었다.

칠십이 넘은 나이에 무려 3시간 넘게 봉을 들고 흔들었지만 팔이 아픈 줄도 몰랐다.

별님의 공연은 처음부터 끝까지 언제나처럼 감동적이고 환상적이었다.

공연이 끝나고 로비에서 딸을 기다리고 있었는데 딸에게서 연락이 왔다. 대기실 안쪽으로 들어오라고 했다. 이게 무슨 일인가? 설마… 상상만 했던 일이 실현되는 건가? 심장이 두근거리기 시작했다.

'관계자 외 출입금지'라 적혀있는 문이 열리며 딸이 나타나 나를 별님에게로 데리고 갔다. 그리곤 별님이 나와서 "어머니"라고 하며 나에게 인사를 했다.

놀랄 틈도 없었다. 김호중 별님이 내게 팔짱을 끼고 내 손을 어루만져 주었다.

사람들은 나를 보고 성격이 활달하고 와일드 하다고 하는데, 빛나는 별님 앞에선 한마디 말도 못했고 똑바로 쳐다보지도 못했다. 칠십 평생 한 번도 가슴 설레는 것을 느껴 본 기억이 없었는데 우리 별님 덕분에 처음이자 마지막으로 설렘을 맛보게 되었다.

정말 '내 인생 최고의 시간'이었다! 언젠가 다시 별님을 만나게

되면 그 멋지고 예쁜 모습을 오래오래 바라보고 싶다.

　방송 이후, 다행이고 고마운 건 별님을 인정해 주는 식구들이 생겼다는 것이다. 내가 별님 이야기를 하면 전과는 다르게 잘 들어주며 호응도 해준다.

　재즈만 듣고 대중음악에는 관심 없는 큰딸도 별님의 영화 《인생은 뷰티풀》을 예매해 주고 함께 보러 가주었다. 다음 별님 콘서트엔 우리 가족 모두가 다 함께 가는 날을 기대해 본다.

어느 날

-강윤희

TV에서 할머니가 그리워 눈물 그렁그렁한 모습으로 〈찔레꽃〉을 부르는 한 어린 학생을 보았다. 그 모습을 보면서 '내 아이들도 내가 없다면 저렇게 힘들고 외롭게 살아가겠지'라는 생각에 울컥하여 눈시울이 붉어진 적이 있었지만, 곧 잊어버렸다. 정신없이 살던 나날이었다.

두 아이의 엄마로서 아무 경력 없이 회사에 입사하여 잔심부름부터 시작해 한 단계 한 단계 밟고 나니, 30년 후에는 전 직원을 관리하는 전무이사가 되어 세계 각국으로 출장다니며 남들 보기엔 성공한 커리어 우먼처럼 비춰졌지만, 정작 나 자신을 위하여 여유로웠던 적은 단 한번도 없었다. 좋았던 기억보다는 치열하게 살얼음판을 밟은 것처럼 살아왔다.

어린 두 아이를 나름 훌륭하게 키워 각각 가정을 이루었고, 열심히 살아가고 있다. 어느덧 뒤돌아보니 나의 삶은 기억도 추억도 없는 긴 공백만 남아 있을 뿐이었다. 30대는 어떻게 살았지? 40대, 50대, 60대는?

어느 날 갑자기 공허한 생각과 허허로움이 몰아치며 '왜 살지?' 이제 그만, 내 삶의 존재를 놔 버리고 싶었던 그날이었다. 의미없이 틀어둔 채 보는 둥 마는 둥 하던 재방송에서 〈천상재회〉가 흘러나오던 날~

인기리에 방송되었다는 《미스터 트롯》을 한 번도 보지 않았기에 '저렇게 애절하게 노래를 부르는 가수가 누구지?' 했다. 그 순간 내 가슴속에 매듭처럼 묶어진 응어리가 툭 하고 떨어지며 마음이 비워지는 걸 느꼈다. '뭐지? 이런 특별한 감동은?'

그러면서 TV에 집중했다. 선한 눈에 눈물 가득히 담아 〈찔레꽃〉을 부르던 그 어린 학생이 청년이 되어 무대에서 열창을 하고 있었다.

그때부터 응원을 시작했다. 김호중이 의지했고 믿었던 사람들의 배신에, 어이없는 일들이 벌어지면서 나도 같이 힘들어졌다. 잠도 못 이루면서 김호중 가수를 위한 내 응원이 점점 높고 짙어졌다. 마음은 차돌같이 단단해졌고, 진심으로 팬심이 깊어졌다.

마지막까지 옛집(팬카페)을 지키려 11시 59분까지 버티다가 가수를 따라 이사 가던 날은 모두가 울었다. 카페를 아끼고 보듬었던 사람들이 눈물 보따리를 싸서 한밤중에 떠나야 했던 이야기는 이제 그만!

KBS아레나 홀에서 첫 팬미팅을 하던 날, 입술을 깨물며 울음을 참으려 했지만 그게 어디 가슴속에 묻히기만 했을까? 꺼이꺼이 울면서 노래하던 날 모두가 같이 울었고, 끝까지 지켜주리라며 마음에 병을 얻었다. 그래도 '우리 가수만 잘 된다면…' 하는 생각에 날마다 기도하며 지냈다.

군 입대 전 마지막으로 부르던 〈배웅〉에 또다시 가슴 저미는 아픔을 겪어야 했다. 아리스 모두가 그랬다. 1년 9개월이 지나고 우리 가수가 돌아오던 날, 아리스들은 보랏빛 물결을 이루어 철원길 도로변에서 환영 인사로 반겼다. 또다시 우리 가수는 돌아서서 눈물을 훔쳤다.

"기죽지 마라!" 하던 아리스들의 응원에 점차 가수는 탄력을 받기 시작했고, 이제는 특별히 노래하는 사람 '호중장르'로 자리매김했다.

연이어 서울부터 시작하는 콘서트를 필두로 살아있음을 증명했고, 아리스들은 홀린 듯이 올콘의 첫발을 내디뎠다. 난 그냥 좋았고, 그냥 반가웠고…. 하지만 우리 가수의 얼굴엔 슬픈 표정이 남아 있어 마음은 여전히 아렸다.

가수가 노래하는 장소를 따라 서울부터 지방 콘서트장을 계속 따라다녔지만, 행복해하면서도 긴장감은 항상 따라다니는 느낌을 받았다. 얼마 전 대구 콘서트는 약간의 긴장감을 보였다. 아마도 옛 기억으로 인하여 얼굴이 착잡해 보였다고나 할까?

하지만 부산 공연에서 난 보았다, 정말 행복해하는 모습을. 얼굴에서도 빛이 났다. 그렇게 밝은 모습을 보여주다니? 덩달아 내 기분도 업되었다. 그러고 보니 이번 콘서트에서는 〈살았소〉를 부르지 않았던 거 같다.

부산 벡스코 공연에서는 행복한 기분, 행복한 향기를 온몸으로 풍기고 있었다. 부산엔 우리 가수의 어릴 때 추억도 있는 거 같고, 아리스와도 진솔한 대화를 나누며 "좋아요!"를 외쳤다. 이젠 된 거다. 휴~우!!!!

그동안 나는 가슴 졸이며 최고의 가수로 우뚝 서길 얼마나 바랐는지 모른다. 마지막 대전콘을 기점으로 아무도 넘나들 수 없는 최고의 가수임을 증명했다. 막콘인지라 대전에서 숙소를 얻고, 한동안 노래하는 모습 못 볼까 봐 눈에 꾹꾹 담느라 3시간이 어떻게 지나갔는지도 몰랐다.

전국 순회 콘서트에서 우리 가수는 아리스들에게 황홀함을 선물했다. 그날은 크리스마스 전날이었다. 내 생전 이렇게 아름다운 크리스마스 이브와 성탄절은 처음이었다. 68년, 죽을힘을 다해 살아온 내 인생의 아린 세월을 보상받는 느낌이었다. 3개월 동안 노래를 통한 만남과 기쁨이 내가 살아온 수많은 날들과 살아가야 할 남은 날들을 위로해 주는 듯했다.

언젠가 이 세상 소풍 끝내는 날, 내 생애 젤 행복했던 날들은 우리 가수를 만났던 기억이다. 그의 노래와 웃음으로 위로받았고 기뻤다. 〈찔레꽃〉을 부르며 눈물 그렁그렁했던 어린 소년은 이제 더없이 멋진 청년이 되었다.

참 고맙다. 참 감사하다.

4

내 가슴속 풍경(風磬)소리

-고원

호중앓이 강릉

나는 83세, 강릉에 사는 할머니다. 어쩌다 김호중이라는 가수를 만나서 내 인생에 한 번도 경험하지 못한 재미난 일들을 겪으며 즐겁게 산다. 아침에 눈을 뜨면 제일 먼저 스마트폰을 찾는다.

7시에 시작하는 종로선글 유튜브를 듣고 아침 준비를 한다. 아침밥을 먹으면서 리본시녀를 듣는다. 종로선글에서는 김호중과 관계된 세상만사 이야기를, 리본시녀에서는 시니어들의 건강, 배움, 교류, 일에 대한 갖가지 정보를 듣는다.

어쩌다가 늦잠을 자거나 아침에 일이 있어 유튜브를 못 보면 한낮에도 꼭 챙겨 듣는다. 지각은 있어도 결석은 않는 성실한 학생임은 맞다. 그러나 댓글은 좀처럼 달지 않는다. 익숙하지 않은 낯설음도 있고, 누가 대댓글을 남기면 답장을 해야 하는데 일일이 챙기지 못하면 결례가 될 것 같은 미안함 때문이기도 하다.

이종섶 시인의 유튜브도 꼭 본다. 김호중 가수에 대하여 학자적인 관점에서 전문적이고 격조있는 평론을 해주신다. 한양대 음대에서 작곡을 전공하신 분답게, 우리가 전혀 생각하지도 못한 부분까지 잘 짚어주신다. 특히 진심 어린 팬심으로 들려주시기 때문에 들을 때마다 새롭고 재미있다.

황상연 교수, 필립의 감성채널도 꼭 본다. 바리톤이신데 성악가의 소양을 갖춘 전문가답게 수준 높은 비평이 귀를 잡는다. 힐링 뮤즈라는 피아니스트가 김호중의 노래를 연주해 줄 때 감동을 받는다. 이런 분들의 이야기를 들으면 내가 좋아하는 가수에 대한 자부심이 더욱 높아진다.

"테너 김호중의 목소리는 독보적이기 때문에 세계적인 성악가가 될 것이다."라고 말해 준다. 나는 제대로 표현하지 못하지만, 주위에 김호중 가수에 대하여 좋은 이야기를 해 주니까 듣는 것만으로도 큰 기쁨과 행복감을 느낀다.

처음에 남편은 김호중에, 유튜브에 흠뻑 젖은 나를 놀렸다.

"그렇게 빠지면 밥이 나와, 돈이 나와? 아들보다 어린 총각한테 빠져설랑은… 할마씨 민망하다, 민망해!"

딸들한테 고자질까지 했지만 돌아온 대답은 이랬다고 웃었다.

"아버지 그게 좋은 거예요. 덕질이라고 하는데요. 연예인에 빠지면 치매도 안 걸리고, 가족들에게 귀찮게도 안 하고 좋아요. 더 하시라고 권해보세요."

그래서 요즘 남편은 180도 달라졌다.

"할망, 여기 호중이 나온다. 빨리 와서 보시유!"

나는 안방에서 이미 호중이를 보고 있는데 거실에서 따로 TV를 보던 남편이 부른다. 계속 따신 밥 얻어먹으려는지 알랑방귀를 뀌는 모습에 나도 모르게 웃음이 나온다. 남편도 저절로 김호중 팬이 된 것이다.

내가 처음부터 그랬던 것은 아니다. 평소에 가곡을 좋아하던 나는 트롯을 즐겨듣지 않는 사람이었다. 《미스터 트롯》을 할 때 아래층에 사는 큰손녀가 위층으로 올라와서는 이렇게 말했다.

"할머니, 저는 이찬원 팬인데 결승전에 이찬원에게 투표 좀 해 주세요."

나는 손녀의 청을 거절하지 못하고 내 폰을 내어 주었다. 손녀가 열심히 문자 날리는 것을 보고만 있었는데, 목청 좋은 가수가 나와서 〈고맙소〉를 부를 때 왠지 끌리는 느낌이 들었다. 남편은 다른 가수를 응원하고 있었기에 우리는 따로국밥이었다.

그 뒤 재방송으로 〈고맙소〉를 듣고는 점점 빠졌다. 김호중이 부른 다른 노래를 듣고, 그와 관련된 영상과 유튜브를 찾아보면서 아주 푹 빠지게 된 것이다.

다른 가수를 응원하고 있었지만, 손녀딸에게 부탁하여 팬카페에 가입했다. 내 닉네임은 호중앓이 강릉이다. 지금은 김호중에게 완전히 빠져 산다. 관련 유튜브에 대한 애정도 점점 깊어져서 헤어 나올 수 없을 것 같다.

소녀 시절

나는 춘천에서 1남 5녀의 둘째 딸로 태어났다. 아버지는 미8군의 보일러실에서 일하시다 미곡상(쌀가게)를 차리셨다. 부유하지는 않았지만, 여덟 식구가 따뜻한 쌀밥을 먹을 만큼의 형편은 되었다.

소박하고 알뜰하던 어머니는 내가 여고 2학년 때 심장마비로 돌아가셨다. 단발머리의 여고생이던 고2 여름, 하복을 입고 홍천의 어느 절에 수학여행을 갔다 온 뒤였다. 요즘도 가끔 60여 년 전, 그 시절의 흑백사진을 꺼내 본다. 내 기억의 어느 계곡에 어머니는 꽃무늬 포프란 한복을 곱게 차려 입으시고는 환히 웃고 계신다. 쉰 전후의 아낙이셨던 어머니는 아직 어린 여섯의 자식들을 남겨두고 어찌 눈을 감으셨을까?

주위에서 아버지의 재혼을 서두르셨다. 미곡상 일로 바쁜 아버지와 여섯 자식의 뒷바라지를 위해서는 어머니의 손길이 꼭 필요했으니…. 그리하여 전실 딸 하나를 데려오신 새어머님을 맞았다.

순하고 깔끔한 분이었다. 별다른 다툼이나 계모의 유세 없이 평탄한 나날이 흘렀지만, 우리 자매들의 가슴 속에는 돌아가신 어머니에 대한 그리움이 별처럼 돋고 있었다.

여형제들의 우애가 더욱 깊어졌다. 서로의 고민을 들어주고, 숙제를 봐주고, 부족한 과목의 공부를 도와주고, 문제집과 참고서를 물려받았다. 용돈을 받은 날은 모두 어울려 빵집에 몰려갔다. 크림과 팥이 가득 든 빵을 소쿠리에 넣고 볼이 미어지도록 먹으며 서로를 놀려대고, 서로를 칭찬하던 우리 자매들.

결혼과 자식들

여고를 졸업하고 어느 회사의 경리로 취직하여 직장생활을 시작했다.

월급을 받으면 절반은 뚝 떼어 적금을 붓고, 여동생들과 남동생들에게 용돈을 주고, 옷을 사 입히고 영화관에 데려가기도 했다. 엄마가 못해 주신 일들을 동생들에게 쏟는 동안 나도 이십 대가 되었다.

이웃의 중매로 강릉 출신의 수리조합에 근무하는 남편을 만났다. 우애있고 평화로운 가족, 좋은 집안의 총각이었다. 아버지가 맘에 들어 하셨고, 새어머니도 적극 권하셔서 혼인을 했다. 시숙은 교사였는데, 나중에 교장으로 정년퇴임을 하셨다.

나는 결혼하였어도 직장엘 계속 나갔다. 아이를 낳고 직장을 다니느라 바빴지만, 가정을 돌보는 데 소홀함이 없도록 최선을 다하며 살았다. 직장생활 30여 년 될 무렵, 남편은 농지개량조합(농어촌공사)의 조합장으로 출마하였고, 나는 직장을 그만두었다. 내리 3선을 하고 65세에 그만두었으니, 지금부터 20년 전의 일이다.

2남 2녀의 자식을 낳아, 원하는 만큼 공부도 시켰다. 지금은 모두 자신의 일을 하며 잘살고 있다. 큰아들은 우리 집 아래층에 살면서 강릉 시내에 몇 개의 의류 매장을 운영 중이다. 작은아들은 '강원랜드'가 문을 열 때 입사하여 지금은 임원으로 근무하고 있다. 큰딸은 목동에, 작은딸은 수원에 살고 있어서 우리 부부가 사는 강릉에 자주 오는 편이다.

남편은 시골살이를 원하여 30분 거리에 농막을 지었고, 온갖 야채와 식물을 기르며 농촌 생활을 즐겼다. 자식들과 손주들이 왁자하게 개울에서 수렵을 즐기고 텃밭의 방울토마토를 따 먹는 것을 보며 좋아했다. 그러다가 점점 나이를 먹으면서 오가는 길, 운전을 힘들어하더니 재작년에 농장을 정리하게 되었고, 지금은 집에서 소일하며 87세의 잔잔한 노년을 보내는 중이다.

자매들과 남동생

언니는 돌아가신 지 20년이 넘었다. 그러나 남은 5남매는 노년의 삶을 여유롭게 보내는 중이다. 올해로 밑의 여동생이 80세(팔순)이 되었다. 다섯째가 70세(칠순)이니 올해 기념 여행을 계획하고 있다. 5남매의 부부가 모여 시끌벅적 지난 시절을 이야기하며 아름다운 가을날의 제주 여행을 즐기게 되겠지. 동기간의 정은 우리가 이 세상 끝날 때까지 지속될 필연이 아닌가.

남동생은 춘천시청에 근무하다가 뇌경색이 와서 명예퇴직을 했다. 걷는 건 괜찮은데 언어장애가 와서 말이 느린 편이다. 자신의 감정을 있는 그대로 전달하는 데 무리가 있어서 안타까울 뿐이다. 내가 전화하여 뭘 물어보면 단답형의 대답을 한다.

"괜찮아요." "잘 지내요." "별일 없어요." "나도 보고 싶어요."

남동생네는 딸만 둘이지만 연금 받고 생활하니까 경제적으로 어려움이 없어 그나마 다행이다.

부모님 제사 때마다 자매들이 남동생네에 모인다. 일 년에 두 번인데, 이제는 제사의 요식행위보다 자매들의 안부를 묻고, 얼굴을 보는 것에 더 큰 의미가 있다. 큰언니의 아들 둘은 개인 사업을 하는데 외조부모님의 제사에 안 빠지고 오는 편이다. 얼마나 고마운가?

두 조카는 이제 돌아가신 언니의 나이보다 더 들었다. 어쩜 그렇게 언니를 빼 박았는지, 조카들의 모습에서 돌아가신 언니를 본다. 나에게 어머니같이 따스히 돌봐주시던 언니가 그립다.

나는 복이 많은 사람이다.

어려서부터 지나치지도 모자라지도 않고 평범하게 살았지만, 큰 고통은 없었다. 인생을 굴곡 없이 살아와서 심성이 평온하고 긍정적이란 말을 자주 듣는다. 자식들도 기대보다 더 잘 자라주었고 제 몫 잘하고 있다. 한때는 내 삶에 더 큰 욕심이 있었지만 모두 부질없음을 잘 알고 있다. 이 나이까지 살면서 크게 아픈데 없이 건강했다.

3년 전, 엎어지면서 팔이 부러져 철심 두 개를 박았다가 9개월 만에 빼내는 수술을 받고 3일간 입원한 게 전부다. 팔꿈치가 조금 굽었지만 그게 무어 대순가.

나는 아직도 요가를 즐긴다. 운동을 하고, 음악을 듣고, 맛있는 음식을 먹으며, 남편과 함께 알콩달콩 좋아하는 가수의 팬질을 한다. 글은 마음의 표현이 아닌가. 젊었을 때는 표현하는 것을 즐겼는데 나이가 되니 모든 것에서 주춤하게 되는 법이다.

오늘은 오랜만에 내 살아온 삶을 되뇌어 본다. 마음속의 이야기들이 술술 실타래처럼 풀어지고 있다.

거실 유리문 너머 산속에는 산벚꽃과 복사꽃이 화사하게 피어서, 푸른 산에 달린 단추 같다.

내 가슴 속에도 김호중이란 가수가 풍경(風聲)처럼 달려있다. 바람이 불지 않아도, 내가 원하면 언제든 아름답고도 맑은 노래를 불러주는, 사랑하는 내 가수 김호중.

고맙다. 참 고맙다!

5

어머니를 생각하며

-곽복덕

내 어머니는 간결하고 소박한 분이셨다. 다정다감한 말씀이 없으셨기에 누구보다 큰 자식 사랑이 어머니 가슴을 온통 채우고 있음을 어린 날의 나는 미처 깨닫지 못했다. 항상 사랑의 갈증을 느끼며 살아온 지난 세월이었다. 또한 근면하신 아버지 덕분에 부유하지는 않았지만, 어렵지 않게 살아온 것이 행복인 줄도 모르고 살았었다.

어머니는 8년간의 투병생활을 뒤로하고, 앞가림을 제대로 하지도 못하는 3남매를 두고 우리 곁을 떠나셨다.

큰아들(오빠)은 올림픽 덕분에 방송국에 입사하여 수습기간으로 희망과 비전을 키우고 있었고, 짝 지워주지 못하고 홀로 두고 가실까 근심 중이던 고명딸인 나는 막 결혼하여 큰 애를 낳아서 그나마 어머니 생의 근심 하나는 덜어내셨을 때였다.

큰아들의 병약함을 가슴앓이하며 근심 중에, 어머니는 마흔다섯 나이에 둘째 아들이 생겨 좋아하셨었다. 그 아들이 대학생이 되었을 때, 늦둥이를 살갑게 대해주지도 못하고, 어머니 가슴에 남은 사랑을 다 표현하지도 못하고, 그렇게 우리의 손을 놓으셨다.

세월은 흘러 오빠는 정년퇴직하여 제2의 인생을 살고 있다. 나는 어머니보다는 더 나은(?) 삶을, 눈에 넣어도 아프지 않을 늦둥이는 의료계의 실리콘밸리라는 약품 개발하는 곳에서 일한다. 늘 어머니를 향한 그리움에 사무쳐 하면서.

종가댁은 아니지만 대대로 할아버지 때부터 살아왔기에, 일명 큰집이라고 불리던 우리 집. 홀로되신 시어머니와 배가 다른 손윗동서(나의 큰어머니)와 출가하였으나 성깔이 곱지 않은 과부 시누이(고모)와 장가가지 않은 시동생(작은아버지)이 있는 집이었다.

배다른 큰아버지네는 넉넉지 않은 살림이지만 분가를 하셨고, 고모는 한마을에서 사셨다. 장날에 생선이라도 서너 마리 사 오면 아버지 몰래 고모네와 작은아버지네로 향하는 심부름은 내 몫이었다. 곳간에 놓인 토기 항아리의 곡식들은 우리만 먹을 식량이 아님을 좀 커서야 알았다. 고모네와 작은집에 내가 들 수 있을 만큼 챙겨 보내셨기 때문이다.

시집와서 8남매를 두셨으나 위로부터 5남매를 7~8세를 넘기지 못하고 황망하게 가슴에 묻으셨다. "나는 지은 죄가 많아 하늘을 맘 놓고 한 번 제대로 쳐다보지 못하고 살았노라!"는 말씀을 어렴풋이 들은 적이 있다. 그래서 그 가슴앓이를 일로 풀고 사셨던 것 같다.

비가 오면 묵었던 구기자밭을 비를 맞으며 매셨고, 눈이 오면 나를 데리고 땔감 하러 산에 가셨고, 새벽이면, 바빠서 남겨둔 콩과 팥, 녹두를 까는 일을 하셨고, 날씨 좋은 날은 인부들 데리고 논밭 일을 하셨던 어머니. 시누와 시동생 식솔까지 챙기느라 자신을 챙길 여력이 없으셨던 어머니.

소처럼 일하셨고 낮잠 한번 주무신 일이 없었기에 우리 어머니는 무쇠인 줄 알았다. 고된 노동으로 인해 육신은 마디마디 성한 곳이 없으셨을 테고 마음의 고통은 말로 감히 헤아릴 수가 있겠는가? 남들은 한 번도 힘들어하는 참척의 고통을 다섯 번이나 받으셨으니 그 속이 어찌 되었을까?

앓아누운 어머니의 병시중을 6년간 하고 나서 결혼하러 집을 나서던 날, 나는 뜨거운 눈물을 쏟고 또 쏟았다. 수척한 몸에 형형한 눈빛의 어머니는 돌아누우셨다. '나처럼 살지 말라'며 손을 흔들던 병색이 짙은 얼굴을 어제 뵌 듯하다.

내 나이 육십을 넘기고 뒤돌아보니 어머니 삶보다는 내가 좀 더 행복한 것 같다. 건강한 두 자녀를 낳아 아들은 조국의 군인으로, 딸은 사회에서 제 몫을 다 하며 잘살고 있다. 시댁도 형제간에 우애 깊고 효성 지극한 삼 형제가 잘 살아가는 집안이다.

이제 어머니보다는 좀 더 내 중심적인 삶을 살아보고 싶다. 솔직히 심정을 표현하며 넉넉한 마음과 여유를 갖고 싶다. 작은 것이라도 나누며 지인들과 소통하며 감사를 전하고 싶다.

나의 겸손하지만 솔직한 행복추구 권리는 현재진행형이다.

골목길

-김경자

답답한 엘리베이터에서 나오면 시원하고 상쾌한 바람이 얼굴을 스친다.

우리 집 현관에서 문을 나서면 인도 표시로 그어진 흰색 줄을 따라 밖으로 나오는 네 갈래의 사거리가 있다. 왼쪽 길과 두 번째 길 사이의 코너에는 소화전이 있어 붉은 선 두 줄로 담벼락을 따라 기역자로 10m가량 그어 놓았다. 주차금지 구역이다.

동네 슈퍼와 늘 걷기 운동하는 코스로 오정 공원 가는 길은 왼편에서 두 번째 길이다.

붉은 선을 따라 2번째 골목길을 접어 들면 오른쪽으로 빌라들이 줄지어 있고, 빨간 벽돌의 낮은 담벼락 문 옆에는 호랑이가 입을 쩌억 벌리고, 벽을 뚫고 뛰쳐나오는 듯한 그림이 그려져 있다. 호랑이 그림을 보며 여러 가지 상상을 해본다. 치한이 이 집에 들어오면 호랑이가 꽉 깨물 거란 위협일까? 아니면 이 호랑이가 밤길 가는 주민들을 지켜주는 이 골목의 수호신이라는 뜻일까?

왼쪽 문 담벼락에는 큰 글씨로 '길'자와 옆에 작은 글씨로 '아저씨'라는 글이 쓰여 있다. '길'자 밑으로 비스듬히 큰 글씨로 '손'자와 옆에 작은 글씨로 '아저씨'라고 쓰여 있으며, 합쳐서 읽으면 '길 아저씨'와 '손 아저씨'가 된다. 누군가 '길손'이란 낱말로 지은 '이행시'인 것 같다.

  벽을 잘 활용한 좋은 아이디어이다. 요즘 벽화가 마을을 아름답게 해주듯이….

  옆쪽 담벼락에는 초록색 저고리에 빨간 치마의 한복을 입은 눈썹이 초승달같이 예쁜 새댁이 긴 막대기를 잡고 걸어가고, 뒤에서 신랑이 그 막대기를 왼손으로 잡고 싱글벙글 웃으며, 할아버지를 태운 꽃이 가득 담긴 꽃수레를 허리에 걸고 수레를 끌고 있다.

  그 수레 뒤에는 할머니가 웃으며 수레를 한 손으로 잡고 따라가는 그림이 그려져 있어, 그 그림을 보는 순간 왠지 흐뭇해진다.

  젊은 새댁 부부가 시부모님을 잘 공양하는 화기애애한 가족 그림으로 상상이 된다. 새댁이 무척 사랑스럽고 기특하고 예뻐 보이는, 요즘 보기 드문 가족 그림이 벽화에 스토리텔링으로 그려져 있다.

  작년 여름, 이 동네로 이사를 올 때 상점과 유흥음식점들이 없어 조용하며, 아담한 빌라들과 반듯한 골목길이 마음에 들어서, 또한 스토리텔링이 풍부한 벽화들이, 이곳으로의 이사를 결정하는 데 한몫했다.

　사랑하게 될 것 같은 동네였다. 골목길을 지날 때마다 담벼락에 그려진 그림과 글씨를 보며 싱긋 웃으며 지나간다.

　사랑해야지, 우리 동네 원종동.

나의 삶 일기장

-김귀자

어릴 적 이야기

충청남도 아산 온양온천에서 7남매 중 셋째 딸로 태어났습니다. 그 시절에는 나라도, 가정도 어려워 밥을 못 먹는 시절이었고 가정마다 밀가루 수제비 프리마로 끼니를 때우곤 했습니다. 미군들이 옷도 주고, 우유가루도 주고, 학교에서 옥수수빵도 만들어 학생들에게 먹이고 했던 시절이지요.

저는 그 어린 나이에도 가난이 싫었습니다. 내가 어느 정도 크고, 제 밑으로 남동생 셋도 자라고 있었고, 내가 학교를 포기하고 돈을 벌어 동생들을 대학까지 보내야겠다는 마음으로 서울로 상경해 영등포 신길동 작은 아빠 집에 거주하면서 직장을 구하러 다녔습니다.

직장생활 시작

영등포 신길동에 '신원'이라는 회사에 입사해 정말 열심히 일하며 살았습니다. 성실함을 인정받아 단독 집을 숙소로 제공 받아

동생들을 데려왔습니다. 동생들은 중대부고로 전학했습니다. 학비를 벌어 동생들을 돌보면서 보람도 느꼈고 마음이 행복해지기도 했습니다. 동생들 또한 열심히 공부를 해주어 힘듦도 잊어가며 일했습니다.

회사 사모님께서 일본을 다녀오시면 내 옷도 사 오시고, 반찬도 보내주시고, 저녁에는 저희 집에 오셔서 불편한 것이 없냐, 물으시곤 했습니다. 저를 조카며느리 삼고 싶다고 늘 칭찬의 말씀도 하셨구요. 제가 동생들을 데리고 있으니, 마음에 걸리셨던 모양이지요. 정말 고마운 분들이었습니다.

부모님의 걱정

큰 남동생은 대학에 합격해 법 공부를 시작했고, 저도 열심히 돈 벌고 있을 때, 부모님은 동생들 때문에 결혼이 늦어진다고 걱정하셨습니다. 사실 저는 결혼 생각이 전혀 없었는데 듣기 싫을 정도로 조르셨고 중매가 들어오는 대로 만나보라고 하셨기 때문에 몇 번 선보는 자리에 나갔습니다. 그러나 마음에 드는 사람이 없어 포기하고 계속 일만 열심히 하고 있는데, 저희 부모님이 남자가 착해 보인다고 이불을 만들어 서울 올려보낸다, 통보한 뒤 예식장을 잡았습니다. 그 흔한 식사 자리 한번 없이 남편과 결혼했다면 믿으시겠습니까?

결혼 생활

결혼한 지 3개월째 되던 아침, 시어머니께 식사를 드시라고 말씀드리려 방문을 열어보니 일어나지 못하셨습니다. 일으켜봤지만, 소용이 없었던 게 중풍이 온 것이었습니다.

그날 이후 병수발은 물론, 밥도 먹여드려야 하고, 바지에 그냥 볼일을 다 하시는 통에 밤낮으로 시어머니를 지켜야 하는 나날을 보내게 되었습니다. 저는 밤낮으로 어떻게 살아야 할지? 마음에 없는 결혼 생활은 서럽고 억울해서 너무나 힘들었습니다.

동생들이 있는 집에 가고 싶어 몸과 마음이 지쳐갔습니다. 친정 엄마는 억지로 시집 보낸 것이 미안해 마음 졸이시다가 저희 집에는 한 번도 못 오시고 세상을 떠났습니다. 그리고 중매해 준 언니도 끝내 저희 집에 오지 못했습니다.

시어머님은 3년 반을 병상에 계시며 서로가 힘들게 살다가 작고 하셨는데, 그 가운데 저희 딸이 태어났고 예쁘고 건강하게 자라줬습니다. 사랑스런 우리 딸 덕분에 힘들었지만 이겨내고 살아가고 있었지요.

남편의 병환

시어머니가 돌아가시고 4년째 되던 어느 날 여름, 남편이 마당 등나무 밑에 앉아 하품을 하더니 입이 다물어지지 않아 새벽에 병원에 갔습니다. 의사 3명이 입을 마사지해 겨우 다물게 한 일이 있었습니다. 집에 왔지만, 그 일을 또 반복하게 되었고 그때부터 혈압과 중풍, 당뇨 등 남편의 집안 내력을 모르고 있었던 저는 시부모 병수발도 힘들었는데 또 시작인가 싶어 앞이 캄캄해 정신을 차릴 수가 없었습니다.

하지만 지친 마음을 달래주는 우리 딸 덕분에 인내로 겨우 버텨냈지만, 남편의 병은 더 심해졌고 마지막에는 투석을 했습니다. 또한 대소변에도 문제가 있어 제 마음의 인내가 고갈되어가고 있었습니다.

날마다 "하나님 제발 저를 좀 데려가 주세요!" 기도하며 "차라리 새가 되어 날아가고 싶어요." 애원하듯 입버릇처럼 기도하고 있을 때 꿈을 꾸었습니다.

꿈속에서 말하기를, "좁은 논두렁길을 가라"고 했는데 양쪽에는 물이 가득했습니다. 거기서 넘어지면 죽을 정도로 물이 가득 차 있었지만, 음성은 멀고도 먼 그 끝에 호롱불이 하나 있는 곳까지 가라고 했고, 저는 못 가겠다 했습니다. 하지만 자꾸 가라고 하기에 힘겹게 걸어가서 동그란 모양의 한쪽 문을 여니, 사방이 빛으로 채워져 있는 것을 보았고 잠에서 깼습니다.

저의 집 대신방 때 목사님께 꿈 이야기를 했더니, 기나긴 세월을 인내하라는 뜻 같다면서 기도해 주시고 가셨습니다. 저는 모든 것을 내려놓고 마음을 비우면서 남편에 대해서도, 경제적 상황에 대해서도 포기할 마음을 먹었기에 제 안의 용기가 절실했고 가정에 책임감이 더 강해져야 했습니다. 그래서 사업을 시작하게 되었습니다.

사업 시작

제가 사업을 시작할 때는 나라와 각 가정들이 많이 힘들 때였습니다. IMF로 직장을 잃고 어려운 가장들을 모아 사업을 시작했는데 저를 아시는 분들이 말리기도 했지만, 저는 용기있게 도전했습니다.

저는 독일제 편직 기계를 들여와 스웨터를 짜고 의류 유통으로 전국에 60개 매장에 물건을 보내주는 일을 하면서 어려웠지만 조금씩 성장하고 있었습니다. 그러던 중 일본 유학을 보낸 딸이 학업을 마치고 돌아와 함께 일을 도우며 지내다가 결혼하게 되었습니다. 딸이 결혼하고 1년이 지났고, 시작한지 25년 만에 사업을 정리했습니다. 저의 삶이 마음 아팠던 딸은 엄마를 떠나기 싫다며 저랑 같이 살게 되었습니다.

딸, 가족 그리고 지금

남편이 병상에 있을 때, 딸이 같이 살면서 손녀 둘을 낳았습니다. 그 두 손녀와 함께 살면서 남편 병수발도 하느라 몸과 마음이 힘들었지만, 그래도 손녀들이 예쁘게 잘 자라주어 사랑스럽기도 하고 웃음 지을 일도 많았습니다.

그렇게 지내다가 큰손녀가 15살이 되었을 때 남편이 세상을 떠나게 되었습니다. 어느새 손녀들도 다 크고 이제 저를 돌아보는 시간을 가지게 되었습니다. 남은 시간이 많지 않은 것 같아 하고 싶은 것도 모르겠고 산을 좋아하니 등산을 다니는 것을 낙으로 삼으며 지내고 있을 때 코로나19가 전 세계를 요동치게 했습니다. 이제는 집에서 하는 취미를 만들어 그림과 성경 필사, 그리고 등산, 이 세 가지를 하면서 지내고 있습니다.

손녀들이 건강하게 잘 커가는 모습이 대견하고 사랑스럽고 키운 보람이 느껴지는 요즘입니다. 효녀인 딸과 사위에게도 항상 고마운 마음입니다. 이제 얼마 안 남은 인생, 마음 가는 대로 살면서 가족과 남들한테 귀감이 되고 싶은데 제가 부족하여 그저 사랑을 많이 주며 살기를 원하는 마음뿐입니다.

그렇게 살고 있던 중 한 청년의 성악 음성이 좋아 팬이 되어 노래를 들으면서 행복하게 살고 있습니다. 그 청년으로 하여 만나게 된 사람들과 새로운 인연을 만들어 가며 인정을 나누고요. 저의 삶은 자랑거리도 내세울 것도 없어 두서가 없지만 예쁘게 봐 주시고 읽어봐 주시면 제게는 큰 기쁨이 될 것입니다.

손녀가 쓰는 글

저는 글을 쓰신 분의 첫째 손녀입니다.

저는 자라면서 할머니가 해 주시는 여러 이야기를 들어왔지만, 이번에 할머니가 직접 쓰신 글을 읽으면서 다시금 할머니의 인생을 되짚어 보게 되었습니다.

할머니가 걸어오신 길을 같이 걸어보며 할머니의 인내와 외로움,

마음의 짐과 무거운 책임감을 고스란히 함께 느꼈습니다. 그리고 고된 길을 견뎌내신 할머니께 감사한 마음도 생겼습니다.

이런 경험이 없었다면 느끼지 못했을 아프지만 소중한 감정을 간직하고 항상 웃으시는 할머니가 참 대단하십니다. 모든 손주들이 이렇게 할머니 할아버지의 이야기를 알고 교감하게 된다면 얼마나 좋을까요.

저는 현재 예술대학교의 실용음악과에 재학 중입니다. 제가 음악, 또 예술을 사랑하는 이유는 예술은 길게 남기 때문입니다. 기록으로든 기억의 한 조각으로든 음악과 글과 그림은 오래오래 남습니다. 비록 자랑할 게 없다고 하시는 저희 할머니의 인생에 대한 긴 글이 책을 통해 여러분께 날아가 가슴에 닿는 울림으로, 기억의 한 조각으로, 공감이라는 감정으로 남기를 바랍니다.

그것이 우리 가족에게는 또 다른 즐거움이 되고, 그렇게 만들어진 즐거운 순간들이 남은 할머니의 삶을 가득 채울 수 있기를, 모두가 행복한 순간들을 기록으로 오래오래 잡아둘 수 있기를 바랍니다.

8

한 남자와 한 여자

-김둘년

　한 여자가 빛나는 청춘의 20대 어느 날, 한 남자를 만났다. 그날 바로 양가의 아버지 두 분이 결정하여 몇 달 뒤 혼사를 치렀다. 그 여자는 세상 물정도, 시집이 뭔지도 모르는 그야말로 철부지 같은 처자였다. 남자는 대학교 2학년 때 휴학하고 군 생활 3년을 보낸 뒤에 복학했다.

　그림을 잘 그린다고 해서 그런가 보다 했는데 복학한 대학에서 동아리를 몇 개나 새로 만드는 등 활발한 활동으로 후배들에게 유익하고 즐거운 학교생활을 할 수 있도록 도왔다고 모두가 입을 모아 칭찬을 했다.

　그러다 보니 자연스레 모든 예술 분야에 능숙한 사람이 되었다. 특히 관심이 많았던 동양화를 선택하여 프로의 길을 걷게 되었다. 무명 화가의 삶이 어떠한지는 모를 리 없었다. 힘든 세월을 겪으면서 그 끈을 놓지 않고 열심히 그림을 그리며 살았다.

　둘은, 어떤 날은 원수같이 싸우다가 또 어떤 때는 웃고 즐겁게 세월을 보냈지만, 부부가 함께 50년을 채우지 못하고 유명을 달리했다. 여자를 혼자 남겨놓고 세상을 떠난 그 남자의 맘은 어떠

했을까?

그 남자가 그림을 그리던 세상은 가난하고 외로웠었다. 쓸쓸하고 적막했다.

지금 같은 문화 부흥 시대에 그런 능력을 가졌으면 맘껏 자신의 재능을 뽐내고 훨훨 날개를 달았을 수도 있었을 텐데 아쉽기만 하다.

그 남자의 빛날 수 있었을 삶을 그림으로 그려볼 뿐인 그 여자는 마음이 아리다. 그 남자가 세상에 남겨준 삼 남매 중 둘은 결혼하여 손자 손녀가 열 명이다. 딸이 유난히 자식 욕심이 많아서 칠 남매를 두었기 때문이다.

요즘 같은 세상에 누가 자식을 일곱이나 낳는다고?

사람들은 내 딸을 애국자라고 치켜세운다. 많은 젊은이들이 자식을 한두 명만 낳거나 아예 안 낳기도 하는데 어떤 용기와 자신감으로 일곱이나 낳게 되었냐고 궁금해한다. 그리고 손뼉 치며 용기와 힘을 준다.

그 여자는 일곱 손주가 예쁘고 귀엽지만, 한편으로는 자식들에게 치여 고생할 딸을 생각하면 가슴 아프고 안타깝다. 이 모든 것은 딸의 선택일 뿐이다. 혹시라도 딸이 마음 상할까 봐서 여자는 자신의 속마음을 좀처럼 내보이지 않는다. 그것이 딸에게 할 수 있는 어미로서의 예의이므로.

그 여자의 장손녀는 벌써 결혼하여 기특하게 잘살고 있다.

한 사람의 생이 흘러가는 과정은 아무도 모른다. 한 젊은 처자였던 여자는 한 젊은 남자를 만나 결혼하여 자식을 낳고 살다가,

그 남자를 먼저 떠나보내고, 열 명 손주의 할머니가 되었다가, 이제 증조할매가 되었다. 그 남자의 첫째 아들은 부친의 끼를 물려받아 문화기획자가 되었고, 딸은 나전칠기 공예작가가 되었다.

그 남자는 하늘나라에서 자신이 남겨놓고 간 가족들을 내려다보며 무슨 생각을 할까?

오늘, 여자는 이렇게 편지를 쓴다.

"당신이 자식들에게 받지 못한 사랑, 제가 듬뿍 받다가 어느 날 홀연히 당신 곁으로 갈게요."

9

풍경, 천막 한 조각에 온몸을 내맡긴

-김명자(로미호)

 몇 해 전, 여름의 시작을 알리는 비가 제법 굵게 내리던 어느 날 저녁, 나는 남편과 머물고 있던 뉴욕의 한 숙소로 걸음을 바삐 옮기고 있었다. 센트럴 파크를 지날 무렵, 200~300명은 족히 되는 노숙자로 보일법한 사람들이 찢어진 천막 한 조각에 겨우 몸을 맡긴 채 담벼락을 따라 주욱 앉아 있었다. 남편은 내 손을 잡고 잰걸음질을 했다.

 그 사이 텐트 조각 사이로 어떤 눈과 마주쳤다. 그는 오갈 데가 없어 앉아 있는 그런 얼굴이 아닌 초롱초롱한 파란 눈을 가진 예쁜 소녀였다. 나는 발걸음을 멈추고 가까이 다가갔다.

"왜 이렇게 비를 맞고 앉아 있니?"

"내일 아침 센트럴 파크에서 열리는 공연을 기다리고 있어요."

 나는 내심 얼마나 가치있는 공연이 이 많은 사람들을 빗속에 잡아두고 있을까? 궁금하여 어쭙잖은 영어지만 더 말을 이어갔다.

"무슨 공연인데?"

"BTS 공연요."

"Korean Idol BTS?"

"네"

"어머, 그래?"

"나도 Korean이야."

나는 마치 그 멤버들을 키워낸 엄마라도 되는 것처럼 격앙되어 말하고 있었다.

그 소녀는 전날 다른 주에서 비행기를 타고 와서 이제껏 자리를 지키고 있노라며 자랑스럽게 말하는 것이었다. 사랑하는 가수의 얼굴과 몸짓을 좀 더 가까운 자리에서 보기 위해서란다.

BTS의 인기가 증명되는 역사적인 자리였다.

나는 요즘, 정말 노래 잘하는 가수, 트바로티 김호중에게 빠져 산다.

입만 열면 '기승전 김호중' 하는 나에게 "그 나이에 그렇게 감성적일 수 있다는 것은 축복이다."라고 말해 주는 친구가 있는가 하면, 어지간히 하라는 듯한 눈길을 보내는 친구도 있다.

남들은 빈둥지증후군으로 허전해하고 우울해할 때 나는 트바로티 김호중의 노래를 들으며 감성을 일깨우고 마음에 살을 찌우며 건강하고 활기찬 신중년을 보내고 있다.

이 아침, 산사의 풍경소리와도 같이 맑은 김호중의 〈풍경〉이라는 노래가 울려 퍼진다. 그의 노래는 부르는 노래마다 빛깔이 다르다. 들을 때마다 다른 색의 무늬가 번진다. 듣는 내내 감동의 물결이 출렁인다.

비가 온다.

몇 해 전 센트럴 파크를 거닐 때 오던 비하고는 다른, 가을을 여는 비가 내린다. 그때 담 밑에 앉아 있던 어린 소녀와 내 얼굴이 오버랩된다.

소녀처럼 비를 맞으며 앉아 있는 내게 누군가 묻는다.

"왜 이렇게 비를 맞고 앉아 있어요?"

"네, 내일 아침에 있을 트바로티 김호중의 공연을 보려구요. 조금이라도 더 가까이에서 보려면 일찍부터 줄 서서 기다려야 하거든요."

행복한 상상의 나래를 펼쳐 본다. 세계 유수의 공연장에서 노래하는 김호중을 만나고 싶다. 세계 각국에서 몰려온 팬들의 함성 속에 우뚝 서서, 가슴을 활짝 열고 노래하는 나의 가수 김호중의 모습을 그려본다. 잔잔한 미소가 번진다.

10
색소폰 부는 여자

-김성금

색소폰 가방을 들고 길을 나선다.
땀이 비 오듯 쏟아진다.

이제는 나의 반쪽이 된 색소폰
불기 시작한 지 꽉 찬 4년이다.

내 나이 칠십 넘어가는데
이루어 놓은 것도 부족하고
특별히 해 놓은 게 없으니 후회되겠다 싶어 시작한 색소폰.

기다리고 기다려 찾아온 첫 손녀딸한테
할미는 뭘 보여줄까?
그런 결심으로 배우게 된 색소폰.

혼신의 힘을 다해 호흡을 가다듬어 익힌
'대니보이'와 '로라'.

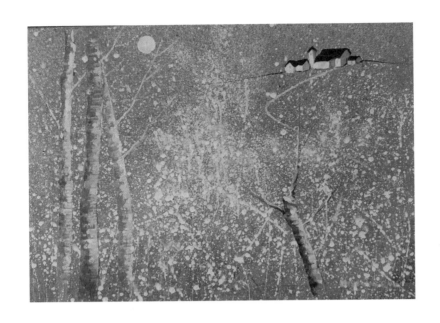

쉽게 익히지 못하는 두 곡을 부르던 날
노익장의 관록을 보여주었다.
집념의 시간을 걸어 온 내가 자랑스럽다.

가끔 손녀에게 〈고맙소〉를 들려준다.
마음으로 얻은 김호중 손자가 불러 준 〈고맙소〉를
이 세상 모든 일이 감사와 고마움으로 채색되어
이 여름 별빛으로 빛난다.

병상 일지

-김순환

1999년 11월 어느 날, 가까이 지내는 친지와 함께 저녁 식사를 하고자 일식집에 갔다. 맛있게 저녁을 먹던 중 갑자기 뒷골이 빠개지듯 아파오더니 먹던 음식을 토해내는 불상사가 일어났다. 주인이 달려오고 행여나 음식에 문제가 있나 해서 온갖 방법을 동원하다가, 급기야 가까운 병원으로 가서 응급 처치를 하고 집으로 왔지만, 여전히 머리가 아파 잠을 설쳤다.

날이 새기를 기다렸다가 강남성모병원 응급실로 향했다. 황급히 X-ray와 MRI 검사를 하고, 이게 어찌 된 일인가? 별 이상 없을 거라 생각했건만 수술해야 한단다. 그것도 가능한 한 빨리 뇌수술을.

이 무슨 날벼락인가! 남편 얼굴을 보니 심상치 않다. 머리를 스치는 건 뇌종양 아니면 물혹? 내가 아는 뇌의 병명은 이 정도였다. 그런데 참 이상했다. 뇌수술을 한다는 데 마음이 동요되지 않고 차분해지니 어찌 된 일인가? 그리고 병명이 뭔지 알려고도, 물어보지도 않았다. 병에 대한 두려움 때문일까? 그리 차분해질 수 있었던 건 주님께서 주신 은총이었다.

수술 준비는 빠르게 이루어졌고, 수술하기 위해 머리를 삭발해야 한단다. 영화 〈아제 아제 바라아제〉의 여주인공처럼 어느새 내 머리는 까까머리가 되었고 수술실로 향하고 있었다.

침대에 누운 내 옆 왼쪽엔 친구들, 오른쪽엔 친정 식구와 시집 식구들이 눈물을 훔치며 따르고 있었다. 이미 난 종부성사(병자성사)를 받고 내 마음은 주님께로 향하고 있었다.

"주님, 당신의 전능하신 손길로 수술하시는 집도의에게 권능을 주시어 아무 사고 없이 수술이 이루어질 수 있도록 도와주소서!"

수술실의 차가운 불빛과 파란 가운의 선생님이 반겨주고, 냉기만 흐르는 수술실에서 마취 주사를 맞았고, 그리고 난 아무것도 모른다. 얼마의 시간이 흘렀을까? 난 꿈속을 헤매고 있었다. 새하얀 차돌이 내 목구멍을 꽉 막고 있어 숨을 쉴 수가 없었다. 난 소리 질렀다. 내 목에 차돌 좀 빼 달라고. 그러나 아무도 내 말을 알아듣지 못했다. 손을 들어 글씨를 썼다. "내 목에 차돌을 빼 줘." 그래도 막무가내다.

온 힘을 다해 허우적대다가 갑자기 무엇이 쑤~욱 빠져나가며 휴~ 하고 한숨을 쉬니, 그제야 내가 살았구나 싶었다. 꿈에서 깨어난 것이다.

나중에 들은 얘기지만 위 사실은 마취에서 깨어나는 순간이었다. 온몸을 비틀고 알아듣지 못하는 괴성을 지르는 바람에, 딸은 엄마가 어떻게 되는 줄 알고 기절하는 소동이 벌어졌단다.

한동안 중환자실에서 생활하는 동안 남편은 1층 성당에서 미사와 기도로 나날을 보내며, 이렇게 간절한 기도를 해본 적은 없단다. 중환자실에서 한 분은 돌아가시고, 한 분은 한쪽 마비가 왔으니, 그도 그럴 것이다.

본당 레지오 단원은 일제히 9일 기도(54일간 바치는)에 임했고 신부님과 그 외 분들의 기도가 있었음에~~ 수술한 나의 모습은 머리는 까까머리에 하얀 붕대로 감아져 있고 퉁퉁 부은 얼굴은 차마 볼 수가 없다. 팔엔 여러 갈래의 주사줄이 꽂혔고 몸은 움직일 수 없이 무거워 휠체어에 의지해야 했지만 참 이상하게도 마음은 편안하다.

비록 몸은 움직일 수 없이 무겁고 아프고 머리의 통증도 있지만, 이상하리만큼 마음의 평화가~ 모든 걸 내려놓고 그분께 의탁하면 이런 상태가 되나 보다. 나중에 친구들과 친지들이 병문안 와서 "수술하고 병실에 누워있는 내 모습이 그렇게 편안하고 예쁘게 보이더라."고 말한다. 이 무슨 망발!! 머리엔 붕대를 감고, 얼굴은 부어 있고, 몸은 휠체어에 의지한 내 모습이 예쁘다니~~ 아마도 이건 분명 기도의 덕분이요, 주님이 주신 은총임을.

모든 것이 감사였다. 마비된 곳도 없이 수술이 잘 이루어진 것도 모두 말이다. 수술 후 안 나의 병명은 '뇌동맥류 질환'으로 그 당시 처음 들어본 병명이다. 오른쪽 뇌의 동맥이 꽈리같이 부풀어 당장 수술하지 않았다가 터지면 죽고, 수술 부위가 어려워 잘못될 경우엔 반신불수나 언어 장애가 있다고 한다. 살 확률은 30%. 가족들이 얼마나 놀랐을까? 짐작이 가고도 남는다.

그때만 해도 지금처럼 간단한 수술이 아니라 두개골을 절개하는 대수술이었다. 그때의 수술로 내 오른쪽 이마에 함몰된 부분이 남아 있다. 주치의는 인공 뼈를 넣어서 바르게 할 수 있으니 수술하자고 했지만, 나는 단번에 거절했다. 다시 뇌를 절개한다는 것은 끔찍했다. 처음은 멋모르고 했지만, 재수술은 싫었다.

지금도 병원에 약을 타러 가고 있고 선생님은 함몰된 부위를 보실 때마다 미안해하신다. 외적으로 나타나는 모습이 뭐 대수랴? 온몸이 멀쩡하면 됐지. 함몰된 부분은 머리를 내려서 가리면 되고, 사지 멀쩡하니 얼마나 다행한 일인가!

아직도 약은 복용하고 있지만, 어디 이 나이에 약 먹는 이가 나뿐인가? 사랑하는 가족이 옆에 있고 친지가 있고 친구가 있으니, 그저 고마울 뿐이다.

눈을 뜨면 오늘이 감사하고, 아름다운 자연이 반겨주니 감사하고, 오랜 교우들 친구들과 함께하니 감사하다. 수술한 지 어언 22년. 이만하면 오래 살지 않았나! 모든 사람 사랑하며, 즐겁고 행복하게 이웃과 더불어 남은 생을 감사하며 살아가고 싶다.

12

그녀의 감성과 배려

-김영선

요즘 한 방송에서 K-장남, K-장녀를 소재로 드라마가 방영되고 있다. 내가 좋아하는 가수가 드라마 주제곡을 부른다길래 그 곡이 드라마 속에서 얼마나 빛을 발할까 듣고 싶었고, 작가가 K-장남, K-장녀를 현대적으로 어떻게 그려나갈지 궁금하기도 했다. 그래서 특별한 일이 없는 한 그 드라마를 시청하고 있다.

그러던 중, 우리 친정집의 장녀가 생각났다. 칠순을 훌쩍 넘겨도 3남 4녀의 책임감 있는 장녀로 살고 있는 맏이, 내 큰언니다. 어릴 때부터 가족에 대한 희생과 봉사, 배려심이 얼마나 큰지 막내인 나로서는 가늠할 수가 없다. 서울에 사는 관계로 가끔 만나지만 만날 때마다 한 번씩 내뿜는 특별한 감성에 깜짝 놀란다.

어느 해 초여름, 가족들과 울산광역시 울주군에 있는 석남사에 갔다. 석남사는 여느 사찰과 마찬가지로 계곡을 따라 제법 걸어가야 한다. 우리 일행은 두런두런 얘기하면서 앞서거니 뒤서거니 걸어가고 있었다.

때마침 뒤에서 승용차 한 대가 지나갔다. 우리는 길을 비켜주고 나서 계속 걸었다. 그런데 그 승용차가 지나간 길 중간에 새끼 독사가 고개를 빳빳이 들고 있지 않은가? 나는 유년기에 시골에서 자라서 뱀 때문에 너무 많이 놀라기도 했거니와 뱀을 아주 무서워하는 터라 혼비백산하여 도망가기 바빴다. 그때 우리 집 장녀인 그녀는 특유의 감성을 발휘하여 새끼 독사의 마음을 읽고 있었다.

"나 이래 봬도 너보다 센 언니야! 감히 나를 놀라게 해?"라며 고개를 빳빳이 들고 독사와 마주했다. 독사는 언니의 눈길이 무서웠는지 스르르 풀숲으로 사라졌다.

봄빛이 환한 날, 어떤 사찰 입구 오솔길을 걷노라면, 나는 수년 전 그 일이 생각나서 어떻게 그런 감성을 가졌을까? 하며 미소를 머금곤 한다.

친정집은 밀양에 있는 오래된 한옥이다.

10여 년 전 친정어머니가 작고한 뒤 비어 있는 채 관리만 해왔다. 화장실이 바깥에 있고 부엌도 별채로 떨어져 있어 집안 행사에 온 가족이 모이면 불편함이 이만저만이 아니었다. 숙고 끝에 남자 형제(나에게는 오빠 두 명, 남동생 한 명)들이 의기투합하여 우리 형제, 자매들을 포함한 가족들과 그 친구, 지인들이 언제든지 와서 편안히 쉬면서 숙식할 수 있게끔 대대적으로 리모델링을 하게 되었다. 그즈음 남동생은 직장생활 중이고, 큰오빠는 서울에 계셔서 이 분야를 잘 모르고, 기술력과 추진력이 갑인 둘째 오빠의 진두지휘하에 일이 시작되었다.

일단 묵은 살림을 모두 꺼내어 버리는 작업을 진행했다. 우리로서는 아까워서 차마 버릴 수 없는 그 많은 살림을 모두 치우고 리모델링에 들어갔나 보다. 이 대단한 공사에 우리 집의 장녀, 차녀 그녀들이 빠질 수 없었다. 시골이라 한두 번 사 먹을 식당은 있지만 매끼를 사 먹을 수 없었기 때문이다.

두 분 다 서울에서 먼 길을 마다하지 않고, 수고하고 있는 동생과 작업자의 식사, 잠자리를 챙기러 밀양까지 오셨다. 의사 결정 후 곧바로 일이 진행되어 작업을 추진한 지 며칠 후에야 도착했다.

아뿔싸! 여기서 문제가 발생했다. 그릇, 냄비 플라스틱 용기는 물론 가벼운 재질의 도마까지 최소한의 살림 몇 개만 두고 모두 버리고 만 것이었다. 하기야 묵은 살림을 꺼내 놓으니 얼마나 많았을까? 리모델링이란 더 큰 일이 중요했기에 무엇을 두고 무엇을 버려야 할지 경황이 없었을 것이다. 이런 북새통에 식사를 챙기려니 집기류나 살림이 갖추어져 있어도 힘들 텐데, 그 많은 것들을 다 버렸으니…. 내가 자주 와서 일을 같이 도왔지만 정말 힘들었다.

일이 마무리될 때까지 이 불편함을 참아야 하니 안타깝기 그지없었다. 그러나 맏이인 큰언니는 불편함을 곧바로 해결하는 지혜를 발휘하여 모든 일을 뚝딱 망치처럼 처리해 주셨다.

우여곡절 끝에 나의 친정집은 편리하게 이용하게끔 말끔히 리모델링되어 팬데믹 시기에 우리 가족의 유용한 안식처가 되었고 지금까지 잘 사용하고 있다.

어느 고요한 저녁, 우리 집의 장녀인 그녀가 도마로 사용했던 자투리 나무판의 뒤편에 그녀의 마음을 하소연하듯이 기록해 둔 사실을 훗날에야 알게 되었다.

'저는 아주 유용하게 쓰이는 도마입니다.

저보다 훨씬 좋은 도마를 김형규 씨라는 분이 갖다 버렸다고 하네요.

그래도 저는 천만다행이라고 생각해요.

그렇지 않으면 진작에 불쏘시개가 되었을 텐데…

저에게 쓰임을 주신 형규씨 감사해요.

그런데 이번 리모델링으로 얼마나 많은 동료와 친구를 못 보게 되었는지 몰라요.

이쯤 되면 무슨 말씀인지 다 아시죠?

글쓴이 큰 누나

2020.1.10. 다원네에서

2023년도의 봄이 왔다.

서울에서 언니들과 형부들이 친정집에 오신다는 기별을 받았다. 1시간 거리, 부산에 사는 우리 부부도 가지 않을 수가 없었다. 퇴임 7년 차인 남편과 오붓하게 살면서, 나는 7년 전부터 음악학원에 등록하여 악기를 배우고 있었다. 그 감성 풍부한 장녀인 그녀가 우리를 그냥 둘리 없다. 고향에 올 때 악기를 가져왔으면 좋겠다는 요청이 왔다.

이미 고인이 되신 부모님의 영혼이 우리 부부가 연주하는 음악을 듣고 행복해할 것이고, 외로이 비워 둔 한옥, 집 안에 있는 나무들, 특히 예쁜 꽃을 피울 꽃나무들, 초록이 되기 전 뾰족뾰족 붉은 갈색을 틔워 살포시 고개 내밀어 보는 마당의 잔디, 지저귀는 새, 스쳐 가는 이른 봄바람마저 그 악기 소리에 흠뻑 취할 거란다. 하기야 남편의 색소폰은 6년여를 연습한 터라 들을 만은 하다. 거기에 머물 동안의 연주를 위해 매일 연습 겸 다양한 곡들을 연습하면서 즐거웠다.

그렇게 보름이 흐르고 모두가 헤어지는 날, 막내의 특권을 가진 남동생과 나에게 늘 그랬듯이 장작불로 직접 끓인 추어탕과 한우 곰탕을 한가득 안겨 주었다. 그녀는 이미 예순을 넘긴 나와 내 동생에게 이런 것들을 챙겨줄 때가 또 하나의 보람이고 행복이라니 그 마음 그릇 또한 부모님 못지않음을 새삼 느꼈다.

이렇듯 칠순을 훌쩍 넘긴 나이에도 그녀의 감성은 깊어져만 가고 배려 또한 지금까지 계속되고 있다.

그녀가 현재 내 친정집의 구심점인 K-장녀 큰 언니다. 우리 형제자매 모두는 가슴속 깊이 그녀를 향해 항상 존경과 감사함을 지니고 산다.

그래서 더욱 건강하게 오래오래 우리 옆에 있어 주길 간절히 기도한다.

찡 쫓는 아이

-김옥임

부모님은 인삼 농사를 지으셨다.

우리 오 남매는 여름마다 인삼밭엘 따라나섰다. 인삼밭을 매거나 인삼 딸이 빨갛게 익을 때는 삼 딸을 따기도 했다. 삼 딸은 꽃대가 잎사귀보다 한 뼘 정도 위로 쑥 올라와 삼 딸을 맺는다. 이삼 딸이 인삼 씨앗이 된다.

초록 잎사귀 위로 삼 딸이 빨갛게 서로서로 물들이면 인삼밭 풍경은 그 어느 꽃밭보다 화려하고 이쁜 꽃밭이었다.

부모님은 해마다 인삼을 심으셨고, 해마다 여름이면 4년, 5년 근 인삼을 캐셨다. 인삼을 캐기 시작하면 우리 집은 며칠 동안 분주했고, 인삼 깎는 작업이 시작되는데 이는 인삼 껍질을 벗겨내는 일이다.

새벽 4시부터 동네 고모, 이모들이 우리 집으로 모이셨고, 새벽부터 깎아내야 해가 뜨면 바로 널어 말릴 수 있었다. 동네 고모, 이모들은 대나무로 만든 삼 칼과 손수건 크기의 삼베 보자기를 하나씩 들고 왔다. 노련하고 야무진 동네 고모, 이모들의 손끝에서 인삼 칼은 부지런히 움직이고, 껍질을 벗겨낸 뽀오얀 인삼들이 방에서 마당으로 계속 옮겨졌다.

대나무 칼로 인삼 껍질을 긁어내는 소리와 고모, 이모들의 도란도란 재밌는 얘기 소리와 웃음소리가 우리 집 마당을 지나 동네 골목으로 퍼져 나갔다.

해가 떠오르면 마당엔 멍석이 전부 펼쳐지고 새벽부터 깎아낸 인삼이 멍석 위에 가지런히 누웠다. 지붕 위에도 껍질 벗겨진 뽀오얀 인삼이 채반마다 담긴 채 올라갔다. 멍석 위로 지붕 위로 햇볕은 사정없이 내리쬐고, 햇볕을 받은 인삼은 눈이 부시게 희었고, 멍석 위로는 잠자리들이 뱅뱅 날았다.

여름 내내 온 집안에 쌉싸름한 인삼 향기가 머무르고 있었다.

인삼이, 강렬하게 내리쬐는 햇볕에 몸을 말리고 수분이 어느 정도 빠지면 이젠 동네 아저씨들이 우리 집 안방과 마루에 자리를 잡는다.

삼 접는 날이다. 통통했던 인삼이 햇볕에 수분이 마르고 힘이 빠져 부드러워진 인삼을 접는 작업이다. 인삼 뿌리를 가지런히 모아서 접어 올린 후 하얀 실로 꽁꽁 묶는다. 아저씨들 손길을 통해 인삼은 반듯하고 단정해졌다.

그렇게 접은 인삼을 단단해질 때까지 햇볕에 며칠 더 말린다.

며칠 후 바짝 마른 인삼은 '금산인삼조합'으로 옮겨진다. 자루에 담긴 채 갔던 인삼이 조합에서 검사를 받아 등급이 매겨지고, 등급별로 고급스런 금빛 케이스에 담겨 집으로 왔다. 금빛 케이스엔 '고려인삼'이라는 글씨가 빛이 나고 있었다. 긴 시간 우리 가족의 땀과 동네 사람들의 손길을 거쳐 이렇게 귀하고 값진 '고려인삼'이 여름마다 생산되었다.

인삼밭은 주로 산 밑에 있었는데 산 밑 인삼밭은 꿩에게 잘 차려진 밥상이었다.

꿩은 늘 인삼을 파먹으러 온다.

나는 매일 꿩을 쫓아야 했고, 수업이 끝나면 산 밑에 인삼밭으로 올라가야 했다. 경사진 삼 밭 맨 위에 자리를 잡고 앉아서 찌그러진 양동이를 굵고 묵직한 막대기로 힘껏 두드리며 훠이~훠이~~ 목청껏 소리를 질러댔다.

혼자라서 심심했다. 책을 가져가서 읽기도 하면서 중간에 한 번씩 두드리고 소리를 질러 꿩을 쫓았다.

"훠이~훠이~"

그러다 해가 뉘엿뉘엿 기울 때쯤 내려온다. 어떤 날은 그것도 하기 싫어서 몇 번 대충하고 시간만 때우다 내려오기도 했는데 뭐, 아무도 모르니까! 나 혼자만 아는 일이었다.

어느 날 엄마가 말씀하셨다.

"우리 옥임이는 자다가도 꿩을 쫓더라. 훠이~훠이~"

잠꼬대를 했나보다.

내 어린 날 인삼밭에 찾아오던 꿩은 친구였고, 추억이고 그리움이다.

그 꿩을 쫓던 아이는 꿩처럼 세월을 꼬박꼬박 쪼아 먹고 네 아이의 엄마가 되었다.

그동안 나는 네 아이를 키우며 즐겁고 행복했다. 마치 그 옛날 고모와 이모들이 인삼 껍질을 벗기듯 아이들을 키우며 세월을 보냈다.

네 아이들은 뽀오얀 인삼 속살처럼 잘도 자라 주었다. 스스로를 존중하고 배려와 사랑을 내면에 차곡차곡 채워 주었다. 인삼 농사를 지으며 훌륭한 품질의 고려인삼을 만들던 내 부모님처럼 나도 아이들을 바르게 키우려고 애썼다.

지금, 아이들 넷이 웃음꽃을 주고 있으니 모든 게 감사하다.

그 옛날 꿩을 쫓던 아이가 이젠 할머니가 되는 중이다.

제2장
엄니, 내 엄니

엄니, 내 엄니

-김임숙

농촌에 살았어도 엄니는
정갈하고 손끝이 야문 분이셨다.

마루를 훔치면 걸레를
말강물 나도록 빨아서 닦았는지 확인하셨다.

고무신 하얗게 닦아 세워두면
뒤꿈치 흙물이 고이곤 했다. 다시 닦으라고 혼을 내던 엄니

동생들 자다가 오줌 지리면
이불 홑청 좌좍 뜯어
빨래하라 시키던 울엄니

혹시 계모인가?
의심도 했던 7남매 맏이

할아버지 삼 형제에 울아버지 하나셨으니
일 년 제사가 23번,
손 맞잡아 도와줄 형제간이 없으니
어린 나를 믿으셨던 게지

솔가지로 아궁이에 불 지피며
눈물 콧물 흘리는 줄도 모르고 친구들은 제사 많아 좋겠다
맛난 거 자주 먹어 좋겠다
일이 얼마나 많은지는
생각조차 하지 않는 철딱서니들

언니 오빠 있는 친구들 부러워
개울 건널 때 등 내밀어 줄 오빠
봉숭아꽃 콩콩 찧어 손톱에 물들여 줄 언니
나에게도 그런 사람 있었으면.

새농민 읽다가 펜팔도 해 봤고
'톨스토이 전집', '젊은 베르테르의 슬픔'
책 읽기를 즐겼는데
전기세 나온다고 가차 없이 불을 꺼버리시던 엄니

다음 장이 너무 궁금한데
차마 거역할 수 없어

이불깃에 안타까운 마음을 비비던 시절

3년 전 94세로 흙이 되셨네
미움도 모정
설움도 모정

내 손 꼬옥 잡으며
맏이의 힘든 길 잘 걸어줘 고맙다

그 말씀은 사랑
그 모습은 사랑

선영대학교 대학원
ASMP 과정을 졸업하면서

-김재식

대학원 원서를 낸 지가 어제 같은데 벌써 졸업을 하고 뒤돌아보니, 지나간 추억들이 그립습니다.

아내가 "선영대학교에서 대학원을 개설했다니 합격하면 공부를 해보고 싶은데, 원서를 제출할까요?" 하길래 찬성하면서 적극 뒷바라지를 하겠다고 약속했습니다.

원서를 선착순으로 접수한다기에 미리 작성해서 접수하는 날 자정 지나 0시 30초에 신청했습니다. 아내가 그렇게 하고 싶어 하는 과정인데 원서를 늦게 접수해서 탈락할까 봐 밤새 기다렸다가 접수한 결과 합격의 영광을 안았습니다.

어느 주부라도 자녀들 뒷바라지와 남편 내조로 평생 고생과 희생을 많이 하셨겠지만, 제 아내인 윤태순 학우도 애를 많이 썼습니다. 남편이 전근 가는 학교를 따라서 이불 보따리 이고, 냄비 한 개 들고, 애들 업고 손잡고, 따라다니면서 고생했고, 제가 뒤늦게 시작한 대학원까지 무사히 마칠 수 있도록 도와준 사람입니다.

이제 본인이 만학의 꿈을 펼쳐 보겠다는데 어찌 협조를 안 해줄 수가 있겠습니까?

저는 원래 선영대학 재학생이 아니라서 원서 낼 자격이 없는데 대학원 입학문이 넓어져 재학생이 아니라도 원서를 낼 수 있다기에 도전했습니다. 합격 소식을 듣고 누구보다 아내인 윤태순 학우가 제일 기뻐했으며, 부부가 동시에 합격하는 꿈을 이루게 되었지요.

드디어 기다리던 입학식(22.9.17) 날이 되었습니다. 며칠 전부터 들뜬 기분이 초등학교 1학년 때 소풍 가는 학생 같았습니다.

당일 아침 5시 30분경에 출발해야 하므로, 알뜰히 준비한 가방을 머리맡에 두고 잠도 제대로 못 잤으나 마냥 즐거운 마음으로 서울행 KTX를 타고 서울역에 도착했습니다.

국밥 한 그릇이 코로 들어가는지 입으로 들어가는지도 모르게 급하게 먹고 지하철 2호선을 타고 서울대역에서는 잘 내렸어요. 영천 시골뜨기의 서울 나들이는 어딘가 어설프고 뒤죽박죽이기 마련입디다. 입학식 장소를 찾아 반대 방향으로 30분도 더 걷고 아니다 싶어서 또 돌아와서도 다른 방향으로 가게 되었습니다. 서울에 살고 있는 딸에게 연락해서 교회 큰 건물 맞은편이란 사실을 알았습니다. 1시간 넘게 헤매다가 찾아가니 벌써 강의는 시작되었고 입학식이라고 정장을 하고 갔으므로 땀이 콩죽같이 나서 강의실 밖에서 땀을 말렸습니다.

드디어 환희의 입학식이 시작되었지요. 모두들 저는 처음 보는 얼굴들인데 아내는 안면 있는 학우들이 많은 것 같더군요. 제가 아는 사람은 조재천 총장님이신데, 영천에서 열렸던 선영대 엠티 때 뵈었습니다.

원우 회장님과 부회장님을 선출하고 처음 보는 학우끼리도 서로 다정하게 인사도 나누고 하루를 보내다가 영천에 도착하니 저녁 10시경이 되었지요. 대학원생이 되었다는 기쁨으로 피곤함도 잊고 즐겁고 행복한 입학식과 처음 만난 학우들 모습을 한 분 한 분 떠올리면서 대학원 생활의 첫날을 회상해 봅니다.

원격 영상 수업 첫날!

첫 강의부터 기대에 부풀었습니다. 분주한 가운데 매주 목요일은 외부 행사와 경로당 순회 강의도 농사일도 모두 뒤로 하고, 영상 강의를 결석하지 않고 잘 듣기로 아내와 저는 손을 맞잡고 약속했습니다.

첫날은 아침부터 '웨일온'을 설치하고 저녁 6시부터 노트북을 켜고 준비했습니다. 강의실 입장도 저희 부부가 제일 먼저 했습니다. 항상 한 시간 전부터 강의들을 자세와 마음의 준비를 잘해 오다가 12월 8일 "여성건강(추성일 원장)" 강의 시간에 지각을 했기에 안타까운 마음입니다.

오늘도 총장님께서 질문하라고 지정하면 어쩔까? 하고 걱정도 했습니다.

"요람에서 무덤"까지 너무 가슴에 와 닿는 좋은 강의 잘 들었습니다. 그동안 훌륭한 강사들을 섭외하신 총장님의 노고에 깊은 감사드리며 원우 회장께서도 강의 있는 날마다 일찍부터 강의 준비하시고 안내도 하고, 강의 중에도 돌발사고 발생 시 신속하게 대처하시는 순발력에 다시 한번 감사드립니다.

우리 대학만의 「수확여행」

지금까지 초등학교부터 대학원까지 여러 번 수학여행을 다녔습니다. 학교에 근무할 때는 학생들을 직접 인솔하거나 인솔 책임자로도 수없이 수학여행을 갔지만 선영대학의 ASMP 과정의 수학여행은 참말로 「수확」여행이었습니다.

남외경 학우가 계획한 다양한 프로그램과 일정뿐만 아니라, 지역 주민들과 평소에 어쩌면 그렇게까지 유대 관계가 잘 되어 있는지 놀랐습니다. 주위 분들의 도움과 봉사로 너무도 따뜻한 대접을 받았습니다. 지금까지 한 번도 경험해 보지 못한 남해의 싱싱하고 다양한 해산물, 이웃 어부가 직접 채취한 여러 종류의 요리와 처음 접하는 바베큐의 맛은 두 사람이 먹다가 한 사람이 돌아가셔도 모를 만큼의 진미였습니다.

지중해의 유람선보다 더 멋진 선상 파티 경험도 했습니다. 경치 좋은 바다를 바라보면서 함께 노래하고 춤추고 흥을 이어갔습니다. 청정 바다에서 금방 잡아 올린 싱싱한 바다 회에 따끈한 약주 한 잔 곁들인 그 맛과 바다 위 풍경 아! 뭐라고 표현할 수가 없네요!

잊지 못할 종강식과 송년의 밤!!!

방송으로만 듣던 그 유명한 솔다방에서 종강 후 광장시장 먹거리 장터에서 맛있는 점심을 먹고 다시 솔다방에 갔습니다. 많은 학우들이 오셔서 빈자리가 없었습니다.

일정에 장기 자랑 및 특기 자랑이 있는데 우리도 빠질 수 없다하여 고심 끝에 '마술'과 '품바'로 정했습니다. 부품과 소도구가 필요했으므로, 흰 바지저고리를 구해 잘라내고 덧붙이는 과정에 손이 많이 갔습니다. 체면도 나이도 버리고 한번 망가져 보려고 준비한 종목이었습니다.

사회는 방송국 아나운서 출신인 안나(류지현) 씨가 봤으며 출연 종목은 방송국의 예능 프로를 뺨칠 정도로 수준 높은 송년 행사였습니다.

빛나는 ASMP 과정 학위기 받던 날!!

그동안 비가 오나 눈이 오나 새벽부터 가방을 메고 공부하러 서울행 기차에 몸을 싣고, 형설지공의 결실을 맺는 날이 되었습니다. 며칠 전부터 맘이 들떠 있었는데 아침부터 짐을 챙겨서 논산으로 향했습니다.

만학도의 졸업식을 축하해 주기 위해 온 집안 식구들(처형, 막내 처제. 동서 2명)이 총출동, 승용차 두 대로 졸업식장인 계룡학사에 도착하니 모두들 환한 미소로 반겨주었습니다.

드디어 학위복과 학위모를 쓰고 개별 및 단체 사진과 가족사진을 찍었습니다. "나이는 숫자이며 마음이 진짜"라고 한 말이 떠올랐습니다. 모두들 나이 지긋한 노년기의 학우들이었지만, 새로운 출발을 시도하는 기분이었습니다.

학위식을 마치고 계룡학사에서 정성스럽게 마련한 진수성찬을 먹으면서 감사의 마음을 담았습니다. 모든 학우들과 그동안에 쌓인 정을 생각하니 어떤 학창 시절의 학우들보다 더 애절한 감동이 쌓이는 졸업식이었습니다.

늦깎이 공부를 시작할 수 있도록 기회를 마련해 주신 총장님과 그동안 학우들의 불편함이 없도록 헌신적으로 봉사해 주신 원우회장과 부회장께 감사드리며, 행사 있을 때마다 주신 정성이 가득 담긴 선물들 오래오래 간직하겠습니다.

졸업식 후 윤종순 학우(처제) 집에서 모처럼 4공주와 사위 4명이 모였습니다. 원래 아내의 자매는 7공주였고, 현재는 다섯 공주가 생존 중입니다. 선영대학과 가수 김호중 덕분에 자매간 우애도 더 돈독해지고 오늘같이 한자리에서 회포를 풀고 재미나는 이야기꽃을 피울 수도 있게 되었습니다.

대학원 과정에 제일 열심히 공부하고 항상 즐거운 마음으로 서울까지의 기차 여행에 동행해 준 내 아내, 학우 한 사람 한 사람을 형제자매같이 사랑하고 아끼던 윤태순 학우께 큰 박수 보냅니다.

아내와 동행했던 선영대 ASMP 과정은 느지막이 내 인생에 찾아온 선물이었습니다.

③

사랑이의 안부

-김재연

바닷가에 사는 그대로부터 편지가 왔군요.

제가 먼저 기별해야 했는데 자꾸 미안해지는군요.

늘 그대는 저보다 먼저, 한 계절이 지날 때마다 안부를 묻곤 합니다.

받을 때는 반갑고 기쁨이지만, 뒤돌아서면 마음의 빚이 쌓이는 느낌입니다.

그래서 오늘은 제가 먼저 이 편지를 씁니다.

시모님 기일은 지났지만, 서울 시누님 두 분 식구가 10일째 집에 계시니 짬을 낼 시간도 여유가 없었단 말씀드리려구요. 짬짬이 귀에 익은 노래를 틀면서요.

어젠 별님 고향인 울산 방어진, 대왕암 출렁다리로 나들이를 다녀왔답니다. 마음속에 귀한 누군가를 모시고 사는 기쁨을 그대도 아시지요?

제가 사는 밀양은 뭐니 뭐니 해도 영남루지요.

영남루에 올라가서 강을 내려다보며 노랠 불렀습니다. 〈밀양아리랑〉도, 〈반달〉과 〈동무 생각〉도, 〈고맙소〉와 〈빛이 나는 사람〉도 불렀어요.

강물이 굽이굽이 흐르는 것을 보며 인생길도 저렇게 흘렀구나, 싶었어요.

우리 나이도 벌써 환갑이 넘었으니 이젠 중늙은이라고 하나요? 마음은 이팔청춘인데, 머리엔 희끗희끗 새치가 생기고 얼굴의 주름살도 자꾸 늘어만 가는 게 안타까울 뿐입니다.

날마다 바쁜 그대,

건강도 챙기시면 일하세요. 세월은 우릴 기다려 주지 않거든요. 건강을 잃으면 모든 것을 잃는 것이랍니다. 아파본 사람만이 그 텅 빈 가슴을 알겠지만요. 하시는 일 실타래처럼 술술 풀리길 응원합니다.

갯내음 마시는 것은 행복한 기쁨이겠으나, 얼굴 많이 태우지 마세요. 일할 때는 장갑을 잘 끼고, 모자도 꼭 챙겨 쓰시길 바랍니다. 마음만 먹으면 언제든 달려갈 곳에 살지만, 우린 마음으로 더 많은 말을 하고 있음을 압니다.

늘 변함없는 사랑이가 될게요.

우리 오래오래 별님 응원하며 서로의 이름을 기억하기로 해요.

수학여행

-김정애

선영 ASMP 원우들 여행 가던 날
서울, 용인, 영천, 진주, 울산,
전국 각지의 원우들이 모여들었다.

한국의 나폴리 통영에서 반갑게 해후하고
억센 사투리에 무장해제 되는 우리

한국의 아름다운 길 달려달려 도착한
경남 고성군 동해면 바닷가
갯내음이 먼저 우릴 반긴다.

숯불에 새우와 가리비가 익어가는 동안
유리잔에 부딪는 것은 웃음과 감사
노을은 저 혼자서도 붉게 타는데

소담수목원 숲길을 걷는다.

아름드리 나무를 타고 오르는 으름 줄기
삼지닥나무 팥꽃나무 멀구슬나무 무환자나무
머리를 맞댄 모습이 다정하다.

동진교가 보이는 당항만에서
갓 잡아 올린 생선을 뜨는
어부의 마디 굵은 손가락에
바닷물이 쿨럭쿨럭 기침소리를 낸다.

당항포에 뜬 무동력의 선박에 올라
'산타루치아'를 함께 부르는 동안

우리는 아주 먼 곳으로 떠났다 돌아오는 방랑자 되어
저마다의 어느 한 시절을 회람한다.

해풍이 일으키는 물결은 시간의 물수제비를 뜬다.
왁자한 웃음으로 서로를 바라보는 시간
깊은 눈동자엔 사랑이 넘실댄다.

선영 ASMP 과정 수학여행
접어둔 젊은 날의 앨범을 꺼내
오늘의 추억을 함께 끼운다.

고마워요. 감사해요.
그리고 사랑해요.

감사하는 삶

-김현숙

칠십을 넘고 보니 세상사에 한결 느긋해집니다.

제 일흔의 강변에는 너그러움과 안도감이 들꽃처럼 피어 있답니다. 굽이굽이 걸어온 인생길이 대로처럼 쭈욱 뻗은 길은 아니어도 '이만하면 되었다' 싶습니다.

삶에 있어 충분히 만족하다고 자신있게 말할 길이 어디 있던가요? 어쩌면 굽은 길에 더 많은 꽃이 피고, 더 많은 빗물이 고였을 수도 있을 테지요.

돌이켜보면, 50여 년이 바람처럼 흘렀습니다.

그 바람결에 수많은 사람들을 만났고, 인연을 맺고 헤어지곤 했습니다.

저는 삼다도 제주에서 태어나 여고를 졸업하고 농협에 취직을 하였지요. 이웃 동네에 잘생긴 남학생이 살았고, 뭇 여고생들의 가슴을 설레게 했습니다. 축구를 잘하던 건강하고 멋진 그 청년으로부터 프러포즈를 받았습니다.

"인기가 좋으니 따르는 여성들도 많은데 왜 내게 이러시우?"

"얼굴보다 마음을 보는 거요. 숙이는 나를 배신하지 않을 진실한 사람일거라고 믿소."

저는 결혼했어도 일을 계속하고 싶었어요. 그런데 남편은 단호했어요.

"아이를 낳아 키우고 살림을 제때 챙기고 가족 건강을 지키는 것은 매우 중요한 일이오. 만일 당신이 일을 계속한다면 내가 직장을 그만두고 살림을 하겠소. 그러니 선택하시오."

그 말이 내심 서운했지만 저는 대안을 찾지 못했습니다.

"내가 당신과 우리 아이들 배 곯리지 않고 후회하지 않게 열심히 일하겠소. 나를 믿어 주시오."

남편은 유한킴벌리란 회사에 근무하는 평범한 회사원이었지만, 부지런하고 근면했습니다. 또한 'FM'이란 별명이 붙을 만큼 반듯하고 꼿꼿하게 자신의 일에 충실한 사람이었습니다.

결혼 생활 동안 딸, 아들, 딸을 낳았습니다. 매사에 빈틈없는 아버지를 닮아 자녀들은 잘 자라서 결혼하여 각자의 살림을 잘살고 있습니다.

저는 아이들이 어릴 때는 자녀교육에 집중했고, 제 손길이 닿지 않아도 될 무렵부터 봉사활동을 시작했습니다. 불교에 심취하여 절에 다니는 것이 참 좋았습니다. 부처님 전에 손을 모으고 '나무 아미타불 관세음보살'을 외면 제 마음에 평화가 찾아왔고, 제 자신이 정갈해지는 느낌을 받았습니다.

절에서 하는 온갖 봉사활동에 참여하면서, 제 삶이 축복받은 삶, 안정된 삶인 줄도 알게 되었습니다. 그런 생각으로 세상사 모든 일에 감사와 기도가 함께 했습니다.

제가 딱 한 번 남편의 반대를 무릅쓰고 행한 일이 있었습니다.

남편은 월급을 받아 은행에 적금을 붓고, 은행 이자를 받는 것이 정답인 줄 아는 사람입니다. 어느 날, 지인으로부터 급한 매물이 나왔는데 괜찮은 땅이니 한번 살펴보라는 것입니다. 저도 호기심이 일었고 부동산으로 재산을 불리는 사람들의 이야기를 많이 들었던 터라 귀가 솔깃해졌습니다.

남편께 의논을 했더니 불호령이 떨어지더군요.

"온 나라가 부동산 투기로 야단인데 당신까지 나서겠단 말이요? 땅 거래는 아무나 하는 일이 아니오. 더군다나 당신같이 살림만 하는 주부가 무엇을 안단 말이요?"

남편의 추상같은 반대를 만나니, 제 속에 숨어있던 반항이 고개를 들더군요.

'자유 경제 시장에서 정당한 방법으로 돈을 불리는 게 뭐가 잘못이란 말이지? 그동안 생활비에서 모아둔 비자금으로 슬쩍 던져봐야겠다. 남편한테는 비밀로 하고!'

조마조마한 심정으로 작은 집 한 채를 샀습니다. 그런데 일 년만에 그 집값이 두 배로 뛰었습니다. 저는 주부의 자격으로 돈을 벌게 된 것입니다. 물론 정당하게 세금을 납부하고 봉사활동에 더 열심히 참여하고, 주위의 불우이웃돕기에도 앞장섰습니다.

제주도에는 제 친정어머니가 살아 계셨습니다. 아흔이 다 되어 가시는 즈음엔 치매가 왔고, 저는 어머님을 돌봐드리고 싶었지요. 남편과 의논하여 제주도에 집을 마련하여 어머님을 돌본 지 7년 만에, 어머님은 편안히 세상을 떠나셨습니다.

지금은 남편과 둘이 제주와 서울을 오가면서 노년의 평화를 누리는 중입니다.

큰딸과 막내딸은 저마다 좋아하는 가수가 있습니다. 막내는 BTS를 좋아하는 아미가 되어 연예인 덕질을 해 본 경험으로 저의 덕질을 응원하고 방법을 알려주더군요.

건강한 덕질은 나 자신이 먼저 건강해진다면서요. 노래하는 태도와 음정에 반하여 한 가수를 향한 애정의 화살이 날아갔고, 지금은 저만의 방법으로 건전하게 응원하는 중입니다.

남들은 말합니다.

제가 참 복 많은 사람이라고요.

맞습니다. 저는 복이 많은 사람입니다. 튼실한 남편을 만났고, 주위에 좋은 분들이 많고, 자식 셋이 제 몫을 다하면서 건강히 살아가고 있습니다. 지금은 자녀들을 모두 출가시키고 남편과 둘이 알콩달콩 머리를 맞대고 삽니다.

사는 동안 큰 욕심 부리지 않고, 가진 것을 조금씩 나눔했고, 봉사에 참여하였고, 선한 마음을 잃지 않으려 애쓰고 감사하며 살았습니다.

어떻게 보면 지극히 평범한 삶이었지만 그 속에 나눔과 봉사가 있었기에 행복했습니다.

자식들에게 부끄럽지 않은 삶, 남편에게 미안하지 않은 삶, 부처님 앞에서 낮은 자세로 기도하는 삶, 내게 주어진 모든 것을 감사하는 삶, 이것이 제 삶의 모습입니다.

이제 제 삶은 노을 진 언덕에 서 있습니다.

겸손하게 감사를 잃지 않고 살겠습니다. 제 주위의 모든 분들을 축복합니다. 부처님 앞에 합장하며 건강과 평온을 빕니다.

어촌 마을 사람들

-김형자

　지금부터 15년 전, 나는 경남의 오지마을인 고성군 동해면 바닷가에 터벅터벅 걸어 들어왔다. '미래'라는 희망도 없이 허름한 작은 횟집을 차렸다. 그 이전에는 도시에서 남자도 하기 힘들다는 자동차 정비 관련 사업을 30여 년간 잘 꾸려 왔었다. 힘차게 전국을 누볐다. 서울 장한평, 대구, 부산으로 정신없이 보낸 세월이었다.

　때론 젊은 남자들의 선망 대상이 되었었다. '여자도 저렇게 하는데 내가 못 할 소냐' 이런 생각으로 도전했다가 망한 남자도 보았다. 그동안 막힘이 없었으니 잘될 거라 생각하고 노후 대책으로 빌딩을 지었다가 IMF라는 복병을 만나 무너졌다.

　마라톤 같은 인생을 살아오면서 한 번 이상은 실패가 온다더니 내겐 너무나 가혹한 시련의 시간이 다가온 셈이었다. 도시에서의 삶을 접었다. 아는 사람 아무도 없는 조용한 곳에서 도를 닦는 심정으로 살아보고 싶었다. 지금까지와는 전혀 다른 삶, 아주 새로운 삶을 마주하고 싶었다. 친구들 중에는 "니가 먹는 장사를 하면 내가 손가락에 장을 지진다."라고 심한 말로 말리기도 했지만, 내 결심은 흔들리지 않았다. 형제자매들도 걱정을 보탰지만 그러거나 말거나 나는 보따리를 싸고 이사를 결행했다. 그렇게 내가 살아온 세계와는 전혀 다른 세상과 마주했다. 몸과 마음이 새로운 경험을 시작하게 된 것이다.

나는 웃음을 베어 물고 적응이라는 깃대를 꽂았고, 마을 사람들과 차츰 정을 쌓기 시작했다. 나보다 한 살이라도 더 먹었으면 무조건 성님으로 불렀고, 나이가 어리면 동숭(동생)으로 대접했다. 남자는 형부 혹은 오라버니라는 존칭들로 불렀는데 적당히 거리를 두기에 딱 맞는 호칭이었다. 형부라는 말속에는 언니의 남편이라는, 언니와 더 가깝다는 뜻이 포함되었기에 그 자체가 방패막이가 되어 준 셈이다. 내 온몸에 쌓였던 힘을 다 빼고 나니, 이런 호칭이나 시골스러운 말들이 천연덕스럽게 술술 나와서 나 자신도 놀랐다.

이사 온 15년 동안 참으로 일도 많고 탈도 많았지만, 사람과 사람 사이의 인정만큼 따스한 사연이 어디 있으랴.

내게 제일 먼저 다가온 병산댁 언니는 참 고운 분이었다. 열여덟에 마암면에서 동해면 어장집에 시집을 왔단다. 층층시하 시부모, 시동생, 시누들에게 엄청 시집을 사셨다고 굽이굽이 설움을 풀어주시는데 눈물겹고 고단한 삶에 눈시울을 적셨다.

인근의 진동에서 시집온 진동댁, 정남댁도 나랑 같은 또래라서 잘 어울렸다. 한 번은 셋이 읍내 나들이를 갔는데 호기심이 발동하여 나이트클럽엘 갔었다. 드라마에서 본 그 장면을 연출하겠답시고 용감하게 입장하여 오색조명과 신명 나는 음악에 혼이 빠져 에라 모르겠다, 되는대로 흔들흔들 실컷 놀다가 집에 오니, 고기 잡이 갔던 신랑들이 도끼눈을 부릅뜨고 몽둥이 들고 나오더라나? '아이고, 클 났다. 신발 벗어들고 걸음아 나 살려라.' 논둑길을 따라 도망치는데 보름달이 휘엉청 밝았더라. 뭘 나쁜 짓 한 것도 아닌데, 나이트클럽에서 몸 좀 흔들고 신나게 놀았다고 도망질하는 게 우스워서 호랑이 같은 신랑도 잊고 달밤에 체조하듯이, 달님보고 깔깔깔 눈물이 나도록 웃었다나?

그날 밤 정남댁을 숨겨주었던 모단댁 할매는 꽤 유명한 무당이시다. 어선을 새로 내리든지, 마을 사람들에게 무슨 일이 생기면 모단할매는 굿판을 벌였단다. 할매는 새색시 때 신이 내려서 처음으로 굿판에 소환되었을 때, 한편으로는 떨리고 겁도 나고, 주문을 잊어먹고는 에라 모르겠다. 그냥 "날 좀 보소, 날 좀 보소, 동지섣달 꽃 본 듯이 날 좀 보소…" 이 노래를 라이브로 부르면서 꽹과리를 쳤더니 아무도 의심하는 사람이 없더라나? 환자는 다음 날 훌훌 털고 일어났고 새댁 모단띠(댁)는 그날로 유명한 무당이 되었고, 팔십이 넘을 때까지 동네에서 푸닥거리를 해주며 사셨다.

대전아지매는 영감이 생존해 계셨을 때 모단할매랑 의남매를 맺었다나? 돌아가실 때 유언이 "내가 죽더라도 형제처럼 살아라."고 하셨기에 두 할매는 삼 년 전에 요양병원도 같이 가셨다가 비슷한 시기에 하늘나라로 가셨다.

용현할매는 홀시아버지를 모시고 시집을 살았단다. 낮에는 산에 올라 손등이 부르트도록 땔감을 장만하여 밤에는 홀시아버지의 아궁이에 불을 지펴 구들장을 데우다 아궁이 앞에서 밤을 새우기 일쑤. 신랑 옆에 한번 가보지도 못하고 날이 밝아오니 그제야 목침에 누인 고개를 들며 하시는 말씀 "인자, 쪼깨이 따땃해 오네." 용현할매 죽어서 시아비 만날까 봐 죽기도 싫다더니 올여름에 하늘나라로 여행 떠나셨다.

치매 걸린 도실아제는 차(군내 버스)만 보면 읍에 나가셨다. 돌아오실 때는 하드(아이스크림)를 한 보따리 사서 버스 안에 탄 사람 모두에게 인심을 쓰시다가 지난해 별이 되셨다.

산촌할매, 도실아제의 그 모습 볼 때마다 기가 막혀 "죽을 둥 살 둥 일만 하고, 젊었을 때는 본인을 위해 한 푼도 안 쓰고 자린고비 구두쇠로 아끼기만 하더니 하늘나라 가서서 무슨 새가 되었을까?" 읊조리더니 지금은 요양병원에 누워 계신다.

이 마을에 박춘길 어르신 얘기 빼면 서운하다. 죽자 살자 하던 첫사랑 그녀와 보리밭에서 얼레리꼴레리 입술은 박치기했지만 더 이상은 진도를 못 뺐다고, 지금도 못내 아쉽다고 입맛을 다시신다. 아직도 여성에게 관심이 많으신 열정으로 아직도 뒷얘기가 무성하다.

본동댁 언니는 열아홉 꽃띠 처자였을 적, 동네 총각과 눈이 맞았는데 부모님 반대에 부딪혀서 도선(渡船) 타고 야반도주하여 총각 외가의 아래채에 살림을 차려 숨어 살다가 그 뒤 혼인식 올리고 자식 낳고 오순도순 잘 살고 계신다. 언니의 연애담 또한 드라마처럼 절절하다.

이 동네에는 어장 하는 분이 여럿이다.

명식이란 어부는 치매 걸린 모친을 집에서 봉양하다가 몇 달 전에 보내드렸다. 평생을 옴마 뫼시고 노총각으로 살았으니 그 사연도 얼마나 많으랴만, 우리 집 횟감을 전담으로 제공해 주니 이 또한 고마울 따름이다. 하여 우리 집 횟감은 모두 자연산이다.

종대란 어부는 두 형제가 오순도순 어장을 경영하는데 돌장어며 줄돔을 상당히 잡아 올린다. 동네 앞바다에서 잡힌 돌장어가 전국에서 제일 영양가 많고 맛 좋기로 소문났기에 (대학 교수님들이 직접 맛과 영양 측면을 확인하여 객관적으로 증명이 되었다) 항상 품절 상태다.

순둥순둥 어울려서 살아가는 동네 사람들의 이야기는 다 적으면 끝이 없을 테다.

나도 이제 손녀가 둘인 칠순이 할매가 되었다.

바닷가 아낙으로, 횟집 주인으로, 동네 사람으로 잘살고 있다. 횟집은 그냥저냥 꾸려나가면서 이젠 밭떼기를 부치는 일도 버겁다. 그래도 우리 집을 찾아주실 손님들께 무공해 김장을 제공해드려야 하니까 배추랑 무랑 양파도 심었고, 마늘과 파 씨앗도 꽂았다.

늦가을 볕이 나긋나긋 내리는 바닷가를 천천히 걷는다. 너무 많이 들어서 귀에 딱지가 앉을 법도 하건만 여전히 지겹지도 싫증나지도 않는 한 가수의 노래와 함께.

'빛이 나는 사람, 빛이 나는 사람…' 나도 이 마을에서 빛이 나

는 한 사람이 되었을까? 그 빛으로 우리는 또 어제를 추억하고 내일을 기다리며 사는 게지.

아름다웠던 순간들

-김혜선

가을이 깊어지면 마음속에 숨어있던 붉은 상처가 고운 단풍이 되어 내 안으로 훅 날아 들어온다.

어느 날, 불현듯 의사의 입에서 나온 "유방암입니다."라는 한마디에 온몸이 후들거리며 올라오던 눈물과 분노를 기억한다. '내가 무얼 그리 잘못했기에…' 그리고 이어지는 고통과 회한, 무기력이 홍수처럼 몰려왔다.

항암으로 수족을 묶어버린 시간 속에 의식은 안개 속처럼 흐려졌다. 영원히 끝나지 않을 것 같은 날들이 아주 천천히 지나갔다. 너덜거리는 넝마를 휘감고 밤 기차에 올라 습한 지하 동굴 속을 달리는 것 같았다. 축축하고도 기분 나쁜 날들이 더디게 내 앞을 지나갔다. 밤새 열이 오르고 온몸이 들뜨는 고통의 시간 속에 나의 참모습을 보게 되었다. 당연한 줄 알았던 그동안의 삶이 얼마나 큰 은총이었는지를. 그리고 내 안에 자리 잡고 있던 칭얼거리는 어린아이가 조금씩 자라가고 있다는 것을.

그리고 다시 일어났다.

올가을 방사선 치료를 받으러 한 달을 아침마다 출근하듯 다녔다. 병원을 가는 내 자동차 운전석 앞으로 폭포수처럼 하얗게 쏟아지던 눈 부신 햇살과 함께 마침 헨델의 오페라 《리날도》 중에서 〈울게 하소서〉가 신영옥의 맑은 음성으로 흘러나왔다. 순간 전율이 느껴지며 행복감이 온몸을 빠르게 퍼져나갔다. 마음속에서 흐르던 눈물의 홍수가 기쁨의 폭포로 바뀌던 환희의 순간이었다.

방사선 치료를 받기 전에 먼저 햇살 치료를 받은 것 같았다. 돈으로 살 수 없는 이 충만한 만족을 무엇으로 비유할 수 있을까? 한 달 동안 치료를 받으러 다니면서 이런 벅찬 감동적인 선물을 은혜로 받았다. 왜 이렇게 행복한지 도무지 알 수가 없는데 살아 있는 자체로 벅차오르던 기쁨의 느낌을 또렷하게 기억한다. 그동안 깨닫지 못하고 살았던 생명의 소중함을 생생히 느끼던 순간이었다.

사위가 처음 인사 온다고 현관에 들어서던 날, 갑자기 환한 오렌지 빛이 가슴속에 쑥 들어오던 순간을 떠올려 본다. 오래전부터 예약된 딸의 사랑하는 사람이 바로 지금, 이 순간 내 앞에 나타난 것이라 믿어져서 냉큼 가슴으로 안아버렸다. 사위를 볼 때마다 마르지 않는 '실로의 강'처럼 내 마음에 잔잔한 기쁨이 일어난다.

추석 무렵, 강화도 바닷가 근처에서 온 하늘에 붉게 물든 노을을 남편과 함께 바라보며 태양이 지나간 발자취가 어찌나 아름다운지 그 생생한 감동을 잊지 못한다. 나이가 들어가면서 눈으로 보이는 현란함이나 튀는 매력보다 잠잠히 받아주는 따뜻한 눈길과 포근한 품을 가진 사람이 좋다.

어느 현인은 "누구에게나 만만해 보이는 자가 가장 성장한 사람"이라고 했다. 만만해 보이지 않으려고 온갖 포장을 해도 시간이 지나면 결국 드러나는 것은 볼품없는 실체인 빈껍데기 뿐이다. 시간 앞에 용쓰지 않고 그 흐름에 편안하게 나를 맡기고 유연하게 살아가고 싶다.

시간의 강물이 흐르다가 가끔 만나는 보석 같은 좋은 인연들도 살아가면서 큰 힘이 된다. 그들과 함께 씨줄과 날줄처럼 서로 얽히고 연결되어 정교한 무늬를 만들어 가는 일도 신나는 일이다. 그림을 그리며 감상을 하고, 문학을 하고, 연극을 보고, 음악을 듣고 연주하고, 여행을 하는 것은 결국 순간을 잘살기 위해서 잠자는 감성을 깨우는 것이라고 한다. 이제 관념이 아닌 온몸으로 찰나를 느끼며 매 순간을 맞이하고 싶다.

깨어있는 자만이 받을 수 있는 행복한 몫일 것이다.

바로 지금 여기에서 살아있다는 것, 그 존재만으로도 삶은 한없이 아름다운 것이다.

8

승리의 여신

−나순용(니케)

　내가 승리의 여신 '니케'의 조각상을 만난 것은 20년 전의 일이다. 장기 교육 중 서유럽으로 연수 갔을 때이다. 당시 몇 명씩 조를 짜서 선진국의 우수한 사례를 벤치마킹하도록 의무가 부여되었다. 아직도 기억에 남는 것이 몇 가지 있다. 그중에서 잊을 수 없는 것은 프랑스 파리의 루브르 박물관을 관람하였을 때이다. 루브르에는 수많은 관람객이 줄을 서서 둘러보고 있었다. 책에서만 보던 작품들을 실제로 보니 마음이 하늘에 떠 있는 것 같았다. 여기저기 떠밀리다시피 작품 감상을 하는데 사람들이 많이 몰려드는 곳이 몇 군데 있었다. 그중에도 모나리자와 니케의 조각상이 나의 눈길을 끌었다.

　넓은 공간으로 나오자, 승리의 여신상 '니케'에 대하여 가이드의 설명이 곁들여졌다. 여신상을 보는 순간 나도 모르게 손으로 입을 틀어막았다. 머리와 팔은 없는데 날개를 달고 있었다. 마치 달리기 선수가 한 발을 앞으로 내밀고 있는 듯한 자세였다. 바람에 휘날리는 치맛자락의 주름이 아름답고 역동적이다. 옷자락 사이로 살짝 드러나는 인체의 곡선이 살아있는 사람처럼 너무나 사실적이고 아름다웠다. 마치 우리나라 반가사유상의 옷자락같이 유려하고 신비스러웠다. 여신의 얼굴은 소실되어 그 표정은 알 수 없었다. 상상하건대 강단 있고 밝으며 갸름한 모습이 아닐까 싶었다. 뱃머리에 서서 승리와 희망을 전하는 여신이니 말이다.

니케의 조각상은 그리스 사모 트라케섬에서 발견되었다 한다. 기원전 200년경의 해전에서 승리한 기념으로 세워졌던 조각상이라고 추정하고 있다. 발견 당시 여러 조각으로 파손된 것을 오랜 시간을 들여 연구하고 복원하였다. 또 거대한 석제 뱃머리도 같이 발견되어, 지금 루브르 박물관의 조각상으로 태어났다. 밀로의 비너스상과 함께 헬레니즘 문화의 백미(白眉)로 사랑받고 있다고 한다. 세계적인 스포츠 브랜드인 '나이키'가 바로 니케의 날개에 영감을 얻어 로고를 디자인했다는 것은 이미 잘 알려진 사실이다.

내가 닉네임을 승리의 여신 니케로 한 것도 그때였다. 다른 사람이 나를 보편적으로 바라보는 성격적 평가나 이미지와는 전혀 달랐다. 뜬금없는 이름을 선택한 것은 나를 곧추세우기 위해서였다. 피타고라스가 "참다운 승리는 피 흘리지 않고 얻는 것"이라고 말한 대로 할 수밖에 없었다.

모든 사람이 전쟁을 혐오하는 것처럼 나는 다른 사람과 사소한 언쟁도 싫어한다. 무엇보다도 상대가 누구이든 절대 내가 먼저 싸움을 걸지 않는다. 불구경, 싸움 구경이 재미있다지만, 모르는 사람끼리 싸우는 것도 무섭고 가슴 떨려서 못 본다. 무엇보다 어릴 적 몸싸움이나 말싸움에서 이긴 적도 없고, 앞으로도 이길 자신이 없기 때문이다. 일상생활에서 크고 작은 다툼과 분쟁은 다반사이다. 그러고 보면 나는 세상살이에 적응하기에는 참 부적격 유형인 셈이다. 싸움을 무서워하고 혐오하면서 아이러니하게도 싸워서 이긴다는 의미가 있는 승리의 여신이 되기를 원하는 것이다.

국가 간의 전쟁은 지면 끝이다. 2022년 2월 러시아가 우크라이나를 침공하였다. 다른 설명이 필요 없이 생과 사의 갈림길에 선 인간의 나약함을 보았다. 또 폭력성과 잔인함에 치가 떨렸다. 정말 두렵고 무서운 상황들을 날이면 날마다 뉴스를 통해 보고 있으니 고통스럽기 그지없다.

질병과의 전쟁도 그렇다. 코로나19와의 싸움이 3년째 이어지고 있다. 조금 수굿해지기는 했지만, 아직 처절하게 맞서는 중이고, 새로운 바이러스는 끊임없이 공격하고 있다. 전 인류가 머리를 맞대고 대응하여 이겨내야만 한다.

내가 암과 싸울 때는 양·한방 의학뿐 아니라 대체 의학 등 모든 수단과 방법을 다 동원했다. 난생처음으로 반드시 승리해야만 하는 전쟁에 맞닥뜨렸다. '니케'라는 닉네임을 쓰는 것도 그중 하나였다. 내 마음을 단단히 가지려는 조그마한 방편이었다. 허물어지는 마음을 잘 다스리며 지푸라기라도 잡고 싸워 이겨야 했다. 오직 신화에서만 존재했던 승리의 여신이 나를 지켜줄 것이라는 강한 믿음을 가졌다. 오 년, 십 년이 지나자 비로소 이겨냈다는 주치

의의 한마디는 나에게 날개를 달아주었다. 어떤 경우든 싸워서 이겨본 적이 없는 나로서는 그 기쁨은 이루 말할 수 없었다.

　사는 것은 전쟁이다. 무엇보다 부부간에는 더 그렇다. 오죽하면 '사랑과 전쟁'이란 말이 있겠는가. 사랑해서 싸우고 또 헤어지기도 하고…. 이길 수도 없고 설사 이긴다고 한들 두 사람에게 남는 것은 마음의 상처뿐이다. '지는 것이 이기는 것이다'라고 자신을 위로하면서 참는 것이 체화되어 있었다. 어떤 때는 이 말이 답답하고 어리석은 자신을 얽어매고 합리화하기 위한 것임을 알고 있다. 설사 그렇더라도 정말 진리라는 생각이 든다. 그렇게 하지 않았다면 지금의 승리는 없었을 것이기 때문이다. 나에게 이긴다는 의미는 단지 표면적인 승부가 아니었다. 상대에게 이기는 것이 아니라 내 안에 있는 분노와 원망과 절망감을 잘 삭여내는 일이다. 하루도 빠지지 않고 나에게 주문을 걸고 있다.
　"이겨내리라. 반드시 이기리라. 나는 승리의 여신 니케이니까."

9

아버지의 환생으로

-남인순

"너는 네 아버지가 환생해서 태어났어!" 제가 어렸을 때 외할머니께 많이 들었던 말입니다.

제가 태어나기 전, 아버지는 6·25 때 돌아가셨거든요. 그래서 유복녀라는 소리를 듣고 자랐습니다. 동네 사람들이 저를 보면 "인순이는 참 불쌍한 애야, 자기 아버지 얼굴도 모르고 태어났어. 인순이 아버지는 인순이 태어난 것도 모르고 죽었고" 하며 수군거리는 소리를 많이 듣고 보았습니다. 그런 소리를 웃으며 들을 수 없었으니, 저는 항상 고개를 숙이고 다니는 우울한 아이였습니다. 큰 소리로 웃지도 못하고, 친구들과 어울려 놀지도 못했습니다.

저의 친척은 아무도 없습니다. 아버지가 3대 독자이시고 오빠가 4대 독자입니다.

저는 충청도 공주 어느 시골 마을에서 태어나 어머니와 함께 살았습니다. 어머니는 아버지 이야기를 전해주지 않았습니다. 저도 어머니가 힘들어하실까 봐 더 이상 물어보지도 못했습니다. 저에게는 오빠가 있었는데 초등학교 통지서 받아놓고 학교에 입학하기도 전에 교통사고로 세상을 떠났습니다.

그때부터 어머니의 생활이 이상해졌다고 하였습니다. 저는 어머니가 아파서 누워있는 것을 자주 보았습니다. 반미치광이처럼 비가 오는 날이면 산으로 들로 마구 돌아다니다 들어오시고 밥을 하려고 하다가 먼 산을 바라보고 혼잣말로 중얼중얼거리며 울기도 하셨습니다.

어디를 가면 새끼끈을 가지고 다녔습니다. 어머니가 모르는 곳에 오빠를 묻어서 어머니가 오빠 무덤을 찾아다니는 것이라고 하셨습니다. 그러면서 외할머니는 어머니가 죽을 수도 있으니 잘 살피라고 했습니다. 새끼끈이 죽음의 수단으로 쓰일 수 있다고 했습니다.

할머니는 제가 초등학교 다니던 어느 봄날에 제 손을 꼭 붙잡고 집을 나섰습니다. 어머니께는 장에 가서 인순이 운동화 사준다고 하며 집을 나섰습니다. 저는 속도 모르고 좋아라, 하고 따라갔습니다. 하얀 운동화를 사 가지고 오다가 작은 언덕을 넘어 양지바른 산기슭에 도착했습니다. 그곳에 이르더니 "여기가 네 오빠가 묻혀있는 곳"이라고 하며 잔디밭에서 잡초를 뽑으며 하시는 말씀이 "네 아버지가 보고 싶거나 오빠가 보고 싶으면 와서 보라."고 하셨습니다.

그런데 저는 한 번도 찾아가 본 적이 없습니다. 어머니께 들키면 안 된다고 할머니께서 말씀하셨기 때문에 어머니한테 들킬까 봐 그곳에 갈 수가 없었습니다. 그곳을 지나갈 때면 멀리서 바라

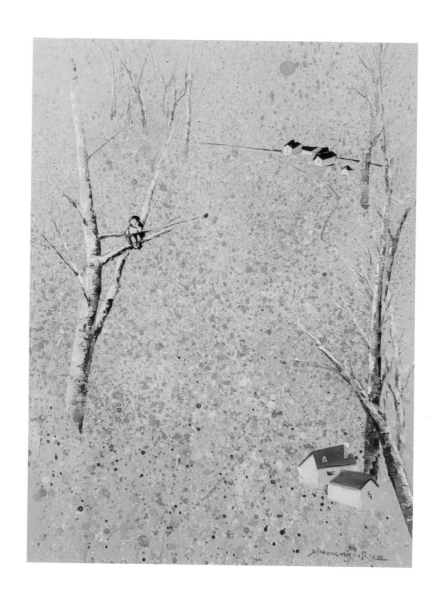

보며 지나가긴 했지만 찾아가서 본 적은 없습니다.

그렇게 어린 시절을 외롭게 보내며 자랐습니다. 누군가에게 아버지와 어머니 얘기를, 죽은 오빠 얘기를 할 수도 없었습니다. 나는 외할머니께서 들려주시는 이야기만 들으며, 외할머니의 손을 잡고 밭둑길과 논둑길을 걸을 뿐이었습니다.

어머니가 세상을 떠나던 날, 어머니를 지켜보면서 아버지가 궁금해졌습니다. 어머니께 한 번도 아버지에 대해 오빠에 대해서 들어본 적이 없었습니다. 많이 궁금했지만, 저도 숫기가 없어서 또 용기가 없어서 알려고 하지도 않았습니다.

어머니가 돌아가시고 나서 어머니의 속주머니에서 발견된 것은 아버지의 전사통지서와 훈장이 있었습니다. 얼마나 오랫동안 넣고 다녔는지 접힌 부분이 너덜너덜 찢겨지고 얼룩덜룩 누렇게 변해 있었습니다. 어머니의 삶이 고스란히 전해지는 것 같았습니다.

누구에게 말도 못하고 혼자서 얼마나 힘들었을까? 어려울 때마다 꺼내서 보았을 것을 생각하니 마음이 너무 아팠습니다.

어느 날, 돌아가신 아버지가 궁금해졌습니다. 현충원에 계시는데 유골을 못 찾아서 비석에 이름만 쓰여 있습니다. 혹시 유골이라도 찾을 수 있을까 해서 유전자 검사도 신청해 보았습니다. 한 해 두 해가 지나도 못 찾았다는 답변만 돌아왔습니다.

국방부에 전화해서 아버지가 전사한 그곳이 어딘지 한번 가보고 싶다고 하였습니다. 그러나 그곳은 철원 비무장지대인데 38선 넘어 북쪽으로 있어서 가 볼 수가 없다고 했습니다. 그때부터 '철원'이란 말만 나오면 저도 모르게 아버지란 단어가 생각납니다.

지금은 동작동 국립묘지 현충원에 부부위패로 모셔 드렸습니다. 부부위패로 합장을 하고 나니 어머니와 아버지께 효도한 것 같아서 참 기쁘고 뿌듯했습니다. 어머니께 빚진 것 같은 마음이 홀가분해졌고 제 가슴에도 평화가 찾아왔습니다.

예전에는 현충일이면 무거운 마음으로 다녔던 그 길을 요즈음은 가벼운 마음으로 다닐 수 있어 참 다행입니다.

이다음에 아버지를 만나면 꼭 따져 묻고 싶습니다. 가족을 두고 먼저 떠나실 때 마음이 어떠셨는지요? 그리고 어머니께도 한번 여쭤보고 싶습니다. 얼마나 외롭고 힘드셨을지 짐작은 되지만, 어린 저의 가슴속도 좀 들여다보셨으면 좋았을 텐데 라고요. 그리고 오빠한테는? 할 말이 없습니다. 그 어린 날, 교통사고를 당해 피어보지도 못한 생명을 두고 어떤 말을 할 수 있나요?

오빠가 묻힌 양지바른 산기슭에 구절초가 화안히 피었을까요? 제가 좋아하는 보랏빛 꽃향유도 피었을까요?

제3장
버킷리스트

버킷리스트

-남외경

쉰아홉이 되던 해 세 가지의 결심을 했다.

첫째는 내 고향의 어르신들이 살아온 이야기를 적어 드리는 일이다.

어떤 시인은 '나를 키운 8할은 바람이었다'라 하셨지만, 나는 '나를 키운 8할은 할머니였다'고 생각한다. 전기도 없던 가난한 어촌의 더 가난한 6남매의 맏이, 어부의 딸로 태어난 나를 건강하게 키워주신 건 할머니였다. 지독한 노동으로 허리가 휜 내 어무이는 어장의 일꾼들 스무 명의 밥을 해 먹이기에 벅찼으므로 6남매는 출산과 동시에 할머니 손에서 자랐다. 할머니는 내 어머니보다 더 신식이었고, 아는 것이 많으셨고, 똑똑한 분이었으므로 어머니 손에서 자라는 것에 비해 결코 부족함이 없었다. 여섯 손주들을 고등교육까지 다 시키고 여든아홉의 연세에 스스로 곡기(穀氣)를 끊어 웰다잉을 선택하신 할머니는, 문맹(文盲)이셨다.

할머니가 글을 모르신다는 것을 알게 된 것은 내가 스무 살 되던 해였다. 우리 형제들의 상장과 성적표를 차곡차곡 쌓아 두시던 할머니가 그것들을 거꾸로 들고 한참을 살피실 때, 나는 할머니 문맹의 설움이 한꺼번에 쏟아지던 것을 보았다. 매번 나에게 "야야, 이기 무신 말이고, 눈이 침침해서 안 보인다야." 물으실 때도 그러려니 하며 읽어드리곤 했던 그간의 일들이 파노라마처럼 스쳐 갔다.

할머니의 도움으로 다섯 동생들을 다 챙기고, 서른아홉에 혼인하여 계속 직장 다니며 형제를 낳아 기르는 동안 둘째의 고등학교 졸업을 학수고대했다. '스무 살이 넘으면 저희는 자립할 테니 엄마 하고 싶은 일을 하세요'란 형제의 격려가 큰 힘이 되었다.

누군가의 삶을 들여다보는 일은 인간에 대한 예의를 기본으로 해야 한다. 그가 어떤 삶을 어떻게 살아왔든지 애정 어린 시선으로 바라볼 줄 알아야 한다. 나는 지금 내 이웃의 할배와 할매들 이야기를 사근사근히 써 나가고 있다. 고향 마을의 대산댁 아지매, 웅이 옴마, 오촌 고모님, 어장집 아재, 이장님, 달구할배 이야기는 비슷하면서도 전혀 다른 맛이 난다. 그분들을 만나 속 깊이 숨겨둔 사연을 들으며 함께 울고 웃었다.

둘째는 사투리를 채집하고 보존하는 일을 할 것이다.

나는 사투리가 좋다. 사투리는 꾸미지 않은 원형질의 언어다. 하고 싶은 대로 말하게 만든다.

사투리를 날것 그대로 말하는 분은 무학(無學)인, 문맹(文盲)인 분이다. 교과서를 배웠거나 글을 읽을 줄 알면 스스로 사투리와 표준어를 구분할 수 있다. 그런 분들은 두 종류 말의 경계선에서 때론 어색하고 때론 불편하게 언어를 조합하게 된다.

특히 처음보거나 낯선 이를 만날 때는 표준어 사용에 대한 부담으로 정체불명의 억양과 문장이 나타난다. 사투리처럼 사는 분들은 고향 땅을 떠나지 않고 붙박이로 살아오신 노인들이시다. 그분들에게서 듣는 사투리는 본질을 잃지 않은 날것 그대로이다.

어렸을 때 들은 속담과 노래와 사물의 이름들은 투박하지만 정겹다. 같이 맞장구치며 동의해 드렸을 때 목젖이 보이도록 활짝 웃으시던 정의두 모친의 잇몸이 선연하다. 사투리를 그대로 쓰시는 80대 이상 문맹의 어르신들이 돌아가시기 전에 찾아뵙고 그분들의 말씀을 기록하고 동영상으로 촬영하여 남겨둬야 하는 것이다.

내가 이렇게 온갖 명분을 갖가지로 끌어당겨서 논하는 중심에 내 할머니가 우뚝 서 계신다. 함께 살아왔던 세월 속에서 본질 그대로의 사투리로 말씀하시던, 문맹의 할머니를 결코 잊지 못한다.

할머니가 돌아가신 지 20여 년이 흘렀지만, 내 귀에 남아있는 내 할머니의 말씀들을 그대로 재연하고 싶다. 온갖 표준어로 중무장된 50여 년 세월의 때를 벗겨내고 자연스럽고 순수한 사투리를 기록하기 위해서, 내 할머니 닮은 어르신들을 만나 뵙고 그분들의 도움을 받아야 하는 것이다.

셋째는 고향 면사무소에서 여는 문해(文解)학교 선생이 되려 한다.

평생을 글 한 줄 읽지 못하고 살아오신 분들의 한을 풀어드리고 싶다. 버스를 탈 때도, 장날 만나기로 한 고향집 순이의 전화번호도, 가격표가 나란히 붙은 잡화상 앞에 섰어도, 텔레비전의 자막을 보면서도 글을 몰라 애태우던 그 안타까움을 해결해 드리고 싶다.

　작년에 예순한 살 환갑, 이순(耳順)이 되었다. 내가 하고 싶은 일을 하면서 누군가에게 따뜻한 사람이 되려 한다. 이야기를 듣고, 맞장구쳐 드리고, 잘 살아오셨다고 존중해 드리며, 어르신들 삶의 글을 조곤조곤 읽어드리려 한다.

　봄볕이 따스히 내리쬐는 고향마을의 작은 도서관 창가에서, 내 할머니 닮은 노인들께 문해학교 입학 원서를 적극 권해드리며 향 좋은 차를 함께 마실 것이다. 그분들의 선하고 고운 웃음을 도시의 손주들에게, 모르는 누군가에게 알리는 전도사가 되어.

2

이 글이 나의 마지막 흔적이 되어도

-남정렬(맹꽁이)

이 글이 나의 마지막 흔적이라 생각하니 눈물이 쏟아집니다. 이 것도 마음을 내려놓지 못하는 욕심이겠지요.

2년 전, 병원에서 시한부 말기 척추암을 선고받고 모든 것을 포기한 채 살았습니다. 그 와중에 시력이 점점 나빠져서 휴대폰 글자를 읽을 수 없었습니다. 황반변성이 왔기 때문이지요. 글씨가 흐릿하다가 점점 참깨 씨앗처럼 변해갔습니다. 아무것도 할 수 없는 나 자신이 너무나 한심하고 억울하고 싫었습니다. 나는 이대로 산송장이 되어 살아야 하는 것인가? 그런 마음이 생기니까 그만 삶의 끈을 놓고 싶었답니다.

그러다가 우리 이쁜 셋째 손자를 만났습니다. 경선에서 트로트를 부르는 가수 호중이를 만났고, 그 아이를 마음에 담고부터 점점 삶의 질이 바뀌어 갔습니다. 언제가 될지는 모르지만 손주를 만나야 하니, 저 자신을 돌보기 시작했습니다. 머리도 하고, 새 옷을 사고, 새 신발을 장만했습니다.

우리 손주 호중이를 다루는 유튜브를 찾아다니며 방송을 들었습니다. 눈이 침침해도 귀는 잘 들리니까요.

지난번에는 부산 해운대까지 내려갔답니다. 눈이 안 보여 혼자서는 움직일 수 없으니, 여동생을 대동하고 내려갔습니다. 여동생은 혀를 끌끌 차면서도 언니를 위해 기꺼이 비서가 되어 주었답니다.

KTX를 타고 부산역에 내려서 택시를 타고 해운대로 달려갔습니다. 수천 명의 아리스들이 모여서 테너 김호중의 노래를 들었습니다.

저는 큰 화면을 통해 흐릿하게 보이는 셋째 손주 모습을 보았고, 온 세상을 쩌렁쩌렁 울리는 목소리를 들었습니다. 그 기운이 아직도 남아 있습니다. 손주가 출연하는 영화를 보고, 재방 삼방을 보면서 제게 남은 시간을 보람있게 보내고 있습니다.

올해 3월, 저의 반쪽이던 양반을 하늘나라에 보내고, 이제 저는 넓은 집안에 혼자 남아 있습니다. 아무것도 할 수 없는 저를 위해 도와주시는 분이 옵니다. 저는 모든 것을 그분께 의지하고 있습니다. 시장도, 쇼핑도, 은행 입출금도, 공과금도, 집안의 살림도 모두 그분을 통해서 합니다.

그러나 TV나 스마트폰을 통해 우리 손주를 찾아다니는 일은 제가 합니다. 누구에게 배우지 않아도 저절로 그렇게 된답니다.

저는 점점 건강이 나빠지고 있습니다. 흰 종이 위에 까만 글씨가 안개 속에 묻히기 전에 나의 모든 감정을 토해내고 싶습니다. 통곡도 하고, 크게 소리 내어 노래도 부르고, 고함도 질러보고 싶습니다.

혹시 척추가 무너져 내리면 어쩌나 하고 걱정을 하면서도 내 마음을 긍정적으로 돌립니다. 운동 삼아 아파트 근처를 걷다 보면

발이 어긋나고 손발 끝에 자갈이 깔려있는 것 같은 느낌이 있는 듯해서 나도 모르게 손을 털어내는 시늉도 합니다. 이것이 항암 부작용이라고 하는데 저는 암세포를 공손하게 대하고 싶어요. 암세포가 제 몸에 깃들어 사니까 저와는 이제 몸 가족이 된 것이잖아요. 제가 사는 날까지 더도 말고 지금만큼 이대로면 좋겠어요.

요즘 산책을 하노라면 단풍 든 나뭇잎이 너무 예쁘고 아름답습니다. 제 인생에도 저렇게 아름답고 화사한 시절이 있었답니다. 제가 젊었을 때는 무용을 했거든요. 날씬한 몸매를 활처럼 휘면서 몸의 곡선을 우아하게 만드는 무용가였답니다.

가로수 나뭇잎들은 곧 떨어져 내리겠지요. 어쩌면 제 인생도 낙엽 되는 11월의 어느 시간을 지나는지 모르겠어요. 그래도 나뭇잎은 떨어지고 내년 봄에 새순을 틔우겠지요.

제 셋째 손주 호중이는 지금 한창 꽃 피우는 봄날의 청년입니다. 이 할미는 늦가을을 지나 겨울에 닿았지만, 언제까지나 손주 호중이를 응원하며 기도하겠습니다. 느지막이 제게 존재의 이유를 알려주었고 제 삶을 기쁨으로 채워준 나의 셋째 손주, 김호중이를 여러분도 사랑해 주세요.

그것이 팔순이 넘은 이 할미의 간절한 부탁입니다.

봄, 아름답구나

-남해리

온 세상에 봄빛이 가득하다.

집 앞으로 흐르는 하천의 물소리도 한결 유순하다. 앞산 뒷산
에는 온갖 봄꽃들이 화사하게 피고 있다. 진달래, 산수유, 복사꽃,
자목련, 산벚꽃, 산당화… 이름을 일일이 헤아릴 수 없이 많은 꽃
들이 봄의 향연에 초대받았다. 한 치의 망설임도 없이 때가 되면
약속이나 한 듯 일제히 꽃피우는 저들의 자신감이 부럽다.

내 삶은 저 찬연한 봄빛에서 얼마나 멀리 와 있을까? 내게도 저
렇게 화사하고 아름다운 봄날이 있었던가? 어릴 때부터 짚어보는
내 생의 한 시절은 까마득히 멀지만, 청춘에 보았던 꽃들은 지금
도 변함이 없다. 해마다 피는 꽃들은 같은 모습 같은 색깔인데, 내
삶의 빛깔은 조금씩 스러졌다. 이제는 느슨해지고 흐릿해진 노을
빛 어디쯤에 와 있겠지.

매화는 일찌감치 피었다가 졌다. 한 열흘 꽃이 피더니 꽃 진 자
리에 옹알옹알 매실을 달았다. 긴 겨울의 끝자락에 차가운 바람
이 불어도 꽃을 피웠다. 꽃 피는 것을 시샘하는 바람이 차가워도

꽃 피우는 결심을 놓지 않았던 그 강단은 도대체 어디서부터 왔을까? 얇디얇은 꽃잎이 센 바람을 견디고 고운 꽃을 피우느라 애썼다. 장하고 어여쁘다. 그래서 차가움을 견뎌낸 매향이 더욱 깊다 하지 않는가.

춥다고 벌벌 떨며 집안의 온도를 더 올리는 게 정월 끝 무렵이다. 한겨울에는 본디 추우려니 하면서 잘도 견디는 데 설 쇠고 봄이 오려나 싶어 마음을 턱 놓고 지내다 보니 더 추운 법이다.

두껍기로 치면 사람이 매화보다 몇천 배는 더할 터인데 저 얇은 꽃이파리가 잘도 견디는 추위를 사람은 옷을 몇 겹으로 껴입고 난로를 껴안으며 들썩인다. 본디 인간이란 참 묘하고 야릇한 존재가 아니던가.

생각해보면 꽃들이 저렇게 피기까지 도운 손길이 얼마나 많았으랴.

비는 수시로 내려 뿌리까지 촉촉이 적시며 길을 만들었을 것이다. 가끔 천둥이 치고 번개가 울려 모두를 깜짝깜짝 놀라게 하며 평화의 지상에 경종을 울렸겠지. 지친 날은 구름이 모자를 씌웠을 테고 바람은 수시로 가지를 흔들어 세상 이야기를 들려줬을 것이다. 햇살의 도움 없이 어찌 나무가 자라고 꽃을 피우랴. 공평한 손길이 빠짐없이 구석구석 햇살을 뿌려줄 때 세상의 모든 생명들은 움을 틔우고 꽃눈과 잎눈을 틔웠으리. 귀를 열어 소리를 듣고 발자국을 콕콕 찍으며 길을 떠났으리. 짝을 짓고 새끼들을 낳고 젖을 빨렸으리. 식구들의 안위를 걱정하며 밥을 앉치고 나물을 무쳤으리.

나는 오래 살아왔다. 저렇게 잊지 않고 찾아오는 꽃들을 해마다 봤으니 그 햇수를 헤아리면 머잖아 '백'이란 숫자가 될 것이다. 꽃들이 피우는 햇수로 세상을 셈할 수 있다니 나는 참 행복한 사람이다.

꽃들은 정직하다. 한 해도 거르거나 빠트리지 않는다. 어느 시점이 되면 잊지 않고 눈을 틔우고 꽃등을 밝힌다. 화안히 밝히던 꽃등도 어느 순간이 지나면 잎에 앞섶을 주고, 열매가 자라도록 애써 마련한 둥지를 내준다. 나도 저렇게 꽃처럼 살았을까? 남편에게 잎자리를 내주고, 자식이란 열매를 맺었던가?

이 화사한 봄빛을 몇 번이나 더 맞을지 모르겠다.

그날이 언제이든 간에 감사히 받을 일이다. 삶이란 봄날의 꽃이다가 여름날의 소나기로, 가을날의 단풍이듯, 겨울날의 눈발처럼 스러지는 것을!

숲도서관 가는 길

－대전 별사랑

가고 싶었다
숲속 작은 도서관

동동거리는 아이들 웃음이
까르르 터지는 그곳
콩콩거리는 산짐승 발자국이
숲 그늘에 가리는 그곳

경남 고성군 대가면 연지4길
들판을 건너고
돌무덤을 지나고
작은 저수지 둑길을 타고
꼬불꼬불한 산길을 올라 닿는 그곳

온갖 나무들을
숲 내음을

새소리와 잎새의 흔들림을 받으며
오붓한 길을 걷는다.
나비처럼 팔랑대며 맘껏 나부댄다

내 마음이 가지런해지는 곳
내 정신이 파르스름해지는 곳

정겨운 동동숲도서관 옆
더 작은 나무집 트리하우스 한 채
누군가를 기다리며 앉아있다

그늘에서 햇빛 속으로

-들꽃향기

저는 올해 70세 된 주부입니다.

종로선글 방송에 지각한 적은 있지만, 한 번도 결석하지 않았습니다.

공무원이던 남편은 돌아가신 지 10년이 되었습니다. 하나뿐인 딸은 각자의 가정을 꾸렸고 저는 혼자 지내고 있습니다. 엄격하고 지엄하시던 부친께서는 취직이나 바깥일을 못 하게 하셔서 학교 졸업 후 집에서 지내다가 결혼하여 가정주부로서만 살아온 사람입니다. 그래서인지 의욕은 있으나 스스로 무엇인가를 결정하고 실행하는 일이 어렵습니다.

결혼 생활에는 남편의 뒤를 따라 조용히 내조만 하는 생활을 했습니다. 딸은 스스로 공부도 자신의 일도 잘해 내는 잔소리가 필요 없는 모범생이었습니다. 다른 엄마들처럼 딸을 쫓아다니며 챙겨주거나 학원에 바래다주지 않아도 모든 일을 똑 부러지게 했기 때문에 저는 어려움도 고민도 모르고 살았던 엄마입니다.

그런데 남편이 돌아가신 뒤, 모든 상황이 달라졌습니다. 시댁 식구들은 저와 인연을 끊다시피 했습니다. 제가 아들도 낳지 못하고 딸만 낳았고, 남편이 살아있는 동안 왕비처럼 대접만 받은 몹쓸 며느리 취급을 했습니다.

딸아이도 외국 유학을 떠난 뒤 돌아오지 않고 그곳에 남아서 결혼까지 했습니다. 멀리 있는 딸과는 그리워하는 마음은 있었지만 남처럼 되더라구요. 자주 만날 수도 없고, 딸은 저에게 무엇인가를 요구하거나 바라지도 않았습니다.

넓은 집에 정물처럼 앉아 있던 저는 60이 넘어서야 철이 들었습니다.

복지관 서예 교실과 사물놀이에 등록을 하고 세상 밖으로 나왔습니다. 그곳에서 만난 사람들은 냉정한 사람, 이기적인 사람도 있었지만 다정하고 따뜻하고, 배려해 주는 사람이 많았습니다. 남의 아픔을 자신의 아픔처럼 여기면서 보듬어 주고 위로해 주는 이웃들을 만났습니다. 그들과 함께 찻집에도 가고, 여행도 하고 연극과 영화를 보면서 새로운 삶을 찾았지요. 저는 인문학 강의, 철학 수업, 사주 명리 공부도 다시 하게 되었습니다. 공부가 재밌는 줄 다시 알게 된 것이지요.

저는 지금의 삶이 참 좋습니다. 남편 그늘에서 정물처럼 앉았던 생활이 그림자의 삶이었다면 지금은 햇살을 마주한 삶입니다. 보육원과 장애인 보호시설에 봉사도 하러 갑니다. 도움이 필요한 이웃에게 따뜻한 손길을 내미는 삶이야말로 내 존재가 의미 있어 지

는 것을 알게 되었습니다.

종로선글 방송에서도 많은 분들과 댓글로 안부를 나누고 있습니다. 그분들도 이제 저의 이웃이 되었고, 식구가 되었고, 좋은 사람들이 되었습니다. 마음을 열고 세상과 사람을 바라보면 즐겁고 행복한 삶을 찾을 수 있습니다.

히말라야 산간마을 땅띵에 심은 꿈과 희망

-류지현

2017년 12월 15일, 인천공항에서 옷과 학용품 등 지원 물품을 가방 가득 채우고 네팔행 항공에 몸을 실었다. 네팔을 돕는 NGO '나마스떼 코리아'로부터 강의와 활동 지원 요청을 받고, 평소 '함께 이해하고 교류하는 지구촌 세상' 인식을 갖고 있었기에 기꺼이 돕겠다고 나선 터였다. 기왕이면 도심이나 문명의 혜택과 교육의 기회가 많지 않은 곳이 더욱 의미가 클 거로 생각해 쉽게 가기 어려운 히말라야의 산간 마을까지 일정을 잡았다. 하지만, (정말 고생이 될 거란 NGO 측의 수차례 염려에) 막상 여정을 시작하려니 은근히 두려운 마음이 생겼다.

카트만두까지 8시간의 비행, 연결편이 없어 카트만두서 밤을 보내고 히말라야 여행과 트레킹이 시작되는 포카라까지 2시간 가량 로컬 비행기를 타고 이동했다. 사람도 저울에 무게를 재고 탑승하고, 일어나면 머리가 닿아 몸을 숙여야 하는 작고 낡은 경비행기였다. 그리고 다시 낡은 트럭 하나에 사람과 짐 구분 없이 구겨 들어가 산을 넘고 강을 건너며 곡예와 같은 4시간의 산길 운행이 이어졌다.

좌석 수와 상관없이 지나는 곳마다 사람을 태워, 다섯 사람으로 출발했던 차량은 도착 즈음엔 어느새 12명이 되었다. 짐칸이고 지붕이고 문밖이고 차 밖에 매달려서라도 기어이 동승하니 그야 말로 바퀴만 굴러가면 공동의 이동 수단으로 활용하는 듯 보였다. 그나마 산간 마을까지는 길이 막혀 결국 차에서 내렸고, 마을 사람들이 나와서 짐을 함께 옮기며 30여 분가량 산을 걸어 오르자, 장대한 히말라야의 설산 안나푸르나가 병풍처럼 펼쳐진 목적지 '땅띵'에 발을 디딜 수 있었다. 기나긴 여정의 피로로 지친 얼굴이 무색하게 산간 마을 주민들이 모두 나와 직접 만든 꽃다발 세례로 만남을 환영했고, 이렇게 땅띵의 첫날이 시작되었다.

첨단 문명의 인천국제공항에서부터 하루 불과 몇 시간 불을 밝히는 (깊은 산속) 땅띵까지의 여정은 과거로 타임머신을 타고 세기의 시간을 넘어간 듯하여, 하루가 넘게 걸린 긴 소요 시간 이상의 시차를 느끼게 했다. 금방 밭에서 딴 감자와 컬리플라워, 푸른 채소 한 가지, 아침에 직접 짜낸 따뜻한 우유, 따끈한 온기가 남아 있는 달걀 등 (자가 농축산물)이 전부인 소박한 식단에, 대낮에도 집안에서 어둠 속을 더듬어 식사를 하는 곳. 채 가려지지 않은 지붕과 창으로, 잠자리에 누우면 하늘의 별과 마주 보며 온몸으로 찬기를 껴안고 자는 곳. 가진 것이라곤 장엄한 자연의 선물 히말라야뿐. (그마저 지구 온난화로 예전보다는 눈이 확연히 적어지고 있다고 한다.)

사실 수도 카트만두도 그리 나을 것은 없다. 2년 전 지진으로 마치 전쟁 후 폭격이라도 맞은 듯 폐허가 된 곳에 먼지가 가득히 쌓인 모습이다. 전쟁의 폐허에서 무언가를 찾아 달리듯 차선도 신호등도 보이지 않는 좁은 길에 빽빽하게 가득 찬 사람들이 자전거를 타고 정신없이 달려간다. 하지만, 정차한 듯 빼곡한 차 안에 갇히거나 길이 좁아 창밖으로 얼굴을 내밀며 부딪칠 듯 간신히 지나도 네팔서 만난 운전자 누구 하나 불평이 없었다.

그런데 자연의 일부로 남아 있는 듯한 이 산간 마을에도 변화의 바람이 일고 있다. 이른 아침 목에 방울을 단 염소와 소들을 몰고 산 위를 오르는 아낙네들 손에 들린 휴대전화. 100년 전에도 사용하던 화로에서 전기 없이 어둠 속에 음식을 하며 한 손엔 휴대전화를 들고 있는 모습은 마치 문명과 자연의 부조화를 보여주는 듯하다. 1년 반 전 시작된 수력발전 프로젝트도 변화의 큰 동력이다. 지난해부터 참여한 한국 업체 등 다국적 기업들이 참여하여 땅띵과 주변 마을에 전기를 공급하고 관광 산업을 일으키며 미래를 밝힐 6년간의 큰 사업이다. 땅띵이 바깥세상과 소통할 날이 머지않은 듯하다.

무엇보다 '꿈을 꾸기 시작한 사람들'이다. 수년 전까지만 해도 고등학교 가는 것조차 생각할 수 없는 기적으로 여겼던 땅띵 학교에서 이제는 Himalayan Milan 졸업생 17명 전원이 고등학교 졸업은 물론 대학 진학마저 꿈꾼다. 이런 변화 뒤엔 한국의 새마을 운동과 발전에 감명받아 네팔도 한국처럼 거듭나야 한다는 자각으로, 산간 마을 학교를 지키고 주민들을 일깨우는 땅띵 Milan 학교의 Om Prekash 교장 선생님이 계신다. 한국의 변화를 교훈으로 無에서 잠자던 땅띵을 눈뜨게 하고 더 큰 발전을 그린다. 더 나은 내일을 향한 꿈을 키우는 교장 선생님과 함께 땅띵과 네팔의 미래를 볼 수 있었다.

"What is your dream?"

이란 제목으로 강의하며, 초롱초롱한 눈망울로 바라보는 이들에게 내가 남기고자 한 것 또한 '꿈'과 '희망'이었다. 수줍은 듯 고개 숙이지만, 호기심 가득해 보이는 땅띵 학교의 학생들, 선생님들, 남녀노소 할 것 없이 그 누구도 마주치면 부드러운 미소와 함께 곱게 두 손을 모아 "나마스떼!" 하고 인사하는 마을 사람들을 보며 이들에게 지원 물품보다 더 중요한 건 희망을 심어 주는 일과 교육을 통한 변화라고 확신했다. 그런 소신으로 전했던 '꿈과 희망의 메시지'가 그들의 마음에 와닿았음을 느낄 수 있었다.

12월 23일 땅띵에서 다시 포카라를 거쳐 카트만두를 경유해 인천공항까지 역시 하루 이상을 보내고 왔지만 돌아오는 길은 그리 길게 느껴지지 않았다. 왜냐하면, '바깥세상을 향한 꿈'을 꾸기 시작한 이들의 희망의 다리가 벌써 이어진 것을 느끼기에... 그리고 네팔과 땅띵이 내게 남긴 여운들 -저녁이면 이웃도 가족이 되어 함께 모이고 나누는 공동체 문화, 끊임없이 이어지는 정겨운 수다, 서두르지 않고 태연한 '네팔식 시간,' '나마스떼!' 인사와 함께

활짝 피어나는 '순수 미소.' - 그것은 곧 그들의 미래를 만들어 갈
자산이기도 하다. 그건 혹시 나와 우리가 어느새 놓치고 살았던
것들이 아니었을까!

7

파노라마 노래 따라 추억 속으로

-문옥자

2009년 '고딩 파바로티'로 불리며 SBS《스타킹》프로에 나왔던 고3 김호중 학생을 보면서 '아! 우리나라에도 세계적인 테너가 나오겠구나!' 하며 기쁨과 희망의 기대를 가졌었다.

그런 그가 2020년 1월 TV조선《미스터 트롯》이라는 경연에 나왔는데 너무도 달라진 모습과 성악과는 정반대의 정통 트롯 곡인〈태클을 걸지 마〉를 불러서 경악, 충격, 당혹감을 주었다. 하지만 풍부한 성량과 감성, 울림 있는 목소리, 가사에 몰입한 가창력으로 사람들의 심금을 파고들면서 팬들을 모아들였는데, 나도 그중의 한 사람이 되었다.

2022년 6월, 김호중 가수가 사회복무요원을 마친 후 7월에 발매한 첫 앨범은 클래식 2집《파노라마(Panorama)》였다. 제목처럼 수록곡〈친구〉,〈주마등〉,〈약속〉,〈가을꽃〉,〈그리움의 계절〉은 마음을 울컥하게 하면서 나의 기억 속으로, 추억 속으로 여행을 안내해 주었다.

37년 전, 85년 8월 3일. 결혼 4년차 신혼이었던 우리에겐 아직 아이도 없었다. 그런데 사법고시 합격 후, 서울 서초동 사법연수원의 2년차 연수생이던 그이가 '어제까지만 사랑했다'는 듯, 폭우로 불어난 냇물에 휩쓸리는 익사사고로 갑자기, 번개같이, 홀연히, 하늘의 별이 되어버렸다.

그이는 위로 누나 두 분을 둔 3남 4녀의 장남이었다. 나와는 시골 국민학교(초등학교) 동창으로 같은 반이 된 적도, 말을 해본 적도 없었지만, 우리는 각자 반의 반장이었고, 월말고사 등 우수생들 표창장 수여식 때 보게 되니 이름과 얼굴만 아는 정도였다. 그는 내가 대학 졸업하던 해부터 집으로 찾아오기도 하고, 편지를 보내기도 했는데 5학년 때부터 나를 좋아했다고 고백했다. 하지만 나는 독신주의자였기에 그를 무관심하게 대하며, "나보다 더 좋은 사람 만나라"는 답장을 보냈었다.

몇 년 후 고시공부를 하는데 글 위로 내 얼굴이 어른거려 공부가 안 되니 사진 한 장 보내 달라는 편지가 왔다. 그때 '아! 내가 무엇이라고 전도유망한 사람의 앞길을 방해하고 있구나!'라는 생각이 들어서 사진을 보내주었다.

2년 뒤, 내가 파견근무를 마치고 본 근무지로 돌아온 뒤에 만나자는 연락이 왔다. 그때 처음으로 같이 저녁 식사를 하고, 대화의 시간을 가졌다. 그는 내 남동생의 동네 친구를 통해서 내 주소를 알아내어 편지를 보냈다고 했다. 그날부터 3년간 교제를 하다가 30세에 결혼했고, 결혼 2년차 되던 해에 그이가 사법고시에 합격하여 84년 1월부터 사법연수원 연수생이 되자, 나도 퇴직을 하고 서울로 이사했다.

85년 8월 2일, 연수 5개월을 남긴 2년차 연수생이던 그이는 고향 친구들과 모임이 있다며 가벼운 작별 인사를 하고 고향 집으로 내려갔다. 그런데 8월 3일 오후, 작은집 시동생이 작은어머님과 함께 오셔서 형님이 크게 다쳤다며 나를 차에 태우더니 우황청심환을 주며 먹으라고 했다. 어디를 어떻게 다쳤냐고 물었으나 모른다는 대답만 돌아왔다.

내게 우황청심환을 먹게 할 정도면 크게 다친 것 같아서 걱정과 불안, 초조함으로 광주에 도착했는데 전화를 해 보더니 시골집으로 데려가는 것이었다. 나는 두려운 맘이 들면서 떨리고 격앙된 목소리로 "크게 다쳤으면 병원으로 가야지, 왜 집으로 가느냐?"고 묻는데도 대답이 없었다.

불안하고 두려운 마음을 안고 시골집에 도착했는데, 안방에는 시부모님께서 망연자실해 넋을 놓으신 채 맥없이 벽에 기대어 앉아 계시다가 시어머님은 쓰러지셨고, 다른 가족들은 모여 있는데 유독 그이는 보이지 않았다.

나는 그이가 병원에도 안 가고, 집에도 없는 그 상황이 도무지 납득이 안 되어 어안이 벙벙했다. 답답함과 불안, 불길한 예감으로 몸이 떨리고 힘이 빠져 주저앉으면서 어떻게 된 거냐고 물었다.

8월 2일 저녁에 그이는 고향 친구들과 놀다가, 3일 아침에 부모님께 인사드린 후 다시 친구들을 만나서 다른 동네 앞으로 지나는 영산강 상류인 냇가로 그물 낚시를 하러 갔단다. 그이는 8월 1일의 예비군 훈련 중에 햇볕에 탄 곳이 따갑고 쓰리니 둑에 앉아있겠다고 하여, 친구들만 냇물을 가로질러 건너편 둑 쪽으로 건너간 다음, 그이 쪽을 바라보니까 그이가 물 한가운데서 허우적거리더니 물속으로 사라졌다는 것이다.

전날 폭우가 내려서 냇물이 많이 불어 있는 상태라 그이를 못 찾고 경찰에 신고, 해병대원들이 튜브 보트를 타고 수색했으나 아직 못 찾았는데 밤이라서 중단된 상태라는 것이다.

익사사고 자체만으로도 황당하고 충격에 날벼락을 맞은 듯한데, 실종자를 아직 못 찾았다는 사실은 설상가상이요, 폭풍우 맞은 뒤에 해일이 덮친 격이었다. 그이의 익사사고와 실종사건은 우리 가족에게 날벼락이 되어 모두 패닉 상태가 되었다.

다음날도 수색작업이 계속되었다. 애간장을 태우면서 꼭 찾을 수 있기를 간절히 기도하면서 기다렸으나 못 찾고 또 하루해가 지나갔다.

3일째 아침에 시동생이 냇물이 많이 줄어든 냇가를 따라 내려가면서 살펴보았으나 못 찾고 되돌아오는 중이었는데, 형님이 자기를 부르는 것 같아서 냇물 쪽으로 내려가 냇물 속의 돌무더기 위의 관목들을 살펴보다가 관목들 사이에 걸쳐져 있는 형님을 발견해 모셔 왔다.

죽음의 애통함 속에서도 그이를 찾았다는 기쁨과 반가움과 감사함으로 끌어안았는데, 그의 몸은 생시 그대로의 모습이고 코만 조금 부어있는 상태였으나, 생명 없는 그의 몸은 딱딱한 돌덩이 같고, 얼음장같이 차서 오랜 시간 안을 수도, 만질 수도 없었다.

그이는 가족에게 충격을 주고 애간장을 녹이다가 3일 만에 얼음장이 된 주검으로 돌아와서는 아무 말 없이 3일간 인사만 받고 하늘나라로 영원히 떠나가 버렸다.

결국 우리 부부는 큰 죄인이요, 불효자가 되었다. 큰 며느리인 나는 독자이신 아버님께 손자를 안겨드리지 못했다. 그이는 가족에게 기쁨 영광 희망 기대를 안겨준 후, 갑작스런 죽음과 3일간의 실종으로 충격과 애간장을 녹이는 고통을 주고, 부모님 가슴에 무덤을 만들어 드린 후 영원히 떠나버림으로써 크나큰 죄인이요, 불효자가 된 것이다.

나는 낙담·상심·좌절·의욕 상실의 시부모님 곁에 한 달가량 있다가 서울 집으로 돌아왔다.

나는 아직 세례를 받기 전으로 성경책을 읽지는 않았지만, 예수님께서 죽은 사람을 살리셨다는 말을 들은 기억이 있었다. 나보다는 그이가 시댁이나 친정, 우리나라에 더 도움이 될 사람이라 생각하여 "저를 데려가시고, 그이를 살려 주시라"는 기도를 매일 드리기 시작하였다.

기도드린 지 8개월인 다음 해의 예수님 부활절 무렵, 꿈에 그이가 살아와서 껑충껑충 뛰며 기뻐하며 여행도 갔는데, 3일 만에 그이는 또 죽음으로 떠나버렸다. 꿈에서 깨어났을 때 '그이는 떠나야 할 사람이구나'라는 메시지로 받아들여지면서 그 기도를 멈추고, 그이의 영혼 안식을 위한 기도를 시작했다.

10월엔 LG그룹에 다니던 전 직장 후배가 '회사에서 경력직을 뽑는다'는 소식을 줘서 응시했는데 합격하여 11월 1일부터 출근하였다.

11월 17일은 반포성당에서 천주교 신자가 되는 영세식(세례식)이 있는 날인데 영세식 때 드리는 기도는 응답받는다는 말을 듣고, 실의·낙담·상심·좌절·의기소침·의욕 상실로 지내시는 시부모님을 위로 위안해 주시고, 힘주시라는 기도를 드리면서 영세식을 하는데 눈물이 하염없이 줄줄 쏟아져 나오는 가운데 천주교 신자가 되었다.

그이는 세례는 안 받았지만, 하느님을 믿고, 연수원생들의 신우회 모임에 들어가서 열심히 활동, 신앙생활을 하였고, 반포성당에서 신우회 회원들과 가족들의 추도식도 받았다.

그이의 소생기도, 나의 회한의 눈물기도, 시부모님의 아픈 마음을 위한 기도를 드리면서 신앙생활과 신심이 키워졌다. 하느님 은혜 체험이 늘어나면서 하느님을 깊이 알아가게 되었다.

예전에 두 번의 낙상사고로 팔목 골절, 골반 틀어짐, 척추 틀어짐과 교통사고로 목뼈를 다치면서 목, 어깨, 팔의 통증으로 시달림을 받으며 살아왔다. 그래서 건강한 몸으로 봉사할 수 있게 해주시라는 기도를 드리던 때에, 예전의 직장 후배가 10여 년만에 전화를 했는데, 내 상태를 듣더니 추나요법 치료사를 소개해 줘서 3개월간 치료를 받고, 낙상사고와 교통사고 후유증의 고통에서 많이 해방될 수 있었다.

시아버님께서는 낙심 상심으로 삶의 낙을 잃으신 채 외출도 삼

가시며 지내시다, 아들을 보낸 지 9년 후 67세에 췌장암으로 타계하셨을 때, 나는 아버님의 고통스런 마음의 아픔을 알기에 아버님의 천국 안식을 구하는 기도를 간절한 마음과 통곡으로 바치면서 보내드렸는데, 내 생애 제일 많은 눈물을 흘렸었다.

그때 내 몸의 컨디션도 안 좋았다. 나도 암이 생겨 수술을 했는데 우측 발목 시림증이 생겨서 발목에 냉기가 닿으면 칼로 에이는 듯한 시림과 통증으로 시달리게 되니까 발목에 냉기가 못 들어가도록 두꺼운 양말, 발목 덮는 두꺼운 옷, 발목 띠 등으로 겹겹이 싸고, 발목 위를 덮는 부츠를 신어야 했다.

암 수술 2년 후엔 독감을 심하게 앓고서 기진맥진 상태가 된 몸으로 일을 하려고 모니터 앞에 앉았는데, 아무리 애를 써도 눈이 안 떠져서 일을 할 수가 없었고 결국은 퇴직을 하게 되었다.

교통사고 후유증이 있던 팔과 어깨를 무리하게 사용한 뒤부터는 섬유근육통이 되어서 수저로 식사하는 것에도 통증이 발생할 정도로 노동력이 상실되어 주방일도 힘든 상태가 되었다. 현재 94세이신 시어머님께서 시동생 부부의 주말 방문을 받으시면서 혼자 기거하시지만 통증을 일으키면서 힘이 빠지는 내 팔로는 도움을 못 드리어 늘 죄송한 큰며느리다. 그래서 여동생 집에 얹혀 살면서 동생의 도움으로 감사히 지내고 있는 중이다.

현재 나의 주된 일과는 성당에 다니는 일과, 좋아하는 가수 트바로티 김호중의 팬인 아리스로서 공식 팬카페의 지정 음원과 유튜브 영상을 끊임없이 돌게 하고, 응원하고, 팬카페 둘러보는 일 등으로 하루 시간이 늘 부족한, 행복한 날들을 살고 있다.

트바로티 김호중의 풍부한 성량과 울림과 감동을 주는 팔색조 목소리에 공명 되면서, 노래 가사에 따라 전하는 절절한 감성에 동화되어 같이 느끼며, 가사 내용대로 추억·기억·가슴·영혼 속을 여행하며, 위로·위안·치유·힐링·카타르시스·힘·기쁨·행복·사랑을 얻고 누리고 있는 아리스로 살고 있음에 감사드린다.

김호중 가수가 어린 시절부터 겪은 굴곡진 삶에서 느낀 감성들 이, 가사에 맞는 절절한 감성의 노래가 되어 감동으로 심금을 울 리게 하고, 어려운 이들에게 선행을 베풀 듯이 나도 따뜻한 마음 을 전한다.

뉴스에서 실종사건이나 이웃에게 소식을 들으면 그 가족들의 암담함과 애타는 마음, 간절함을 알기에 내 일처럼 꼭 찾을 수 있 기를 간절히 기도해 주게 된다. 고통 중에 있는 이웃들의 아픔에 공감하며 절실하게 기도하게 된다.

"고통은 은총의 통로"라는 말처럼 고통을 어떻게 견디어 내느 냐에 따라서 은혜가 되어 돌아올 수 있다. 벌인 줄 알았는데 은총 이었던 고통과 사고, 힘든 일들을 겪어 봤으니까.

"지나간 것은 지나간 대로 의미가 있죠"라는 노랫말도 진리다. 우리 삶 가운데에서 만나는 모든 상황들은 뜻이 있고, 교훈이 스 승이 되어 나를 성장시키고, 여유롭고 너른 마음을 갖게 해준다.

그래서 어떤 일이든 관조하게 되고, 자유롭게 된다.

김호중에게 천재적인 음악적 재능을 주시고, 주저앉으려 할 때 그의 보호자와 재능을 키워주실 분으로 서수용 선생님을 안배해 주신 하느님께 감사·찬미·사랑을 드리며, 김호중 가수와 그를 사랑하는 모든 분의 건강과 행복과 하느님의 축복을 빈다.

8
존경받아 마땅한 사람

-박계숙

어머님,

가을입니다. 단풍물 곱게 들고, 억새가 바람에 나부끼는 늦가을입니다. 계시는 그곳에도 구절초가 피고 살살이가 어여쁘게 꽃을 피우는지요?

은행잎이 노오랗게 융단을 깔고 꿀밤은 지천으로 떨어져 짐승들의 먹이가 되는지요?

유난히 낭만적이셨던 어머님의 심성은 가을이 되면 더욱 아름다우셨으니....

지난 기일에 나름대로 신경을 썼습니다만, 문어 다리 하나가 살짝 부실했음을 고백합니다.

감과 사과는 제대로 맛이 들었지만, 배는 태풍 때의 落果였던지 싱겁고 밍밍했음을 고합니다. 밤은 모양대로 쳤는지, 대추알은 풍성히 올리느라고 홀수를 맞췄는지도 염려가 됩니다.

도미와 민어는 생물을 장만하여 쪘지만 조기는 단골 건어물상에 부탁하여 싱싱하게 장만해 달라 했건만 제 마음에는 조금 부족했습니다.

제사상이 부실했다손 치더라도 나무라지 마셨음 합니다. 어머님이 가장 아끼고 사랑하는 아들이 정성을 다해 제물을 차리고 어머님을 추모하며 향을 피웠으니까요.

어머님,

두 분 젊은 시절, 집에는 참으로 힘이 센 일소가 있었다고 들었습니다. 그 일소로 온 동네의 논밭을 다 갈아드리고, 품삯도 제법 받으셨다지요? 그 일소의 목을 쓰다듬고 멍에를 풀어주면서 "고맙다. 애썼다!" 눈을 맞추시던 모습이 눈에 선~합니다.

아버님은 대문 앞 항아리에 말술을 내어놓고 조롱박을 띄우셨다지요? 지나가는 사람 누구라도 막걸리 한 사발 마시라고요.

중참 대신 목울대를 적시던 막걸리의 그 맛에 대한 이야기는 오래도록 마을 사람들의 입에서 입으로 회자 되었답니다.

가을 추수를 끝내면, 논 한 마지기 없는 가난한 집에는 쌀가마 넉넉히 짊어지고 가셔서는 그 댁 부엌에 부렸다면서요? 햅쌀로 밥 지어 식구들 따숩게 드시라고요.

다들 어렵게 살던 시절 아버님은 인심 후하시고 마음 넉넉하시어 동네 사람들의 칭송을 받으셨단 말씀 들었습니다.

시집와서 겪어온 며느리의 눈에도 아버님은 그러한 분이셨습니다.

어머님,

평생 글을 모르고 사셨으니 얼마나 답답하셨을까요?

둘째 시누이가 고등학생 되었을 때 '야야, 니가 내게 글을 좀 가르치렴!' 이란 당부에 시누이가 고개를 흔든 것은 이유가 있었다네요.

'우리 엄마 글 배우면 감당할 수 없는 일이 일어날까 겁났다우!'

어머님은 참으로 영민하시고 총기 있으시니 글자만 깨우쳤으면 여장부로 사셨을 분이셨습니다. 생활의 지혜, 삶의 지혜를 모두 어머님께 배웠습니다.

기억력 좋으셨기에 집안의 제사며 어른들 생일이며 모두 어머님 머릿속에 들어있었습니다.

어느 시기에 고사리가 돋고, 홑잎이 피고, 제피며 산초를 따야 하는지 몸의 경험으로 다 아셨습니다. 고구마 무강을 심고, 콩씨와 팥씨를 넣으며 부지런히 농사일을 하셨습니다.

어머님,

시집와서 한동안 아이를 갖지 못해 저는, 마음고생이 심했습니다. 남편이 외동인데 아이를 갖고자 애를 썼지만 번번이 수포로 돌아갔을 때 두 분이 해 주신 말씀이 아직도 귀에 남았습니다.

"자손이야 있으면 좋겠지만 없어도 괜찮다. 내 남은 생애, 며느리캉 잘 지내고 가정이 화목하면 그만이지. 아무 걱정하지 말아라."

"내는 며느리가 중하다. 자네 몸 상하면서 애쓰지 않아도 된다. 모두 삼신할매 뜻대로 될 것을!"

열네 번의 시험관 시술 동안 두 분은 지극 정성으로 보살펴 주셨습니다.

그 깊은 마음과 따뜻함을 제가 어찌 잊겠습니까?

어머님,

2002년, 저희는 시골밥상이란 한식집을 차렸습니다. 초기 치매 증세가 있으셨던 어머님은 그 음전한 손길로 나물을 다듬어 주셨고, 콩나물 밭을 잘라주셨습니다.

남편은 하루 세끼 따순 밥을 본가에 날랐습니다. 그렇게 몇 년을 하고 나니, 하루는 마을 이장님이 남편을 불러 마을회관에 오라고 하더군요. 동네분들이 모이셔서 효자 상패를 주셨고요. 요즘 세상에 이런 자식이 어딨냐고 칭찬해 주시면서요.

아버님은 "야야, 우리가 거처할 집을 식당 가까운 곳에 지어라. 우리가 너희 곁으로 이사를 가마." 그리하여 저희는 두 분을 직접 모실 수 있었습니다.

8년이 흐른 뒤 어머님의 치매가 점점 심해졌습니다.

하루는 밥을 차리는데 어머님이 대문가에 나오시더니 "서울 아들네에 가야 한다"셔서 말리는 사이 넘어지셨고 엉치뼈를 크게 다쳤습니다.

병원에 입원하신 어머님은 점점 야위어 가셨지요.

낯가림이 심한 어머님은 간병인도 싫어하셨고, 오직 외아들만 찾으셨습니다.

병원에서는 석 달을 못 넘긴다는 예측을 했지만, 남편의 지극 정성은 변함이 없었습니다.

1년 뒤에 약을 받으러 간 남편에게 담당 의사는 고개를 갸우뚱하며 중얼거렸다더군요.

"아직도 살아 계세요? 이상한데!"

그렇게 5년을 더 사시는 동안 어머님은 욕창 한번 앓지 않으셨습니다. 남편이 에어매트리스를 활용하여 간호사와 함께 교대로 몸을 돌려드렸기 때문이지요.

어머님의 치매가 점점 심해지면서 14년의 세월이 바람처럼 흘렀습니다.

2013년 아버님마저 치매 진단을 받으실 무렵에 어머님은 꼼짝달싹 못 하시는 식물환자가 되셨습니다.

두 분이 치매로 누워계실 때 남편은 지극 정성으로 모셨습니다. 아내인 저의 손을 빌리지 않고 자신을 낳아주신 부모님을 제대로 뫼시는 일이 최대의 과제라 하였습니다.

'나에게 살과 뼈와 피를 주신 분을 남의 손에 맡기는 것은 도리가 아니다'라며 본인이 모시겠다고 했지요. 저 또한 남편의 생각과 같았습니다.

어머님 치아가 빠지고 위장이 약해 소화가 안 될 때 남편은 스무 가지가 넘는 죽의 식단을 짰습니다.

잣, 콩, 깨, 쌀, 미음, 누룽지, 전복, 바지락, 홍합, 대게, 굴, 낙지, 당근, 옥수수, 고구마, 버섯, 야채, 쇠고기, 닭고기, 양고기 등

등….

그 죽에 넣는 모든 재료는 잘라서 도마에 대고 다졌습니다.

어쩌다 제가 "믹서기에 갈면 일이 쉬워요."라고 말하면 "맛이 없어서 안 됩니다!" 단호히 말하더군요.

죽에 들어가는 참기름과 들기름은 농약과 비료를 치지 않은 유기농으로, 재료들도 가능하면 최상급으로 비싼 값을 주고 들여왔습니다.

"부모님께 얼마나 음식을 해 드릴지 모르겠지만 자식으로 최선을 다하고 싶소!"

"당연히 그렇게 하셔야지요. 당신이 너무 힘들면 제가 돕겠습니다."

말은 이렇게 했지만 저는 가게 일이 바빠서 부모님을 제대로 돌봐드리지 못했습니다. 어쩌면 남편이 워낙 잘하니까 믿고 맡겼는지도 모릅니다.

어머님을 그렇게 20여 년 봉양하는 모습을 보면서, 저는 사람에게 받는 감동을 생각합니다.

아버님마저 치매를 앓으시는 동안 지극 정성으로 수발하는 모습을 보면서, 자식의 도리를 생각했습니다.

어머님,

사람이란 얼마나 간사한 존재이던가요?

'긴 병에 효자 없다!'란 말이 그냥 생긴 말은 아니겠지요?

생업과 자신의 일에 바쁜 자식이 모든 일을 제쳐두고 부모님을 봉양하는 일이 쉽지 않기 때문이지요. 그렇지만 남편은 자신의 모든 일정을 부모님 모시는 데 맞췄습니다.

아침에 어머님 기침하시는 소리를 듣고, 얼굴을 닦아 드리고, 용변을 챙기고, 온몸을 주무르고, 간식을 챙기고, 죽을 끓이고, 목욕을 시켜드리고, 약을 챙기는 것으로 하루를 보내는 사람이었습니다.

아버님과 두 분을 수발해야 할 때, 하루에 몇 시간 못 자면서도 웃으며 간병을 한 사람입니다. 나중에 세 분 시누님들이 '외동아들인 너에게만 부모님 맡겨서 미안하다. 너도 이제 고생 그만하고 요양원으로 모시자!' 고 했을 때 남편은 이러더군요.

"누님들한테 안 맡기고, 부모님 챙겨달라 안 할 테니, 제발 말없이 조용히만 있어 주세요!"

그 한 문장에 시누님들은 입을 다물었고 아무 말이 없었습니다.

시누님들이 병원에 다녀가신 뒤에 어머님은 곡기를 끊곤 하셨습니다. 아마도 동생 고생시킨다는 푸념을 어머님 침상에서 나눈 모양입니다.

눈도 안 뜨고, 말씀도 못 하시는 어머님의 모습을 뵈면서 시누님들도 안타까워 나눈 말이겠지만 어머님은 다 듣고 계셨던가 봅니다.

하나뿐인 아들 고생 시킨다는 말씀을 듣는 어머님의 마음인들 오죽하셨을라고요.

2015년 아버님이 먼저 하늘나라로 떠나셨습니다.

어머님은 아버님을 배웅하지도 못하시고 침대에 식물환자로 누워만 계셨습니다. 남편이 어머님 귀에 대고 아버님의 부음을 전했을 때 한 줄기 눈물을 흘리셨습니다. 인간에게 남은 마지막 감각 기간이 청각이라 했던가요?

2017년 어머님 돌아가시기 몇 달 전, 남편이 심각한 표정으로 제게 말했습니다.

"어머님도 생각이 있으실 텐데, 내가 너무 오래 붙잡고 있는 건 아닌지 모르겠소. 이제 그만 어머님을 보내드려야 할지 고민이 되는데 당신 생각은 어떻소?"

저는 아무 말도 할 수 없었습니다. 제 입장에서 '이제 그만 놔 드리자'라고 하면 불효막심한 며느리가 되는 것 같고, '돌아가실 때까지 돌봐야지요'라면 남편한테 죄짓는 것 같아 마음이 불편했습니다.

이런 저희들의 마음을 아는 듯 어머님은 잠결인 듯 꿈결인 듯 돌아가셨지요.

어머님,

3년 전, 어느 저녁 티비를 보던 남편이 대성통곡을 하더군요.

어느 가수가 부르는 〈천상재회〉를 듣던 중이었습니다.

천상에서 어머님을 만나면 못다 한 사랑을 전하고 싶었던가 봅니다.

그 날부터 남편은 한 가수의 팬이 되어, 저에게 결승전 투표를 하라, 스밍을 하라, 재촉하더군요. 남편이 먼저 팬이 되었고 저도 남편을 쫓아 한 가수를 좋아하게 되었습니다.

요즘 우리 가게에는 그 가수의 노래가 하루 종일 흐릅니다.

남편과 콘서트장에도 함께 가고, 둘이 나누는 대화 속 주인공도 단연 그 가수입니다.

어쩌면 어머님도 천상에서 그 가수의 노래를 들으시며 아들 내외가 오순도순 살아가는 모습을 보시겠지요?

어머님,

저는 세상에서 남편을 가장 존경하고 있습니다.

누가 들으면 팔불출이라고 놀리거나 흉을 봐도 할 수 없습니다.

제 맘을 어머님은 알아주시리라 믿습니다.

어머님은 세상에 둘도 없는 아들을 낳으셨고, 그 아들이 제 남편입니다. 이렇게 훌륭한 남편을 낳아주셨고 저와 인연을 맺어 주셔서 참으로 고맙습니다.

부모님을 지극 정성으로 모신 걸 보면서 남편에게 감동받았고 존경하게 되었습니다.

그런 심성을 가진 사람이니 아내인 제게도 오죽 잘하겠습니까?

저희 부부는 서로를 존중하고 인정하고 믿고 깊은 사랑을 간직하며 살고 있습니다.

이 모두는 부모님이 저희에게 주신 유산입니다. 그 유산 빛바래지 않도록 잘 간직하며 살겠습니다.

어렵게 얻은 아들 하나, 어머님의 손주와도 잘 지내겠습니다.

스스로 알아서 잘 살아가도록, 자립적이고 자발적이고 자존감 있는 사람이 되도록 옆에서 돕겠습니다.

나중에 어머님 만나게 되는 날 '애썼다' '잘했다' '고맙다' 이런 말씀 듣도록 살겠습니다.

조용히, 성실히, 나직이, 서로를 사랑하며 살겠습니다.

2022년 11월 아름다운 가을날
어머님의 부족한 며느리 박계숙 올림

호주 시드니 오페라하우스 연주 여행기

-박계옥

시드니 오페라하우스 합창 연주겸 투어 (2017.6.12.~18)

첫째 날.
킹스퍼드 스미스 국제공항에 내렸다. 이 시기 호주는 겨울이다. 최저기온이 7~8도, 낮 최고 기온은 20도 하루에 사계절을 경험할 수 있다고 한다. 면적은 우리나라의 78배, 인구 2,500만 GNP 6만불, 해안을 끼고 도시가 형성되었으며 남태평양과 인도양이 만나고 있다. 동서로 횡단하면 서울에서 방콕까지의 거리이고 1,700여 개의 국내 항공을 운영하고 있다고 한다.

이번 여행의 시작은 블루마운틴이었다. 블루마운틴은 높은 고지가 아님에도 불구하고 도시가 형성되어 있어 산이라는 느낌이 들지 않았지만, 유칼립투스 잎의 오일 성분이 햇빛에 반짝여 마치 블루의 수평선을 보는 듯했다. 그래서 블루마운틴이라 불리나보다 생각했다.
그동안 많은 여행지를 다니면서 또 와보고 싶은 곳들이 많았지만, 이곳은 내가 살고 싶다는 생각이 들 만큼 매력적으로 다가왔다. 아름다운 자연경관에 복지도 잘 갖춰있고 그만큼 자국민에 대한 혜택이 무한하다.

물론, 그러기 위해선 세금 납부 등 뒤따르는 부담이 많겠지만 드넓은 땅, 깨끗한 공기, 쾌적한 날씨 속에서 살 수 있다면 별걱정 없이 순응하게 될 만큼 환경이 무척 아름다웠다. 블루마운틴을 내려와 첫날은 숙소로 이동했다.

다음날은 햇빛에 반짝이는 바다라는 뜻을 가진 울릉공으로 이동하여 그야말로 찬란하게 빛나는 남태평양 바다를 내 가슴에 담았다. 오후엔 사전 리허설을 위해 오페라하우스로 이동하여 무대 리허설을 하였다. TV로만 보던 오페라하우스 무대에 내가 오르다니!! 벅차오른 가슴이 좀처럼 진정되지 않았다.

여행 3일차에는 캐달스 온더비치, 로얄 보타닉 가든을 거닐며 하버브리지와 오페라하우스를 한눈에 보고 왕족이 되어 산책도 해보았다. 거기서 챙이 넓은 모자도 하나 구입하고 미술관에 들어가 아름다운 작품들에 마음을 빼앗겼다. 오감이 만족스러운 일정이었다.

드디어 이번 여행의 하이라이트인 오페라하우스 공연이다.
아름다운 모습으로 무대에 서기 위해 대기실에서 드레스로 바꿔 입고 화장을 하고, 이 순간을 기억하기 위해 사진도 찍고 단원들과 함께 즐거운 추억을 남기기에 여념이 없었다.

삼성전자의 LED로 만든 오페라하우스 로고 앞에서도 찰칵찰칵. 공연이 시작되고 무대 위에 올라서니 빈 좌석 하나 없이 전체 2,700석의 객석이 꽉 찼다. 시드니에 살고 있는 교민들이 고국에서 온 우리의 목소리를 듣기 위해 자리를 꽉 메워주셨다는 생각이 드니 노래를 하기도 전에 마음이 몽글몽글해졌다.

우린 〈도라지〉, 〈신아리랑〉, 〈고향의 봄〉 등 교민들의 향수를 채워줄 수 있는 노래들을 선곡했고, 우리의 마음이 전달되었는지 교민들은 박수와 환호로 화답했다.

이어 남성합창단과 함께 혼성합창단이 되어 〈오 솔레미오〉를 이상주 지휘자의 지도로 불렀는데, 교민들의 행복한 표정이 그대로 전해져서 합창을 통해 사람들과 주고받는 긍정에너지의 힘을 만끽할 수 있었다.

〈고향의 봄〉을 부를 때는 여기저기서 어깨를 들썩이며 훌쩍이는 소리가 들렸다. 공연 후에 만난 한 교민은, 호주에 와서 오랫동안 살았는데 시드니 오페라하우스 앞만 구경했지 내부에 들어와 공연을 본 것이 오늘이 처음이라 하였다.

국내외 많은 무대에 서 봤지만, 모든 합창단이 출연하고 싶어 하는 꿈의 무대인 호주 오페라하우스에 올라 동포들의 마음을 어루만져 주는 노래를 할 수 있어서 너무나 감동적이었다. 20년 내 합창 인생에 두고두고 기억에 남을 것이다.

다음날은 사막 체험과 선상에서의 식사, 돌고래쇼 감상을 하는 패키지 프로그램이었는데 크루즈와 돌고래가 경주를 하는 것 같은 장관이 펼쳐져서 마치 어린아이가 된 것처럼 단원들 모두 신기해했다.

사막 체험에서는 모래 위를 달리는 샌드보딩을 타며 짜릿한 스릴을 만끽하였고, 선상 뷔페는 음식도 맛있고 분위기도 근사했다. 야간에는 마침 시드니의 자랑 비비드쇼 공연을 하는 기간이라 유람선을 타고 선상에서 비비드쇼를 관람하였다.

다음날 본다이 비치와 넬슨 베이 등 동부 해안을 산책하였는데 초겨울임에도 불구하고 수영과 파도타기를 즐기는 젊은이들이 많았다. 특히 넬슨 베이에서 거리공연을 하였는데, 우리의 〈오 솔레 미오〉를 듣고 영국에서 온 여행객 한 분과 그 가족들이 감동의 눈물을 흘리며 사진찍기를 요청하여서 합창을 통한 연주 여행의 짜릿한 묘미를 느낄 수 있었다.

여행은 늘 행복하고 유쾌하고 즐겁다. 특히 노래하는 사람들과의 여행은 좋은 점이 배가된다.

다음 연주 여행이 또 기대된다.

전등사

-박선희

전등사

나지막한 돌계단
층층이 끼고

하늘문이 열린 사이로
솜구름이 두둥실 떠간다

조용한 탁자 위
오미자향 가득히 내려놓고
사랑하는 이와 마시는 차 한 잔
기쁨이 더해진다

스르르 스르르
매미의 여름휴가
노래 한 곡이

찻집 위로 흘러나와
피아노곡에 합주곡 되고

수채화 화폭 펼쳐진 쉼터
군데군데 화가들의
바쁜 손놀림 가득한
전등사

내 어미
유방 같은 숲속에
낮은 잔디

솔바람 베고
시름을 잊어버린 한여름
행복한 수를 한 땀 한 땀 놓아 가는 하루

개망초

스산하리만큼
찬비는 그칠 줄 모르고
밤새 내려앉아
울어댑니다

산자락 끼고
안개꽃이
피어오른
작은 언덕에

살포시 피어있는
가련한
꽃

꽃대도 가냘파
바람마저
만지려다 애달파
울고 갔습니다

6월이면
흐드러지게
이곳저곳에
슬픔을
품어내고 피는
꽃이여!
꽃이여!

한 가수를 사랑해서 생긴 인연들

－박요례

최초에는 김호중 가수를 지극히 좋아해 모든 유튜브 방송들을 찾아다니다가, 우연한 기회에 종로선글이란 방송을 접하면서 매일매일 즐겨 들었었네요.

그것이 3년 전 얘깁니다. 우린 처음부터 지인이 아니었음에도 곧바로 친밀감을 갖게 되었네요. 생각이 같은 김호중 바라기들이 모여있는 곳이라서 함께 공감하며 뭉쳐진 듯합니다.

다른 곳에서는 슈퍼챗을 강조하였으며 저 또한 간간이 참여도 하였네요.

여기 종로선글은 슈퍼챗과는 거리가 멀었습니다.

우리 종로선글 총장님 쟈체도 풍부한 상식 창고이지만, 한 주에 한 번씩 시사 상식을 겸비한 유능한 분들을 초대해서 방송을 하니까 호감이 더 갔어요.

종로선글은 선영대학교란 마크를 달고, 총장님 자신은 항상 좋은 의견을 가지고 방송을 하셨었구요. 그러던 중 ASMP 과정의 모임을 만들었어요. 저도 여기에 한 일원으로 가입했어요.

저는 원래 배우고자 하는 맘이 컸기에 무엇이든지 배울 곳이 있으면 달려가서 배워본답니다.

이번 ASMP 과정 동안 많은 분들을 섭외하여 그 분야에서 유능한 분들을 초청하여 알찬 강의를 들으면서 제가 조금만 젊었었더라면 제 생활에 대입도 해보았으면 하는 아쉬움도 강하게 다가왔네요.

강의 내용을 열거하자면,

맨 첨으로 나오신 연사님은 인키움 대표인 김석정 님! 이분은 아버지와의 신뢰와 정직을 강조하셨어요.

두 번째 성함은 기억되지 않고 안양 유원지에서 요식업을 한다는 칠전팔기의 노력 끝에 현재는 많은 직원들을 거느리고 사업을 성공리에 운영한 분, 감탄사가 절로 나왔어요.

세 번째는 『새로 쓰는 택리지』 작가인 신정일 선생님께서는 자신의 살아온 파란만장한 삶과 많은 책을 다독하였으므로 깨달음도 남다름을 배웠어요.

네 번째 김효석 님의 『말하는 기술』을 들으면서 일찍 알았더라면 하는 아쉬움이 들었구요,

다섯 번째 박유하 님의 『반려식물 기르는 법』을 터득하였고,

여섯 번째 김영희 님의 『아이만 빼고 다 바꿔라(세상을 바꾼 어머니들)』에서는 이 세상 모든 어머니들의 자녀에 대한 열정과 상식을 배웠어요.

저는 종로선글(선영대학교) 방송을 들으면서 인키움이란 회사

는 주식을 팔고 사는 회사인 줄로 알고 있었어요. 알고 보니 인재를 배출하는 컨설팅 회사였더군요.

총장님은 무엇이든지 완전 습득, 분석하여 방송에 임하시는 분이세요. 시사에 아주 밝은 노력파라고 생각합니다. 이번 ASMP 과정 동안 많은 것을 배웠으며 저도 따라서 견문이 넓어진 듯합니다.

지금도 매일 아침 방송을 놓치면, 오늘은 어떤 내용으로 방송했을까, 궁금해하면서 늦게라도 열심히 경청합니다.

지난 2월 25일은 ASMP 과정 졸업식이 계룡학사에서 열렸습니다. 그곳에는 아리스 팬들이 기증한 승용차도 있고, 평소에 김호중 가수가 자주 찾는 곳이기도 합니다.

이런 기회를 동기부여해 주신 총장님(조재천, 인키움 회장님), 졸업식 때 포샵 처리하여 10년 젊게 사진을 만들어 주신 사진작가님을 모셔온 양회훈 원우 회장님을 비롯해 우리들에게 많은 도움을 주신 분들이 계십니다.

말없이 각종 행사에서 보필을 잘해 주신 김정애 부회장님!

졸업식을 빛나게 졸업생 전부에게 꽃다발을 선물해 주신 윤종순 자매님들!

많은 다과들을 함께 동참해 주신 원우님들!

졸업식 과정을 영상에 담아 멋지게 만들어 주신 이학순 님!

저를 이 학습 과정에 이력서 넣어주신 남외경 작가님!

모두 감사드립니다. 영원히 간직하겠습니다.

그리고 저를 아는 모든 학우님, 대단히 감사드리고 고맙습니다.

디카시

−박현숙

그대 향한 사랑

혹여, 길을 걷다가
그대 발끝이 머물거든
한 번쯤 들여다봐 주오
그대 향한 사랑이 이토록
낮은 곳에서도 피고 있으니

음악 치료사 Music Therapist

참 많이도 뚫렸다 내 인생
숭숭 ~ 바람 들어 와 시린 가슴에
빈체로~ 운 아모레 꼬지 그란데
구멍마다 신나서 음표가 자란다

그리움을 먹다

곰탕 한 사발 뽀오얀 국물
얼마나 그리웠던 맛인가
한 수저 가득 뜨고 보니
하얀 찔레꽃이 담겨 있다
곰탕 한 사발에 눈물 한 사발을 먹는다

13

청주에서 띄우는 편지

-배금순

저는 크리스천입니다. 머리글에 저의 인사를 대신했습니다.
평화, 평안화평, 여러 가지 뜻을 지니고 있지요.

보내주신 책 잘 받아 읽고 있습니다. 정겹고 아름다운 이야기
고향의 향취를 느끼며 저 또한 어린 시절로 돌아가 옛날을 생각합
니다.

이 수필을 쓰기 위해서 얼마나 많은 수고가 있었을까요? 어린
시절의 아픔을 그대로 드러내기까지 용기와 담대함도 필요했겠지
요? 자신의 삶을 있는 그대로 까발리려면 용기가 필요하잖아요?
작가는 우리가 갖지 못한 여러 가지를 자기 가슴에 오롯이 안은
분이라는 생각이 듭니다.

그 옛날, 수십 년 전 어린 시절이 떠오릅니다.
저는 두 오빠와 동생이 있는데 언니가 없었습니다. 제일 부러운
게 친구의 언니였습니다. 언니들은 동생을 위해 오자미를 만들어
주었고, 수놓기 숙제를 대신해 주었고, 식물채집에서 제일 어렵고

중요한 뒤처리를 해결해 주었으니까요.

학교에서 율동할 때 신는 덧버선을 친구의 언니가 만들어줘서 참 고맙고 행복한 순간을 경험했지요.

삶이란, 얼마나 많은 사연의 집하장이던가요? 수많은 이야기들이 아련히 떠오릅니다.

그대는 친정집에 가셔서 〈내 고향 남쪽 바다〉를 부르며 향수에 젖겠지요?

고향은 추억이 서린 곳. 제가 어릴 때 엄마가 머리에 물동이 이고, 저고리가 짧아 겨드랑이에 세찬 바람을 고스란히 맞고 물 길어 오시던 모습을 생각하면 참으로 죄송한 마음뿐입니다.

지금은 엄마의 모든 것을 이해할 수 있는데, 그때는 부끄럽고 황당하고 피하고 싶은 현실에 제가 서 있었더라구요.

옴마, 엄마, 어머니, 이렇게 불러봅니다.

그리움으로 물든 시간들이 제게 다가옵니다.

부디 건강하시어 오래오래 동질의 감정을 함께하시길 빕니다.

청주에서 순이로 불리는 기독교인 한 여성이 사랑과 그리움에 대하여 편지를 띄운다는 사실도 잊지 마시어요.

우리 삶은 늘, '안단테'나 '아다지오'이기를 소망합니다.

2023. 6. 30.

내륙에서 사는 순이가

14

원적산을 오르며

-백남심

밤사이 내린 비로 유난히 맑아진 창밖 풍경이다.

집안일을 할까, 운동을 나갈까 망설이고 있는데, "산에 가실래요?" 이웃집 아주머니의 문자다. 주저할 틈도 없이 가방을 꾸려 메고 집을 나섰다. 두어 시간에 한 번 있는 셔틀버스를 타고 15분 남짓 달려 원적산 입구에 내렸다. 거의 날마다 산을 오르지만, 이 산은 우리 동네에서 도보로 이동하기엔 조금 거리가 있어서 처음으로 오르는 산이다.

설레는 마음으로 산을 오르기 시작했다. 입구부터 아름드리 참나무가 하늘로 치솟고, 큰 나무 사이사이에는 개암나무, 상수리나무가 무성하다. 서로 키재기라도 하는 듯 어깨를 겨루고 서서 바람이 불 때마다 길손을 향하여 다정하게 손을 흔드는 모습이 정겹다.

이제 막 열매를 맺기 시작한 개암과 도토리가 잎새 뒤에 숨기고 있던 얼굴을 빼꼼히 내민 모습이 넘 귀엽다. 마치 숲길에서 보물이라도 찾은 듯 기분이 상기되고 입가에 미소가 절로 번진다.

빗물에 불어난 맑디맑은 도랑물이 졸졸졸 흐르며 마음마저 맑혀주니 그 이상 무엇을 더 바라랴! 숲이 선물한 짙은 초록길을 따라 올라가며 "넘 좋다, 넘 좋다!" 감탄사를 연발했다.

세상 모든 것을 다 얻은 것처럼 행복하다.

산을 오르며 생전 처음으로 얼굴을 마주친 분들께도 반갑게 인사를 나누며 서로 길동무가 되어본다. 이마에 땀방울이 송골송골 맺히고 우리의 숨소리가 점점 거칠어질 때쯤 쉼터를 찾아 자리를 잡고 갈증 난 목을 축였다.

쉼터에서 만난 칠십 넘은 할머니의 넋두리엔 깊은 한숨이 서려 있다. 며느리가 갑자기 바람이 나서 집을 나가버렸는데, 겨우 세 살, 다섯 살밖에 안 된 어린 손자 손녀를 맡아서 키우게 되셨단다. 할머니가 살아온 이야기보따리엔 우여곡절이 많이 숨어있어 이야기가 꼬리에 꼬리를 물고 이어졌다. 나도 손녀를 키우고 있어서 그런지 할머니의 이야기가 남의 일 같지 않고 넘 마음이 아프다.

세상을 산다는 게 어디 그렇게 쉬운 일이던가? 할머니의 세상사 고달픈 얘기를 마음 깊이 동감하며 작은 위로를 해드렸다. 내 삶 속에 크게 내놓고 자랑할 만한 것은 없지만 그래도 이만하면 족하게 여기련다. 비록 작은 것일지라도 내게 주어진 모든 것에 만족하고 감사하자.

울창한 푸른 숲에 바람소리 새소리가 가득하다. 자연을 벗 삼아 모처럼 세상 시름 떨쳐 버리련다. 시원하게 부는 바람을 두 팔 벌려 맞으면서, 맑고 푸른 공기를 흠뻑 들이켜 본다. 뉘라서 내게 이렇듯 큰 행복감을 채워주랴!

큰 보너스를 받은 듯 뿌듯한 기분으로 산을 내려오는 발걸음이 가벼웁다.

딸의 응원

-백명정

"2월 며칠에 졸업식 해. 너 올 수 있어?"

"응? 졸업식? 엄마 나 모르게 학교 다녔어요?"

며칠 전, 엄마에게서 졸업식에 참석해달라는 전화를 받았다.

'올해 칠순인 엄마의 졸업식이라니, 이게 무슨 일이지?'

"김호중 팬들이 만든 선영대학교라고 있는데 거기서 어떤 과정을 이수했어. 졸업식 한다니까 와 줘."

엄마는 가수 김호중 씨의 열렬한 팬이다. 선영대학교란 김호중 팬들이 자체적으로 만든 대학교로 선한 영향력의 줄임말이라고 한다. 몇 년 전부터 트로트 경연프로그램의 폭발적인 인기로 노년층의 트로트 가수들을 향한 어마어마한 애정 공세는 가끔 매체에서 보고 잘 알고 있었다.

하지만 우리 엄마가 트로트 가수를 좋아한다는 건 좀 뜻밖이었다. 왜냐하면 엄마는 주로 클래식과 가곡을 듣는 분이었고, 내가 어릴 적부터 오케스트라 공연장도 잘 데리고 다니셨다. 클래식을 좋아한다고 트로트를 좋아하지 말란 법은 없으나, TV에 혹 트로트 가수들이 나오면 "트로트는 내 취향이 아니야."라며 채널을 돌리시곤 했다. 그랬던 우리 엄마가 트로트 가수에게 요즘 말로 '입덕(어떤 분야나 사람을 열성적으로 좋아하기 시작함)'한 것이다. 물론 김호중 씨는 성악을 겸비한 창법으로 전형적인 트로트 가수라고 볼 순 없지만.

"호중이는 달라. 원래 성악을 전공해서 그런가 똑같은 트로트도 다르게 불러. 그리고 모든 장르의 노래를 다 소화해. 너무 잘해. 내가 이렇게 누군가를 좋아할 줄 어떻게 알았겠니?"

모든 사랑은 아마도 이렇게 시작 될 것이다. 무언가 다르다. 이 사람은 특별해. 그 특별함이 내 마음 안에 들어온 순간, 더 이상 이전으로 돌아갈 수 없는 법이다.

3년 전부턴가 엄마가 만날 때마다 "우리 호중이, 우리 호중이" 하더니, 곧 엄마 방 한쪽 벽면이 김호중 가수의 사진으로 도배되었다. 음반이 나오면 음반을 샀고, 자서전이 나오면 자서전을 구입했다.

김호중 가수의 어릴 적 힘들었던 사연부터 곡을 어떻게 소화하는지까지 그 사람을 정말로 좋아해야만 알 수 있는 디테일한 정보까지 모르는 게 없었고, 엄마만이 가지고 있는 고유한 팬심이 있었다. 그야말로 본격적인 '덕질(어떤 분야를 열성적으로 좋아하여 그와 관련된 것들을 모으거나 파고드는 일)'이 시작된 것이다.

작년에 같이 제주 여행을 갔을 때는 김호중 팬이 운영한다는 한 박물관을 숙소에서 꽤 먼 거리였음에도 불구하고 기어코 가보시더니, 얼마 전 대전 우리 집에 왔을 때도 김호중 팬이 운영한다는 음식점에 꼭 가야 한다고 몇 번이나 말씀하셨다. 김호중 팬이 운영하는 한 유튜브 방송을 통해 여러 명의 팬들이 출연했는데 특히 이분 방송분을 보고 너무 궁금했다나?

"저 아리스예요(김호중 팬클럽 이름)"라고 엄마가 수줍게 고백하자, 주방에 있던 사장님이 홀까지 나오셔서 반겨주셨다. 처음 본 사람과 김호중 가수 팬이라는 공통 분모를 가지고 김호중 가수 얘기며 유튜브 방송 얘기를 정말 친밀감 있게 나누셨다. 그런 엄마를 신기해하며 보고 있는 내가 눈에 띄었는지 사장님이 의미 있는 말씀을 해주셨다.

"아리스 분들이 자식들 하고 많이 저희 식당에 찾아오시는데, 어떤 자식들은 우리 엄마 좀 이상하다고 생각하는 거 같더라고요. 근데 그렇게 생각하면 안 돼요. 이거 진짜 노인 우울증 예방해 주는 거예요."

딱 듣는 순간, 무슨 말씀인지 마음 깊이 와닿았다. 사실 코로나 시기에 제일 걱정됐던 사람이 엄마였다. 엄마는 늘 한두 달 후까지 일정이 꽉꽉 채워져 있고, 본인이 주선하고 있는 모임도 많고, 그러다 보니 주변에 사람들이 많았다. 어쩌다 엄마랑 식사라도 할

라치면 쉴 새 없이 울리는 엄마의 전화벨 소리에 내가 짜증 낸 적이 여러 번 있을 정도로 사람들과 만나서 얘기하고 밖에서 에너지를 충전하는, 굳이 요즘 유행하는 MBTI로 말하면 E(외향형) 성향인 것이다.

그런데 사회적 거리 두기 때문에 집콕을 해야 하는 이 팬데믹 상황을 잘 극복할 수 있을까. 자식도 자주 찾아뵐 수 없는 상황에서 너무 힘들어하거나 우울해하시면 어떡하지?

그러나 안부 전화를 드리면 언제나 엄마 목소리와 함께 김호중 가수의 노랫소리가 들렸다.

"엄마 뭐해?"
"호중이 노래 라디오에 신청했는데 사연 소개됐어. 지금 00클래식 들어봐."

엄마는 이 암울한 코로나 시기를 김호중 가수의 노래와 그 팬들이 만들어 내는 다양한 콘텐츠를 즐기며 나름대로 알차게 보내고 계셨다. 그래! 엄마의 덕질은 엄마를 살리는 길이다,

그러고 보면 엄마는 내가 아주 어렸을 때부터 늘 무언가에 몰입하고 또, 몰입한 만큼 최선을 다하는 분이었다. 엄마의 많은 활동 중에 대강 기억나는 것만 뽑아봐도 보육원 자원봉사, 통장, 서예, 88서울올림픽 자원봉사, 개인 세무서 사무실 회계 담당, 수영, 합창단 활동까지 정말 장르도 다채롭다.

또한, 한다면 끝까지 하시는 분이어서 서예는 국전까지 나가셨고, 수영은 바다수영대회까지 출전, 합창단 활동으로는 구립어머니합창단 단장까지 하시더니 세계합창대회도 본인이 직접 알아보셔서 단원들을 데리고 나가 수상도 여러 번 하셨다. 지금은 시니어합창단을 창단해서 일흔하나의 연세에도 활발하게 활동 중이다.

나는 늘 무언가에 매료돼서 열심히 하는 어머니를 보고 자랐다. 엄마가 보육원 자원봉사를 할 때는 나도 같이 아이들과 뛰어놀았고, 통장 일을 할 때는 각종 서류들을 전달한다고 집집마다 돌아다니는 엄마를 따라 동네 아줌마들과 수다를 떨고, 이십 대 중반, 수영을 배우게 된 것도 저녁 식사가 끝나면 늘 오리발을 들고 수영장으로 향하던 엄마가 봐왔기 때문이다.

철없던 시절엔 에너지 넘치는 엄마의 과도한(?) 활동량에 짜증을 부린 적도 있다. 많은 모임이 있으셨던 만큼 단체여행도 자주 다니셨는데, 꼭 그럴 때마다 엄마가 자처해서 간식 봉다리를 직접 만들곤 하셨다. 과자, 과일, 떡 같은 것들을 사람 수에 맞춰 낱개씩 비닐봉지에 담는데 양이 많으니 꼭 나에게 도움을 요청하셨다. 내가 입시생이었을 때도, 일하느라 밤샘을 했더라도 엄마는 개의치 않았다.

"엄마, 왜 이렇게까지 해? 다른 사람들은 아무도 안 하잖아"라고 불만 섞어 물으면, "내가 좀만 고생하면 사람들이 버스에서 맛있게 먹으면서 가잖아. 얼마나 좋니?"

　엄마는 삶을 생기있게 만드는 일에 탁월한 재능이 있으신 분이다. 지난 세월을 돌아보며 회한만 가득한 노년의 시기를 보내기 쉬운데, 엄마는 그러지 않으신다. 여전히 내가 좋아하는 것을 찾는 데 주저함이 없고, 또 열심히 몰입한다. 그리고 할 수 있는 최선의 노력을 다하며 나를 밝히고 주변을 밝힌다.

　엄마랑 비슷한 연배의 주변 지인들로부터 "언니가 내 롤모델이야"라는 이야기를 듣는 것도, "단장님, 합창단 만들어줘서 고마워요, 단장님 덕분에 내가 이 나이에 이렇게 이쁜 드레스 입고 무대에 서보네, 정말 해피 바이러스야"라는 말을 듣는 것도, 나이가 들었음에도 사그라지지 않는 엄마의 남다른 생명력 때문이리라. 지금 내 주변에서 그 누구보다 삶의 생명력을 뿜어내며 살아가는 분이 바로 칠십의 우리 엄마다.

만약, 내가 무엇이든 좋아하는 것을 찾고 도전한다면, 그건 이런 엄마를 오래 지켜봐 왔기 때문이리라.

엄마의 강한 생명력을 사랑하고, 엄마의 덕질을 깊은 마음으로 응원한다.

내 안에 있는 그대

-변향숙

애써 보려 하지 않아도
애타게 찾지 않아도
내 안에 그대가 있습니다.

어디에 있어도
어디를 가도
내 안에 그대가 있습니다.

잔잔한 기쁨을
적당히 숨기려 해도
살며시 미소가 번져 나오고
달콤한 설레임을
은근히 감추려 해도
자꾸만 마음은 들썩입니다.

다정한 그대는

사랑 많은 그대는

나에게 가슴 벅찬 행복입니다.

제4장
피아노를 배우다

피아노를 배우다

-별님의 풍경

　그는 폭풍처럼, 회오리바람처럼 어느 한순간 나에게 왔다.

　어느 날, 무대 위에 진달래 빛의 양복을 차려입은 네 명의 가수가 보였고, 그중 한 가수가 노래를 부르며 무대 앞쪽으로 걸어 나오고 있었다.

　"이 풍진 세상을 만났으니 너의 희망이 무엇이냐?"

　그는 분명 나에게 묻고 있었다. 그 힘든 세상을 어떻게 살았냐고…. 그동안 살아온 날들이 바람처럼 스쳤고 눈물로 얼룩졌다.

　김호중은 그렇게 나에게 왔다.

　때로는 내 심장을 깊게 찌르는 노래로, 때론 깊은 울림을 주는 노래로, 어느 날은 웅장함으로 와서 내 자존감을 높이 올려주듯 나를 응원하고 위로해 주었다. 긴 세월 병석에 누워있던 남편을 하늘로 보내고 얼마 안 되었을 때였다.

　그때부터 나는 그의 노래만 듣고 그가 나오는 유튜브를 찾아다녔다. 내 형제들을 만나도, 친구들을 만나도, 온통 김호중 이야기였다. 나의 힘든 시간들을 음악으로 치유 받으며 살아왔다.

정말 바쁘게 일을 하면서도 잊지 않고 찾던 곳. 아니, 꼭 찾아야만 했던 곳. 너무나 버거웠던 삶의 무게를 비우기 위해 찾던 곳이 대전 예술의전당이었다. 그곳이 나의 힐링 장소였다. 나는 4남매를 둔 엄마다. 남편은 10여 년을 병석에 누워있었다. 나는 남편의 보호자가 되어야 하고, 4남매도 돌봐야 했고, 돈도 벌어야 했다.

아이들은 힘든 엄마를 도와 착하게 자라주었고 나의 버팀목이 되어 주었다. 김호중을 알고부터 나의 첫 덕질은 시작되었고 엄마의 덕질에 4남매도 많은 도움을 주었다.

날마다 김호중 노래만 찾아 듣는 나에게 어느 날 아이들이 권유했다.

"엄마, 악기를 하나 배워 보세요."

"악기를 배워서 김호중 노래를 직접 연주해 보시는 것도 좋을 거예요."

정말 1초의 망설임도 없었다. 거실 한쪽에 자리하고 있는 피아노. '아~ 바로 이거야! 그래, 나 피아노 배울래.'

무슨 용기였을까? 그리고 바로 학원에 등록했다. 직장 일과 바쁜 일상에서 쉬는 날 틈틈이 피아노를 배운 지 2년이 되었다. 이젠 〈우산이 없어요〉를 서툴지만 혼자 칠 수 있게 되었고, 지금은 〈고맙소〉를 연습 중이다.

피아노를 치는 시간만큼은 잘 난 척에 빠져있다. 가슴은 흐뭇함에 꽉 차오르고 내가 김호중 팬이라고 어깨가 자꾸만 올라가는 듯하다. '그동안 나를 지켜주던 나의 겸손은 어디 갔나?'

하지만 이 정도는 내가 누려도 될 호사가 아닌가?

그동안 눈물로 얼룩진 삶이 너무 힘들어서 오래 살고 싶지 않았다. 그런데 김호중을 알고부터 새로운 삶의 길이 열렸다. 김호중 가수가 아니면 내가 피아노를 배우리라 생각이나 했겠는가 말이다. 내 가슴이 뛰기 시작했다. 날마다 설렌다.

'나에게도 이런 날이 오는구나.'

'세상은 살아볼만 하구나.'

'인생은 이렇게 즐겁고 기다림도 있는 것이구나.'

지금은 세상이 다르게 보인다.

김호중, 그의 가슴은 용광로와 같아서 모든 노래를 그의 가슴에 담갔다가 김호중만의 스타일로 재탄생시킨다. 그의 가슴에 담겼던 노래는 의미와 감정과 공감을 덧입혀 새로이 만들어진다. 감동의 물결이 잔잔히, 때론 쓰나미처럼 듣는 이를 덮친다.

김호중 가수를 만날 수 있었기에 희망도 있고, 삶의 기쁨과 즐거움도 알고 행복하다. 내년 이맘때쯤이면 〈고맙소〉와 〈우산이 없어요〉를 아름다운 선율로 연주할 수 있기를 꿈꾼다. 오늘 밤에도 나는 피아노 앞에 앉는다.

우산이 없던 내게 우산을 씌워 준 김호중, 고맙소 고맙소!

내 삶의 길목마다

-손진연

거울 속 내 모습

병원에 약 받으러 가려고 세수를 하고 거울 앞에 앉았다. '언제 이렇게 늙었나? 나이 들어도 곱고 예쁘게 늙는 사람도 있던데 나는 왜 이렇게 흉하지?'

나에게도 젊고 싱싱한 시절이 있었다. 내일을 기대하며 희망에 부푼 때도 있었다. 그러나 세월은 정직하다. 깊게 패인 주름이 이마와 양 볼에 세월의 흔적을 남겼다. '그래, 푸르른 잎새도 언젠가는 단풍 들고 낙엽이 되는 것을. 어여쁜 꽃송이들도 언젠가는 시들고 마는 것을! 이 세상에 영원한 것은 없는 것을.' 오늘 이 시간도 다시 오지 않을 것이다. 영웅호걸도, 절세가인도 세월 따라 늙고 병들어 가는데 나라고 다르겠는가?

아름다운 젊은 날을 잃었다고 한탄하지 말자. 사는 날까지 기쁘고 즐겁게 감사하면서 지내자.

오늘이 내 인생의 가장 젊은 날!

남편을 그리워하며

1994년. 나의 삶은 간 곳 없고 남편 병간호에 지치고 찌들어 가는 내 모습만 보인다.

서울의 큰 병원이나 유명한 곳은 다 찾아다녔다. 누군가 "이 약이 좋더라!" "이걸 먹고 효험을 봤더라." 하면 한달음에 달려가서 구했고, 남편에게 권했지만 효험이 없었다.

병은 오래도록 몸에 들앉아 집을 지었을 터인데, 약효가 있는 음식을 몇 번 먹는다고 금방 효과가 날 리 없지. 그 이유를 알면서도 남편에게 좋은 약재, 좋다는 음식을 먹이고 싶었다.

의사가 마지막으로 레이저 치료를 해 보자고 했다. 시아주버님과 시동생이 말렸지만, 나는 차마 남편을 포기할 수 없었다. 집을 팔아서라도 남편 치료를 계속하겠다고 강력히 주장하는 내 말을 듣고 시아주버님이 큰돈을 보태주셨다. 두 번의 레이저 치료도 효과가 없었고 남편의 병은 점점 깊어갔다.

"알뜰히 저축해 모은 돈 내가 다 쓰네. 내가 이 병을 치료하여 건강해지면 당신 발바닥 땅에 닿지 않게 업고 다닐게."

남편은 달콤한 약속의 말만 남긴 채 힘든 투병을 견디지 못하고 세상을 떠났다. 발병한 지 9년이 지난 뒤였다. 오랜 병고에 통장은 비었고 빚만 남았다.

세상이 끝난 것 같은 설움과 괴로움이 닥쳤지만, 내겐 아들과 딸이 있었다. 남편 병수발에 지친 몸을 이끌고 다시 일어섰다. 어린 자식의 동글동글한 눈동자가 나를 세운 힘이 되었다. 아빠 몫까지 다하려고 새벽부터 밤까지 밤잠을 안 자고 죽을힘을 다해 앞만 보고 달렸다.

때로는 너무 힘들어 죽고 싶었다. '캄캄한 밤에 잠들어 환한 아침이 와도 깨지 않고, 이대로 남편 곁으로 갈 수만 있다면…. 새벽 안개 속으로 드라마의 마지막 장면처럼 사라질 수 있다면….'

환상에 시달리다 눈을 뜨면 어린 자식들은 "배고프다!" "방이 춥다!" "준비물이 필요하다" "학교 늦겠다"라며 칭얼댔다. 그렇게 내 곁을 지켜주던 자식들 때문에 살았다. 어미의 낳은 죄는 정성으로 키워야 하는 죗값까지 포함되어 있으므로….

자식들을 잘 키우는 것이 일찍 떠난 당신에 대한 복수이며 사랑의 증표라는 생각으로 내 속의 온 힘을 끌어당겨 일했다. "아빠 없이 자라서 본때 없다" 소리 듣지 않으려고 혼신을 다했다. 자식들도 내 바람과 기대를 저버리지 않고 잘 자라주었다. 우리 넷은 똘똘 뭉쳐 손잡고 험한 세상을 함께 헤쳐 나온 것이다.

이제는 셋 다 결혼하여 잘살고 있다. 손주들도 할미를 자주 찾아준다. 한 마디로 효도 받으며 사는 내 인생이다. 이제 칠십 중반을 넘어 팔십을 바라보고 있다. 신앙생활 열심히 하면서 남에게 폐 끼치지 않고 산다.

남편과 만날 날도 머잖았다. 청년의 모습으로 세상을 떠난 남편은 이제 호호할미가 된 나를 알아볼까? '메밀꽃 필 무렵'의 노래 가사처럼, 나 처음 가는 길에 길 잃지 않게 꼭 마중 나와 주면 좋겠다.

나는 남편을 만나면 이렇게 말해 주고 싶다. "우리 가족을 위해 열심히 살아주었던 당신 고생 많았다", "나 혼자 효도 실컷 받아서 미안했다"라고 고백하고 싶다. 그리고 당신 그리워하며 살다 보니 이렇게 늙었다고 투정도 부리고 싶다.

혼자 무거운 짐 지게 하여 미안했고 힘듦도 잘 참고 이겨내고 자식들 훌륭하게 잘 키워서 고맙고 고생 많았다는 위로의 말 듣고 싶다.

얼굴도 가뭇한 남편의 손 따뜻하게 잡아보고 싶다.

사랑하는 아들딸에게!

나의 보물들,

너희들이 있었기에 이 엄마는 죽을 만큼 힘들었던 날들을 헤쳐나올 수 있었다. 누구 한 사람 도와주지 않았던 가혹한 세상살이에도 너희들은 엄마의 등불이었다.

내가 지쳐 힘들 때, 더 이상 앞이 보이지 않는 캄캄한 어둠 속에서 길을 잃고 헤맬 때, 너희 셋의 반짝이는 눈동자를 등대 삼아 엄마는 길을 걸었다.

"아빠 없이 자라서 그렇지 뭐~" 이런 소리 듣지 않으려고 엄마는 언제 어디서든 최선을 다해 일했고 참았고 웃고 노력했다. 험한 세상에서 나쁜 길로 빠지지 않고 올바르게 성장하여 너희 몫의 삶을 잘 살아줘서 고맙다.

나의 아름다운 보물들,

다른 집 자녀들처럼 메이커 옷 한 벌, 신발 한 켤레 입히고 신기지 못해서 엄만 지금도 미안하다. 큰아들이 하던 말이 엄마 가슴에 맷돌처럼 얹혀 있구나.

"우리 엄마는 길표를 제일 좋아하시지."

아직도 잊혀지지 않는 그 말. 요즘도 길 위의 리어카 행상을 보며 빙그레 웃는다. 오빠 옷을 받아 입어도 투정 부리지 않고 "쫌 헐렁하기는 하네." 이 한마디로 대신하던 우리 딸.

국사 선생님이 되고 싶다던 꿈 이루도록 도와주지 못해 두고두고 미안하다.

못하는 거 없고 재능 많았던 딸인데 엄마가 뒷바라지 못 해서 정말 미안하다.

어린 마음인데도 내색하지 않고 일하는 엄마 대신 집안 살림 맡아줘서 고맙다.

언제나 든든한 버팀목 되어 엄마를 지켜준 기둥이라 부를게.

너희들 모든 가정에 믿음이 충만하고 자자손손 유산으로 물려줄 수 있도록 믿음 잘 지켜주길 바란다.

나의 영원한 보물들,

이 땅에서 살아갈 때, 몸 아파 고통 겪지 않고, 작은 것이라 할지라도 주신 것에 감사하고 이 세상에 도움 되는 사람, 덕을 쌓아 베풀 줄 아는 삶 살아가길 바란다.

또한, 우리 가정에 보내준 어여쁜 손자 손녀들 건강하게 키워

남에게도 귀함 받는 사람으로 자라다오.

가정에는 축복의 통로가 언제 어디서든 통하길 빌게.

위로는 하나님께 사랑받고 가정에서는 부모님께 효도하는 자녀, 세상에는 널리 이로운 인물이 되어 큰 뜻을 펼치길 기도한다.

형제들 다툼없이 살며, 힘들 때 서로의 어깨를 빌려주는 의좋은 형제자매로, 모든 이에게 도움을 주는 삶을 살아가길 빈다.

눈발 날리는 날

초저녁에 약간의 눈발이 날렸다.

잠도 안 오고 이리 뒹굴 저리 뒹굴 하면서 빨리 날이 밝기를 기다렸다.

수많은 생각들이 눈발처럼 내 머릿속으로 날렸다.

'눈이 내려서 쌓였다면 종가래로 밀고 쓸어야지'

'아침밥을 먹고 쓸까, 아니면 쓸어놓고 편안한 마음으로 아침밥을 먹을까?'

'눈길에 넘어지는 사람이 있으면 안될 텐데'

'노년의 행복 중에 보행의 자유가 얼마나 소중한데, 혹시 미끄러져 다치기라도 하면?'

'내 생에 몇 번의 눈을 더 맞을까?'

창문을 열어보니 온 세상이 환하다. 하얗게 눈으로 덮였다. 다른 날 같으면 아직도 컴컴할 시간인데 눈이 등불이 되었나 보다.

'코로나가 눈의 눈물로 깨끗이 녹아내려 더 이상 두려워하지 말고 사람들과 부대끼며 살고 싶다.'고 생각해 보고, 또 이런 생각도 해 본다.

'시꺼먼 마음을 가진 사람들도 눈의 물로 깨끗이 씻겨 내려가 모두가 곱고 따뜻한 마음으로 서로 배려하고 도우며 이 세상을 살아간다면 얼마나 행복한 세상이 될까?'

그때 전화벨이 울렸다. 큰아들이었다.

"눈 많이 왔지요? 힘들게 다 쓸지 말고 종가래로 다니는 길만 밀어놓으세요."

"응, 알았어. 염려하지 마!"

큰아들의 당부에 대답은 이렇게 했지만, 사람 사는 집 마당과 골목에 눈이 쌓이는 것은 못 봐줘서 완전 무장을 하고, 마당 내려가는 길목까지 깨끗이 쓸고 나니 두 시간이 걸렸다.

팔과 허리가 몹시 아팠지만, 마음은 개운하기가 눈빛 같다.

마음의 후련함과 기분의 상쾌함은 말해 무엇하랴. 아침 밥맛도 달았다. 노동 뒤의 이 꿀맛을 어디에 비기랴.

온 동네가 하얗다. 눈길을 천천히 걸어 친애하는 송희언니를 만나러 가리라. 그리고 우리 어린 날 눈싸움의 기억을 천천히 회람하며 추억을 되짚으리라.

한 장 남은 달력

유난히도 힘들고 답답했던 한 해였다. 마음 편히 가까운 곳으로 여행 한번 다녀오지 못했다. 친구를 만나 수다 떨며 맛난 밥 한 끼 먹어보지 못했다. 마트나 시장에 가도 느긋이 장 보는 분위기가 아니었고, 필요한 품목만 정해놓고 쏜살같이 다녀왔다.

연초에는 많은 계획도 세웠지만 온전히 이루어진 일 하나 없었던 2021년이다. 시원섭섭하게 훅~ 하고 빠르게 지나갔던 시간들. 그래도 잡을 수 있다면 잡고 싶다.

또 한 살 나이를 먹는다는 생각에 살짝 우울해진다. 옛날이면 고려장 감이지만 지금의 우리는 신중년을 살고 있다. 백세 시대라고 하지 않은가!

아직은 하고 싶은 일도 많고 가보고 싶은 곳도 많지만, 세월은 나를 기다려 주지 않는다. 몸은 여기저기 아픈 곳이 생기고, 걸음마저 자꾸 느려진다. 마음도 자꾸 나약해진다.

세월에 장사 없다는 말이 실감 난다. 달랑 한 장 남은 달력을 떼어내려 하니 서운한 마음이 더 크다.

새해에는 이 지긋지긋한 코로나가 종식되고, 그동안 만나지 못했던 친구며 지인들을 만나서 마음속에 차곡차곡 담아둔 이야기 보따리 풀어놓고 소녀처럼 깔깔거리며 맘껏 웃어보고 싶다.

은빛 이야기

-송송이

털모자를 뜬다.

아프리카 신생아 살리기를 위한 공동 작업이다.

더운 나라에 무슨 털모자냐고 궁금해할 사람도 있을 것이다. 사실 아프리카는 더운 나라가 맞지만, 밤낮의 일교차 때문에 갓난아이들이 밤에 추워서 힘들단다. 그 아이들에게 씌울 모자를 뜬다.

나는 무채색을 좋아해서 주로 검정이나 회색, 밤색을 즐겨 입지만 아이들 생각을 하면 그런 색깔보다는 화사하고 밝은 빛깔이 좋을 것 같다.

실 가게에 가서 빨강과 노랑, 초록과 파랑실을 샀다. 모자를 뜨고 목도리도 함께 뜬다. 뜨는 동안 기도를 잊지 않는다. 이 모자를 쓸 아이들이 건강하고 행복하게 살았으면 좋겠다고 계속 마음의 기도를 드린다.

반찬을 만든다.

우리 동네에 혼자 사시는 독거노인들을 위해 한 달에 두 번 반찬나눔을 한다.

내가 주로 맡는 일은 멸치볶음이다. 세멸을 프라이팬에 한 번 볶아서 비린내를 제거한다.

노인들은 치아가 약하므로 함께 볶는 견과류는 잘게 자르고 딱딱하지 않은 것으로 고른다.

잣과 잘게 부순 호두는 괜찮고, 땅콩과 아몬드는 딱딱해서 안 넣는다. 더 부드럽게 만들기 위해 마지막에 마요네즈를 넣으면 부드러운 멸치볶음이 된다. 노인들은 칼슘이 부족하기 쉬우므로 이런 음식도 해 드리는 것이 좋다고 한다. 멸치 무침은 오래 두고 먹기에 불편하므로 볶음을 대신한다. 혼자 사시는 독거노인들도 더 이상 외롭지 않고 살아 있는 날까지 건강하셨으면 좋겠다.

기도를 한다.

국가와 사회와 내 이웃을 위해 기도한다. 예전에는 나와 내 가족을 위해서 기도했다면 지금은 범위가 달라졌다. 나는 건강히 잘 있고, 내 자식들은 각자의 가정을 일궈서 잘 지내고 있다. 그만하면 잘 사는 것이다.

우리가 젊을 때는 먹고 사는 데 급급해서 굶지 않고 살려고 애썼다. 자녀 교육에 드는 돈을 벌기 위해 아등바등 아끼며 살았다. 부모의 뜻을 저버리지 않고 자식들은 잘 자라주었고 지들 밥벌이를 하며 잘 산다.

나는 나와 내 자식들이 이만큼 사는 것도 국가와 사회와 이웃의 덕분이라고 생각한다. 사람이 어찌 혼자서만 잘 사는가 말이다. 이웃에서 도왔고, 사회의 시스템에 따라 열심히 살았으니 그 덕을 받은 것이 아닐까?

그래서 나는 우리 가족이 아닌, 국가와 사회와 이웃의 도움을 제대로 못 받은 사람들을 위해 기도하고 그들을 위하는 일이 무엇인가, 항상 살핀다.

오늘도 감사의 기도로 하루를 마감한다. 날마다 고마움 가득한 날이다.

가을 하늘에 편지를

−순애

영필씨,

지난 토요일 고향 친구 숙진이가 아들을 봤습니다. 친구들이 많이 왔더군요. 숙진이는 워낙에 부지런하고 마음이 자상한 편이라서 친구들의 경조사에 항상 참석하던 편이라 그 보답으로 친구들이 빠지지 않고 찾아온 게 아닌가 했습니다.

평소 닦은 덕이 어디 가겠어요? 그렇게 다 돌아오는 게지요.

저는 많은 친구들 틈에서 영필씨를 봤습니다. 너무 반가워서 달려가고 싶었지만 영필씨는 제 이름이나 기억하고 계실지요? 그냥 빙그레 눈웃음으로 대신하면서 이 편지를 씁니다.

초등학교 때 저는 땅꼬마처럼 키가 작은 아이였습니다. 또한 숫기가 없고 남 앞에 나서지도 못하는 어리벙벙한 못난이였습니다. 성적도 별로에 노래도 못 불렀고, 그림 실력도 없어서 어디 하나 내세울 것이 없는 아이였지요.

영필씨는 참 멋진 친구였습니다. 국어 시간에 또랑또랑하게 책을 읽고, 산수 시간에는 선생님 부름을 받고는 칠판에 백묵으로 글씨도 잘 쓰더군요. "낮에 나온 반달은 하얀 반달은…" 노래도 잘 불렀고, 실험 시간이며 채집도 곧잘 하던 우등생이었습니다. 월요일, 학교 조회 시간이면 상 받는 학생 중에 단골이었습니다.

제가 영필씨의 잘하던 점을 얘기하려는 게 아니고, 중요한 이야기가 있었는데 그걸 아직 고백하지 못했어요.

저는 공부도 못했지만, 저희 집이 정말 가난했답니다. 언니한테 물려받은 검정 고무신은 닳아서 반질반질거렸지요. 그날 벌 청소를 마치고 교실을 나서는데 저의 고무신 오른쪽 뒤꿈치가 찢어져 있는 거예요. 혼자 꿰맬 수도 없어서 신발을 손에 쥐고 맨발로 운동장을 걷는데 누군가가 제 앞으로 신발 한쪽을 툭 던지고 가더군요. 저는 부끄러워서 고개를 들어 살피지도 못했지만, 그 아이가 영필씨인 줄 알았어요.

제가 평소에도 늘 영필씨의 그림자를 쳐다보곤 했기 때문이에요. 가운에 머리끝이 새총 모양으로 갈라진 모습이 그림자로도 다 보였거든요. 그때 고맙다는 인사를 하지 못했어요. 그 후로도 핀이 풀려서 책 보따리가 풀어졌을 때, 모른 척하고 옷핀을 던져준 적도 있었지요? 걸레를 찾을 때 빗자루를 내 앞으로 밀어준 적도 있었고요.

물론, 영필씨는 형편도 넉넉하고 마음씨도 고와서 다른 친구들에게도 그렇게 해준 학생이었어요. 그래서 친구들에게 인기도 많았지요. 어쩌면 저는 수많은 친구 중에 한 명일지도 모릅니다. 그렇지만 제 마음속에 특별한 사람으로 각인되어 있는걸요.

어른이 되어서 저 또한 제법 활동을 하며 살았습니다. 형편이 넉넉해서 나눔을 하는 것은 아니라는 것은 누구나 압니다. 마음이 문제인 것이지요.

저는 물질적으로 보탬하지 못할 때는 몸으로 일했습니다. 나눔과 봉사에도 여러 방법이 있으니까요. 누군가는 물질적으로 보태고, 누군가는 몸으로 실천하는 것이 나눔 아니던가요.

저의 이런 마음가짐은 어릴 때 영필씨의 모습을 보고 배웠다고 고백합니다. 누군가에게 영향을 끼치는 일은 사소한 사건에서 비롯되는 것이니까요. 물론 남들 눈에는 사소한 일이지만 제게는 아주 큰 인생의 보물 같은 기억이랍니다.

영필씨는 지금도 넉넉한 웃음으로 좌중을 흔들고 친구들에게도 후하다고 들었습니다. 다들 영필씨를 칭찬하는 말을 하더군요. 그 말을 듣고 저도 기분이 참 좋습디다. 제가 영필씨한테는 그냥 초등학교 여자 동창 중의 한 명일뿐이지만, 제 마음속으로는 영필씨를 참 존중하고 따르고 싶어 했습니다. 인간적으로요.

제 마음이 영필씨에게 전해지지 않기를 바랍니다. 제 마음을 안다고 달라질 것은 없으니까요. 저는 저대로의 삶에 열중하고, 영필씨는 지금까지 살아온 그대로 남은 인생도 살면 될 것입니다. 남은 시간들을 잘 갈무리하여 더 멋지고 아름다운 삶을 지켜나가시길 바랍니다. 저 또한 그렇게 하렵니다.

항상 건강하시고, 가족들의 안녕을 빕니다.

2022년 10월의 어느 멋진 날에
먼발치에서 그림자를 살피는 순애가

사랑 아파트

−승향희(크리스탈정)

동그랗게 빛을 내며 활활 타오르는 황금빛 아래는 쳐다만 보아도 땀방울이 송송 맺히는 여름날입니다. 이따금씩 새까만 먹구름이 나타났다가 곧 흩어지곤 합니다. 소나기라도 한줄기 쏟아질 것 같습니다.

하늘 높이 치솟은 잣나무 그늘 아래에는 동물들이 옹기종기 모여 서로 자기가 잘났다고 뻐기며 살고 있습니다.

목을 곧게 세우며 여우는 "느림보 곰 친구야! 넌 몸이 왜 그렇게 넓으니? 나처럼 가늘어야 무더운 여름에 땀을 흘리지 않지?" 하며 콧수염에 땀을 닦았습니다.

곰은 못 들은 척 듣고 있다가 "무슨 소리니? 내 몸집만큼 커야 이 땅을 많이 차지하잖아? 해해해!" 하며 널따란 엉덩이로 그늘 아래 털썩 주저앉았습니다.

그때 뒷산에서 돌멩이들이 데구르르… 꽝!

토끼는 돌멩이를 걷어차며 신바람이 나서 헐레벌떡 뛰어오더니 "너희들은 다투고만 있을 거니? 나는 어디든지 뛰어다니며 이 더운 여름을 시원하게 보낼 수 있는데 말이야."라고 하는데 무척 더워서 숨을 헉헉대면서 어깨가 으쓱으쓱 올라갔습니다.

성질이 둔하지만 인내심이 많은 거북이는 느릿느릿 기어 오더니 고개를 쭈욱 내밀며 "나를 보아라. 내 등에는 무엇이 있니? 이게 바로 '내가 사는 집'이란다. 시원하고 따뜻하게 지낼 수 있는 내 집이야. 어휴 더워!" 하며 고개와 팔다리는 단단한 딱지 속으로 움츠러들어 갔습니다.

이 동물들은 무더운 여름을 피하기 위해 잣나무 그늘 아래서 땅을 더 많이 차지하려고 야단들입니다.

엄마 비둘기가 동물들에게 하고 싶은 이야기가 있었습니다.

"동물 여러분, 뜨거운 황금열이 이글이글 타오르는 때에 여기저기 시원한 곳을 찾아다니느라 무척 힘들겠군요. 그래서 비둘기 아줌마가 한 가지 가르쳐 줄 테니 그렇게 해 보지 않으련?"

"우리 비둘기 가족은 말이야, 훨훨 날아다니니까 뜨거운 황금열을 받는 시간이 아주 짧단다. 그래서 땀을 흘리지 않고 덥지 않아서 나무 그늘을 많이 차지하려고 다투지도 않는단다. 너희들도 엄마 배 속에 들어가서 가슴에 날개를 달고 다시 태어나면 세상 어디든지 마음대로 다니고 날개가 피곤하면 나뭇가지에 우리 집을 짓는단다. 우리는 언제나 다정한 비둘기 가족이야."라며 의기양양하게 자랑했습니다.

아기 비둘기는 이마에 땀방울이 주르르 흘러내렸습니다.

"어휴, 이렇게 더워요? 내가 태어나서 처음으로 땀을 흘렸어요."

땀을 닦으며 엄마와 번개같이 날아갔습니다.

여우, 곰, 토기, 거북이는 귀를 쫑긋 세우며 이 소리를 열심히 들었어요. 아기 비둘기가 날아가는 모습을 보며 부러운 듯이 바라보았습니다.

약삭빠른 여우는 "거북아, 아까 너의 등에 무엇이 있다고 했지? 등에 단단한 딱지가 '집'이라고?"

거북이는 어처구니없다는 듯 "아직도 내 등에는 집이 있다는 것을 몰랐니?"라고 핀잔을 주었습니다. "이 세상에서 내 등에 있는 내 집이 최고야! 나는 어디를 가든지 내 집을 가지고 다니니까 더위나 추위를 이겨낼 수 있단 말이야!" 하며 한층 더 뻐겼습니다.

여우는 "옳지, 그럼 집을 지어야겠구나!" 하며 무릎을 탁 치며 벌떡 일어났습니다. 그러더니 동서남북으로 바쁘게 다니며 무엇인가를 열심히 찾고 있습니다.

하늘의 황금열은 조금 식었습니다. 점점 서쪽으로 기울어져 잣나무 그늘은 동쪽으로 바뀌었습니다. 여우는 숨 가쁘게 움직이더니 나무 조각과 흙더미를 잔뜩 짊어지고 질질 끌며 오고 있습니다.

토끼는 그것을 보다가 "그것이 무엇인데 그렇게 끙끙대니? 나처럼 껑충껑충 뛰어오지 못하고 말이야!" 하며 나무 조각들을 들어 주었습니다.

곰은 앉은 채로 무거운 몸을 이쪽저쪽 돌리며 골똘히 생각에 잠겼습니다. 깊은 바닷속처럼 빨리 움직이지 않습니다. 아주 지혜로운 곰입니다.

여우는 땀을 뻘뻘 흘리며 곰을 향하여 힐끗 쳐다보며 "뭘 그렇게 오랫동안 생각만 하니? 저어쪽 구석에 가서 빨리빨리 네 집을 짓지 않고서?" 곰은 여우의 말에 맞장구치지 않고 뚜벅뚜벅 걸어가고 있습니다.

곰은 갸우뚱거리며 '어떻게 하면 집을 튼튼하게 지을 수 있을까? 시멘트, 벽돌, 철근…' 여러 가지 집 지을 재료들을 생각해 보았어요.

토끼는 집 지을 마음도 없이 이젠 앞산으로 껑충껑충 뛰어 저 멀리 사라졌습니다.

여우와 곰은 집을 짓기 시작했습니다. 영차영차! 곰은 아주 천천히 집을 짓고 있습니다.

벽돌을 차곡차곡 쌓아가며 기초가 튼튼하게 올라가고 있습니다.

여우 가족들은 흙에다 물을 타서 열심히 담을 쌓고 "토닥토닥, 꽝꽝!" 나무 조각으로 이리저리 맞추어 가면서 꽤 높이 오르고 있습니다. 여우는 "어이! 곰 친구, 나는 벌써 집이 다 되어 가고 있다구. 높은 빌딩이 될 거야! 하하하~"

이제 뙤약볕 무더운 여름은 저물어 가고 있습니다. 마침내 여우의 집은 멋진 빌딩이 되었습니다. 여우의 가족들은 이웃 동네 동물들을 초대하며 잔치를 베풀었습니다.

동물들은 집이 참 멋있게 지어졌다고 축하해 주었습니다.

동물들은 각기 "우리도 가서 저런 집을 지어 봅시다." 하며 힘차게 뛰어갔습니다. 여우 가족들은 이 집을 '土木의 집'이라고 이름을 붙였습니다.

土木의 집은 문구점, 보습학원, 태권도장, 미술학원, 피아노학원 등이 자리를 잡았습니다. 동물 친구들이 열심히 배우며 자랐습니다.

가을이 되어 붉게 노랗게 물들어 갑니다.

곰은 긴 한숨을 내쉬며 "야아! 튼튼한 내 집이 이제 완공되었다. 이웃 동네 동물들을 불러 오손도손 함께 살아야겠다." 하며 스스로 자랑스러워했습니다.

멀리 갔던 토끼도 껑충껑충 뛰어 "곰 아저씨, 나도 여기서 살도록 해 주세요, 예?" 하며 졸라 댔습니다.

마침내 '사랑 아파트'가 되었습니다. 거북이도 2층에 따뜻한 보금자리를 차지했습니다. 팔다리까지 따뜻하게 지낼 수가 있어서 거북이는 마냥 즐거웠습니다. 토끼에게도 이쁜 방을 한켠 내주었습니다.

몇 달이 지났습니다. 하얀 눈이 소록소록 내리는 겨울입니다. 하얗게 쌓인 눈길 위에 구운 밤을 까먹고 동물들은 신나게 이야기하고 있습니다. 그런데 土木의 집은 망가져 가고 있습니다. 벽에 금이 가고 천정에서 물이 뚜욱뚜욱 떨어지고 있습니다.

여우의 가족은 깜짝 놀랐습니다. 이때 아들 여우는 "아빠, 큰일 났어요. 벽이 갈라지고 있어요."

아빠 여우는 "응! 뭐라고? 벽이 갈라진다고? 이거 큰일 났구나."

이때 '사랑 아파트' 곰 아저씨는 토끼를 불렀습니다.

"토끼야! 어서 빨리 土木의 집에 가서 동물들에게 소리 내어 외쳐라." 하며 급히 말했습니다. 토끼는 눈이 휘둥그려져 헐레벌떡 뛰어나왔습니다.

"곰 아저씨, 그게 무슨 말씀입니까? 소리 내어 외치라니요?"

토끼는 눈 깜짝할 사이에 토목의 집으로 뛰었습니다.

"동물 친구 여러분! 이 土木의 집이 곧 무너질 것 같습니다. 지금 하던 일을 멈추고 '사랑 아파트'로 모두 모이세요. 빨리 서두르세요!" 하며 큰 소리로 외쳤습니다.

동물 친구들은 제각기 바쁘게 움직였습니다.

"아기 코끼리야, 어디 갔니?" 몸집이 무거운 코끼리는 빨리 달리다가 텀벙 넘어지고 말았습니다. 마음이 너그러운 아빠 낙타는 굽은 등 위에 아기 낙타, 누나 낙타, 엄마 낙타를 태우고 '사랑 아파트'를 향하여 느긋하게 걸어가고 있습니다.

'사랑 아파트'에는 모든 동물들이 다 모였습니다.

끼르륵끼르륵, 으르렁으르렁, 어흥어흥, 까악까악…

동물 나라가 되었습니다. 가장 우두머리인 사자가 나지막하게 입을 열었습니다.

"우리들이 목숨을 잃지 않고 살아 나온 이유는 '사랑 아파트'에

곰 아저씨 덕분이야." 하며 아직도 가슴이 두근두근 떨리는 목소리였습니다. 곧이어 말하기를 '사랑 아파트'는 곰 아저씨가 기초를 튼튼하게 쌓아서 정성스럽게 지은 집이라고 곰 아저씨를 높이 올려 주었습니다. 뒤쪽에서 동물들을 제치고 껑충 뛰어오더니 "내가 급히 뛰어가서 비상벨을 누르기 위해 깡총 뛰다가 내 앞 발가락을 삐었어요!" 하며 아파서 엉엉 울었습니다.

먼 나라에 갔었던 비둘기 가족이 재재잭 재재잭거리며 '사랑 아파트'에 도착했습니다.

비둘기 식구들이 많이 늘었습니다. 손에는 선물을 가득히 내려 놓으며 엄마 비둘기는 "안녕들 하셨어요? 역시 고국에 오니까 따뜻하고 좋군요." 하며 두리번거리더니 "여우 가족은 어디 갔지?" 라고 말하였습니다.

키가 작은 거북이는 고개를 내밀며 "여우 가족은 큰일을 당했어요. 土木의 집을 지었는데 그만 와그르르 꽝! 하며 무너지고 말았대요."라고 말할 때 눈에는 눈물이 고였습니다.

맨 오른쪽에서 엉덩이를 들썩들썩하더니 마침내 곰은 묵직하게 얼굴을 들고 여러 동물들 하나하나 사랑스런 눈으로 바라보면서 "뙤약볕 여름에 거북이와 비둘기 가족의 이야기를 듣고 내가 집을 튼튼하게 지어야겠구나! 하는 생각을 했었지!" 하며 겸손히 말을 끝냈습니다.

얼굴이 점점 밝아지면서 "우리 동물 나라 가족들! 여우 가족의 아픔을 우리의 아픔이라 생각하면서 '사랑 아파트'로 초대하여 함께 다정하게 삽시다!" 하며 있는 힘을 다하여 외쳤습니다.

동물들은 박수를 대신하여 꽤액꽤액, 으르렁으르렁, 어흥어흥, 까악까악, 끼르륵끼르륵거리며 기쁜 모습들이었습니다.

'사랑 아파트'는 따뜻한 겨울이었습니다.

6

둘이 뭐합니까?

-애플민트

저는 부산의 시내버스 운전기사입니다.

우리 회사에 남성 기사들은 많지만, 여성 기사는 저를 포함하여 열 명 정도입니다. 회사의 남성 기사들과 맞먹게 통 크고, 농담도 잘 받아치는, 말 그대로 오지랖 넓은 부산 아지매입니다.

어느 날, 우연히 발가락을 다쳤습니다. 병원에서 깁스를 하고 돌아오는 택시 안에서 본 하늘이 너무 예뻤습니다.

그동안 나는 뭐했나? 무얼 위해 살았나? 시민들을 실어 나르는 발이 되어 바삐 사는 동안 정작 나 자신을 위해서 한 일이 별로 없었습니다. 그래서 머리를 썼지요. 꾀를 냈다고나 할까요? 회사에 한 달 동안 병가를 냈습니다. 저도 이참에 푹 쉬면서 저만의 달달한 휴식을 취하고 싶었습니다.

그러다가 한 여자를 만났습니다. 외국에서 잠시 귀국했는데 코로나로 돌아가지 못하고 눌러있는, 시간 많고 부지런한 여자였습니다. 우연히 만났지만, 우린 말이 잘 통했습니다. "궁하면 통한다."라고 했나요? 그녀는 운전을 할 줄 알았고, 저의 자가용인 승합차를 곧잘 운전해 주었습니다. 우리는 여행을 하자고 의기투합하여 승합차 내부를 아늑하게 꾸몄습니다.

첫 여행지는 3박 4일 일정으로 강원도를 향해서 고고!!!

가는 길에 김천 소리길에 갔습니다. 보라 물결이 연화지를 에워싸고 수많은 아리스들이 곳곳에서 웃음으로 반겨주었습니다. 처음 만난 사이지만 서로 인사를 나누고 어디서 왔냐, 누구랑 왔냐며 안부를 물었습니다. 마치 오래도록 만났던 친구들처럼, 자매들처럼 반가웠습니다.

캠핑이 가능한 직지사 근처에서 차박으로 하룻밤을 머물고, 다음날 철원으로 올라갔습니다.

그곳에도 온통 보라 물결이 환상적이었습니다. 가수의 차례가 올 때까지 기다리는 것만도 행복한 시간이었습니다. 함께 노래를 부르고, 먹을 것을 나누고, 가수 이야기에 지루한 줄 몰랐습니다. 가수의 출연은 맨 마지막 프로그램이었기에 행사가 끝나니 밤이 되었고, 우린 또 차에서 밤을 샜습니다. 철원의 여름밤은 서늘했지만, 하늘엔 별이 총총히 빛났습니다.

인근에는 우리처럼 승합차, 트럭을 개조한 캠핑카, 오직 캠핑 목적의 차량들이 여러 대 주차해 있었습니다. 그렇게 서로가 안전을 지켜주는 방범 요원이며 동료가 되어 철원의 가을밤을 즐겼습니다. 우리는 짝꿍이 되어 여러 곳을 다녔습니다.

요즘엔 병가가 끝나고 일상으로 돌아와 시내버스를 운전해야 합니다. 그래서 우린 주말을 이용해 이곳저곳 다닙니다. 그녀가 챙겨야 하는 것, 제가 챙겨야 하는 물품은 따로 정했습니다. 필요한 것들을 차에 싣고 부릉부릉 떠나기만 하면 됩니다. 서울, 군산, 보령, 거제, 고성까지 캠핑하듯이 즐기며 다니는 우리 둘을 보고 누군가가 이렇게 묻더군요.

"둘이 지금 연애질합니까?"

"오호~~ 그렇게 멋진 일을 우리는 실행하고 있습니다!"

내일을 기약할 수 없는 일정이긴 하지만, 우리는 자주 차박 캠핑을 즐기려 합니다. 차 안에서 다정히 얘기 나누고, 신나게 춤도 추고 노래 부르는 저희에게 묻습니다.

"둘이 지금 뭐합니까?"

"우린 지금 행복을 저금통에 넣는 중입니다!"

사랑하는 나의 가족에게 이 글을 남기고 떠납니다

-양희훈(사마리아M)

하나님의 종, 작은 예수로 살아가기 위해 부단히 애를 썼지만, 작은 분량에도 미치지 못한 삶을 살고 갑니다.

먼저, 남편으로서 아내를 최선을 다해 사랑하고 아껴주지 못한 것 미안하고 죄송합니다. 처가에도 나름으로는 열심히 섬기며 사랑한다고 했지만, 많이 부족했음을 깨닫습니다. 그나마 주 안에서 늘 기도하고 사랑하는 마음으로 간절함을 가졌던 것은 인정합니다.

아이를 낳아 어떤 어머니보다 지극 정성으로 키웠고, 많은 것을 희생하면서 자식에게 도움이 되는 일이라면 어떤 것도 마다하지 않고, 최선을 다한 당신의 모습에 다시 한번 존경을 표합니다. 엄마로서, 어른으로서의 모든 것이 완벽에 가까운 어머니입니다.

불필요한 간섭과 지적을 지양하고, 늘 조용히 지켜봐 주면서 기도로 아이들을 양육시켜 줘서 너무나 감사합니다. 아마도 아이들 또한 그 모든 일들에 대해 무한한 감사를 갖고 있을 겁니다.

  이런저런 실수로 당신의 마음을 아프게 한 일은 평생 반성하며, 좋은 사람으로 살려고 노력하는 도전으로 회복시키려 했습니다. 항상 미안하고, 잘못했고, 사랑했다고 말하고 싶습니다.

  사랑하는 하은, 민준에게.

  하나님께서 주신 귀한 선물, 하은과 민준.

  우리 가정에 새로운 의미를 부여해 주고 살아가는 의미를 갖게 해줘서 너무나 고마웠다.

  또한 너희들을 보면서 기대하는 삶을 살게 했고, 세상 어떤 사람보다 귀하고 아름답게 하나님의 자녀로 주님과 동행하면서 살아가기를 쉼 없이 기도했다.

물려줄 것은 없지만 신앙을 유산으로 물려줄 수 있는 것이 무한 감사하구나.

청년 시절까지 귀한 믿음을 잃지 않고 남을 위해 베푸는 삶을 살아줘서 무엇보다도 감사하고 주님을 찬양한다. 다시 태어난다 해도 너희 같은 귀한 자녀를 얻을 수는 없을 것이라 생각한다.

아빤 너희들을 위해서라면 몸이 분쇄되어 가루가 되어도 무엇이든 할 것이라고 다짐하고 다짐하며 살았다. 하나님께서 주신 선물을 소중하고 거룩하고 귀하게 섬기는 것은 당연한 도리니까.

그럼에도 무언가 부족하고 한계를 느낄 땐 많이 미안했단다. 나머지는 하나님께서 채워주실 것이라 믿으면서도…

하지만 너희들의 삶을 걱정하지는 않는단다.

지금까지 살아온 모습과 또한 살아가는 동안 우리를 고아처럼 내버려두지 않으시는 주님의 은혜와 긍휼을 알기에 그렇단다.

엄마랑 아빠가 늘 사람들에게 베풀고 살았던 것은 외가와 친가의 어르신들이 그렇게 살아가는 모습을 보여주셨기에 등대로 삼을 수 있었어.

너희들도 살아가는 동안 어렵고 힘들게 살아가는 사람들을 보면 늘 베풀고 또한 이웃과 믿음의 동역자들과 아낌없이 나누며 살아갔으면 좋겠다.

앞으로의 삶 속에서 어떤 어려움과 높은 산과 깊은 골짜기를 만날지라도 다윗의 하나님이 우리의 하나님 되심을 믿고 담대히 나아갔으면 좋겠다.

큰아빠께서 선교의 길을 가셨던 것처럼 우리 몫의 선교사로서의 사명도 잘 감당해 주기를 바란다.

함께 했던 수많은 날 속에 기억나는 것은 오직 주님께서 동행해 주시고 도와주시고 우리 가족을 눈동자같이 지켜주셨다는 고백이다.

이 땅에서 다 하지 못한 것들이 있지만 후회 없이 주님 앞으로 나아간다.

천국에서 다시 만나는 날, 우리 함께 기뻐하자.

2019년 9월 26일
양회훈 씀

8
캠핑카 여행

-우경희

"여보, 둘만의 오붓한 시간을 갖고 싶어요."

"그럼 당장 캠핑카를 사도록 합시다. 계획보다 조금 앞당기는 감은 있지만!"

"언제든 떠나고 싶어요. 바다로 산으로 달리다가 맘에 드는 곳이 있으면 어디든 차를 세우고요."

"당신만 좋다면 나는 무조건 오케이!"

벼르던 캠핑카를 샀다. 십여 년간 남편과 둘이 용돈을 조금씩 모으고 있었기에 부담이 덜했다.

아이들이 장성하여 집을 떠나자, 부부만 남겨진 거실은 텅 비었다. 빈둥지증후군에 시달리는 중년 주부들의 심정이 이해가 되었다. 직장에서 열심히 일하다가도 문득, 창밖을 내다보며 까닭 모를 외로움에 시달렸다.

퇴근하여 아파트 입구에서 올려다보면 불 켜진 집과 불 꺼진 집의 창문은 대조적이다.

따스한 불빛이 새어 나오는 거실에는 아이들이 왔다 갔다 하고, 식탁에는 맛있는 찌개가 보글보글 끓어오르리라. 발걸음 소리, 욕실문을 여닫는 소리, 엄마를 불러제끼는 아이의 다급한 음성이 들리는 듯했다.

그런 환청에 시달리니까 우울했다. 아이와 함께하던 시간이 못 견디게 그리워졌고 아쉬웠다. 그래서 우리 부부의 삶의 패턴을 바꾸기로 한 것이다.

캠핑카가 있으니 시동만 걸면 어디든 떠날 수 있어 좋았다.

봄은 바야흐로 꽃의 계절이 아닌가?

벚꽃 흐드러진 가로수길을 달리고, '베르테르의 편지를 읽노라'는 가사를 흥얼대며 목련 화사한 들녘을 달렸다. 개울 근처에 내려 도란도란한 물에 손을 씻고 봄나물을 뜯었다.

머리를 풀어 헤친 달래를 잘라 (뿌리는 남겼다. 내년에 또 돋게) 양념장을 만들고, 돌나물과 돌미나리를 뜯었다. 손톱 밑이 새까매지도록 쑥을 캤다.

조용한 부둣가에 차를 세우기도 했다. 갯내음이 왁자하게 몰려와 우리 부부를 감싸 주었다.

외딴집에는 그물을 걷는 어부가 살았고, 갑판 아래 물칸에 담긴 문어와 소라를 싼값에 내 주었다. 살아서 꼼지락대는 문어를 뜨거운 물에 삶으며 미안하다고, 그러나 맛있게 먹어야겠다고 말했다. 그런 날 밤하늘엔 별이 총총했다. 남편과 나는 오리온자리, 물병

자리, 큰곰자리를 헤아리며 어린 시절의 성적에 대해 고백하며 킬킬댔다. 묻어둔 유년의 추억이 안개처럼 피었다.

가을에는 산으로 갔다. 골마다 단풍이 아름다웠고 도토리와 밤이 지천이었다. 한 줌씩만 줍자고, 딱 한번 먹을 만큼만 가져오자고 약속을 했다.

지상의 식물들은 결실을 보았고 겨울을 맞을 준비에 여념이 없었다. 저마다의 빛깔로 옷 갈아입으며 동면에 들 마무리에 한창이었다. 사람도 저렇게 처연한 아름다움을 겪고 한 줌 재로 돌아갈 수 있을까? 살아있는 날까지 남들에게 손가락질 받지 않고, 함께 살아주어서 고마웠다고 말하고 싶었다.

겨울이 오면 남편은 더욱 다정한 사람이 되었다. 내 옷자락을 여며주었고 목도리를 둘러 주었다. 팔짱을 껴주었고, 어깨에 팔을 얹어 따뜻한 온기를 더해주었다. 아름다운 동행, 함께 사는 기쁨을 곱으로 선물해 주었다.

우린 캠핑카를 세워놓고 글램핑장에서 밤새워 이야기를 나누었다.

누군가는, 캠핑카를 끌고 다닌다는 것은 과소비며 낭비라고 흉볼지도 모른다. 그러나 우리 부부에게는 새로운 데이트 카페며, 활력의 비타민이며, 내일을 위한 꿈 꾸기 장소이다.

남편을 나를 위해 찌개를 끓이고, 나는 남편과 마주할 아름다운 시간을 위해 향초를 피운다. 남편은 내 눈을 마주 보며 환하게 웃

어주고, 나는 남편의 얼굴에 패인 주름살을 쓰다듬어 준다.

　캠핑카는 둘만의 오붓한 공간이다.

　함께라서 더욱 행복한, 작고 아담한 둘만의 새 집이다.

생애 첫 덕질

-우경희

첫 경험이다.

드뎌 잠자던 연애세포가 깨어난 것이다.

예측 불허의 새롭고 희한하고 경이롭고 다채로운 경험의 시작이다.

나 자신도 놀라고 있다.

CGV 스크린 G10열에 앉아 뮤직비디오를 보았다 – 감동의 물결

자서전을 사고 밑줄 그어가며 읽고 또 읽었다 – 어쩜 이럴 수가!

CD를 대량 주문하여 가방에 넣어 다녔다 – 누군가에게 주고 싶어

팬미팅 표를 구해달라고 딸에게 애원을 했다 – 엄만 손가락이 느려

단독 콘서트 관람을 하러 KTX를 탔다 – 휴가라도 낼 거야!

그 이름 따라 유튜브마다 눈도장을 찍었다 – 끝이 없는 이 관심을 어쩔 거?

처음엔 의아해하던 남편까지 낚였다.
"김호중 덕질할 만하구먼!"
"이해가 안 되더니만 점점 이해가 되는 중!"
"당신이 즐겁다면 나는 무조건 오케이야~"
남편 고마워!

같이 덕질하는 분께 전화를 걸었다.
귀에 익은 컬러링이 흐른다.
"고맙소~ 고맙소~~~ 늘 사랑하오"
가슴이 뭉클해진다.
잠깐 스치듯 만났지만 오오랜 친구같은 이 느낌은?
비밀을 함께 공유하는 공범의 이 느낌은?

보랏빛 브라우스를, 바지를, 원피스를 샀다.
임페리얼 퍼플의 브로치를, 선글을, 모자를, 스카프를 샀다.

이것은 잇다의 연장선이다.
웜홀을 지나, 평행우주의 시공간을 건너
우리의 만남이 이루어진 게 아닐까?
어느 하늘 아래 각자의 삶을 살다가 이리 만나게 되어
내 짝사랑이 시작되었을까?
지나간 시절의 소녀가 되어 황당 동화를 쓴다.

현실 세계와 환상의 공간을
중간중간 교차 방문하는 나는
기꺼이 덕질녀가 되었다.

내 생애 한번쯤 이래본들 어떠하리.

두 번째 콩깍지

-유태수

나의 첫 번째 콩깍지는 남편입니다.

결혼을 했고 아들딸을 낳아 길렀습니다.

고생을 많이 했지만 행복한 날들이 많았지요.

그런데 인생에는 예기치 않은 폭풍우가 몰아치는 게 아니었던 가요?

남편이 큰 사고를 당했고 장애를 입었습니다.

본인도 감당하기 얼마나 힘들었을까요?

몸도 마음도 지쳐가던 중에 두 번째 콩깍지를 만났어요.

《미스터 트롯》 결승전에서 인생곡으로 불렀던 〈고맙소〉에 완전 반했어요.

그 콩깍지가 제대로 씌여서 이제는 사춘기가 아닌 육춘기가 온 것 같습니다.

〈고맙소〉 노래는 영원한 나의 애창곡이 되었습니다.

고맙소, 고맙소, 늘 사랑하오!

사랑합니다

-윤경미

  나의 어머님!

  밥을 먹다가 속이 좋지 않아 앉아 있던 의자에 엎드려 우연히 당신의 팅팅 부어있는 다리를 보았습니다.

  하루 종일 부엌에 서서 음식을 하며 다리가 아파 들었다 났다 하는 당신의 모습을 보았습니다.

  아프다고 말도 못 하시고, 이불을 머리 위로 올려 끙끙거리며 힘들어 하시는 당신의 모습을 보았습니다.

  늘 가장 예쁘고 좋은 것을 저에게만 따로 챙겨주시는 당신의 모습을 보았습니다.

  아이들 하교 시간에 늦을까 봐 종종걸음으로 뛰어가시는 당신의 뒷모습을 보았습니다.

  달라도 너무 다른 세 아이를 동일한 사랑과 시선으로 돌봐 주시는 당신의 모습을 보았습니다.

  밥상머리에 앉아 질질 울고 있는 저를 보시면서 마음 아파하고, 한술도 못 뜨시는 당신의 모습을 보았습니다.

  씻을 힘도 없는 저를 안고 머리도 감겨주시고, 몸도 닦아주시는

당신의 모습을 기억합니다.

젖은 머리카락을 말려 주시면서 이런저런 얘기를 나눠 주시는 당신이 계셔서 참 감사합니다.

매일 따뜻한 물을 준비해 주시고, 음식이 식어서 맛이 없을까 봐 중간중간 다시 데워주시는 당신의 배려가 따뜻하게 느껴집니다.

소녀처럼 '별님'을 사랑하고 그분의 아름다운 목소리와 노래로 기뻐하는 당신의 모습을 보면 미소가 지어집니다.

한 사람을 사랑한다는 것은 작은 별들이 모여 큰 우주가 되는 것처럼 신비롭고 놀라운 일인 것 같습니다.

당신이 위로받고, 사랑하는 별님을 통해 우리 모두 빛나길 바랍니다.

여전히 아름답고 사랑스러우신 어머님~

당신의 사랑과 헌신이 저를 있게 합니다.

그 어떤 말로도, 표현으로도 다 나타낼 수 없겠지만 사랑합니다.

제 시어머님이 되어 주셔서, 저를 며느리로 맞아주셨고 따뜻한 사랑 주셔서 감사합니다.

가방을 메고 병원에 가려고 준비하는 제 모습을 지긋하게 바라봐 주시고, 꼬옥~ 안아주시면서 "잘 다녀와"라고 인사해 주시던 어머님의 따뜻한 모습과 품이 계속 생각나서 짧게 글을 남겨봅니다.

2021. 09. 17. 금요일
세브란스 암병동 종양내과 외래 진료실 복도에서
며느리 올림

그리운 집

-윤정원

여름 방학 때 틈을 내어 할머니를 보겠다고 서울서 손자가 왔다. 아들도 같이 왔다. 초등학교 5학년 손자는 코로나로 못 본 사이 훌쩍 커 내 어깨를 넘었다. 너무 잘 컸다. 사랑스러운 마음에 손자를 꼭 껴안고 볼을 부볐다.

'뭘 추억하게 해줄까?' 하고 생각하다가 불현듯 떠오른다. 뭐가 그렇게 급했는지 어린 아들 둘을 남겨두고 황급히 이승을 떠난 남편의 고향으로 가보고 싶었다. 아들과 손자도 "그것도 괜찮겠군요."라고 말한다. 남편과 나는 결혼해서 점잖으신 시부모님과 개성 있는 시누이들과 함께 살았다. 그러다 분가해서 우리 집을 마련했다. 그때 살던 집이 항상 그리웠다.

우리 삼대가 함께 떠나는 길은 설레고 좋았다. 진주서 멀지 않은 곳이라 금방 닿은 기분이다. 40년 전에 분가하면서, 대지는 넓고 집은 허름했기에 골목집을 사서 허물고 그곳에 새로 지은 우리 집은 그대로일까 아니면 변했을까?

이런저런 생각을 하며 들어선 정든 그 골목길과 우리 집은 별로 변한 게 없었다. '다행이다' 왠지 반가움에 나도 모르게 혼잣말을 한다. 변한 게 있다면 옛날에 1층이었던 우리 집은 2층으로 변해 있었다.

집안은 또 어떻게 변했을까? 건너편 집 대문 지방에 놓인 디딤돌 위에 서서 봐도 잘 보이지 않아 더 궁금했다. 그 당시 우리 가족이 드나들었던 스테인리스 철대문도 그대로다. 그때 심은 담장 너머 휘늘어진 줄장미, 능소화는 보이지 않았다. 정원에 심은 여러 색색의 장미, 백합꽃과 동백, 석류, 감, 모과나무 등 유실수는 잘 크고 있을까?

그 집은 40년 전 설계할 때 내 의견도 제안하면서 건축사께 "이렇게 저렇게 해주세요." 하며 바쁘게 쫓아다니면서 정성을 다해 완성된 아늑한 벽돌집이다. 나는 담장 안이 너무 궁금해 대문 벨을 누르려 하니 아들이 그건 무례하단다. 잠깐 멈칫하다가 용기를 내어 벨을 눌렀다. "철커덩!"

"어머나! 문 열리는 소리가 옛날 그대로네."

아들과 나는 동시에 반응했다. 그리웠던 벨 소리에 감전되는 순간이었다. 찌릿했다.

대문 안으로 들어서니 나이 드신 아주머니 한 분이 나오신다. 40년 전 이 집에 살았던 사람인데 항상 이 집이 그리워 찾아왔다고 했더니 환하게 웃으시며 반겨주신다. 정원에서 키운 포도 한 송이도 따서 손자에게 먹어보라고 주신다. 그리움이 충족되는 순간이었다.

아주머니는 이 집에서 다른 곳으로 떠나기 싫어 32년째 살고 계신단다. 그러면서 이 집을 사게 된 동기를 얘기해 주신다. 그 옛날에 우리 가족이 살고 있을 때 이 골목길을 어린아이의 손을 잡고 "다음에 이 집을 내가 꼭 사야지"라며 자주 지나다녔다고 하신다. 그런데 그 후에 정말로 이 집을 사게 되어 너무 좋았다고 했다. 아마도 집의 인연도 따로 있나 보다. 그때 우리 집은 예쁜 집이라고 동네에서 다들 부러워했던 집이다.

집을 오랫동안 잘 보존해 주셔서 진심으로 고맙고, 감사하단 인사를 드리고 마당을 둘러보았다. 장독대가 있던 그 자리에는 이층으로 올라가는 계단이 설치되어 있고, 내가 심은 감나무는 엄청 자라서 날 내려다보고 있다. 석류나무가 심겼던 곳은 포도나무가 자리하고 있었다. 아기자기 예쁜 꽃들이 차지한 그곳에는 주인 취향에 맞는 꽃들이 우리를 활짝 반겼다.

나름대로 아이들의 정서를 생각하면서 탁구대도 설치하고 그 옆에는 작은 동물의 집을 만들어 개, 닭, 토끼, 앵무새를 키우던 곳은 보이지 않는다. 어느 해 여름은 물놀이를 못 가는 바람에 텐트가 귀한 그 시절에 애들 아빠가 텐트를 구입했다. 마당에다 텐트를 치고 아이들과 텐트 놀이를 하며 너무 재미있어서 깔깔거리던 그 웃음소리를 상기시키며 아들과 마주 보며 웃었다. 그 집에서의 10년 세월은 온전한 우리 가족 최고로 행복한 보금자리였다.

"집은 그리움이고 집은 추억을 만드는 꿈의 산실이다."

사실 남편은 당시에 촉망받던 공무원이었다.

어느 날 사무실에서 전화가 왔다. 갑자기 남편이 "배가 아파서 병원에 가셨단다." 순간 심장이 멎는 것 같았다. 나는 곧바로 병원으로 달려가 의사 선생님을 만났다.

"간암 말기입니다."

'어쩜 좋아! 생때같은 사람이…' 눈물이 비 오듯 쏟아져 내린다. 마냥 넋 놓고 있을 수 없었다. 남편에게 기적이 일어나길 바라며 당시 전국 명의란 명의는 다 찾아다녔다. 최선을 다했지만, 백약이 무효였다. 하늘이 무너지는 소리가 가슴을 후려친다. 끝까지 지키지 못한 죄스러움에 한동안 하늘을 보지 못하고 살았다.

못다 한 사랑을 남겨두고 떠난 그와 나의 분신 두 아들에게 아빠를 잃은 상실감에 심경 변화가 일어나지 않길 기도하며 앞만 보고 달려왔다. 엄마의 마음이 잘 닿았는지 두 아들은 너무 잘 성장하여 명문대를 졸업하고 각 가정을 이루고 전문직에 종사하고 있다. 참 고맙고 자랑스럽다.

남편과의 추억이 담긴 집을 둘러보고 돌아오는 길, 골목길에 손주들의 웃음소리가 따뜻하다. 아들의 긴 그림자 옆에 나란한 손주의 짧은 그림자가 더없이 다정했다.

나는 손주에게 할아버지 사진을 보여주며, 할아버지에 대한 이야기를 오래오래 들려주었다.

우리의 모습을 남편은 하늘나라에서 보고 계실라나?

치마 입고 싶다

-윤정원

핸들을 잡으니 '만개'가 흘러나온다
운전하다 말고 자꾸 뒤돌아본다

치마 입은 여인들이 여럿 지나간다
내 나이 일흔일곱, 치마 입고 싶다

푸르게 깊어 가는 이 봄
치마 입고 멋 부리고 분위기에 취해
아야 아야 다 날려버려야지

마음은 아직도 소녀이어라
멋모르고 달려온 젊은 시절이 참 그립다
소중했던 그때가

친구들아, 우리 치마 입고 별님
콘서트 보러 가자

상상만 해도 설렌다
매력덩어리 우리 가수 김호중

내 얼굴에 주름은 늘어도
얼른 감동의 그날이 왔으면 좋겠다
많이 기다려진다
눈물 나도록 보고 싶다

국민훈장 석류장을 받고

-윤종순

1978년 3월, 결혼과 함께 시작한 논산 연무에서의 생활은 도시에서 생활하던 새댁이 살기에는 무척이나 불편함이 많은 곳이었다. 더군다나 고향에서 멀리 떠나와 아는 사람이 한 명도 없는 낯설고 물설은 객지였다.

그러던 중 주위의 권유로 그해 12월, 연무대 적십자부녀봉사회에 입회하여 국군 논산병원 적십자 봉사실에서 무급 봉사원으로 일하게 되었다. 열악한 환경 속에 고통받고 있는 환우 병사들의 심신 안정과 회복을 돌보는 일, 병실에서 나오는 빨래 및 환자복을 수선하는 일에 매달렸다. 이렇게 시작한 봉사활동이 오늘까지 내 생활의 중요한 부분을 차지하게 된 것이다.

평생에 가장 큰 영광인 《국민훈장 석류장》을 받고 보니, 부끄러움이 앞선다. 조금 더 열심히 할 걸, 그때 그걸 왜 놓쳤을까, 그간의 수많은 일들이 내 머릿속에서 파노라마처럼 펼쳐진다.

1987년 중부지역의 집중호우로 논산천이 유실되어 수많은 이재민이 발생하였다. 임시 시설인 동성초등학교에서 실의에 빠진 주민들에게 식사를 제공하면서 그들의 슬픔과 고통을 함께 했었다. 대형세탁기가 있는 육군훈련소 및 국군 논산병원 의료팀의 협조를 받아, 침수된 옷가지를 세탁하여 이재민에게 전달하고, 임시진료소에서도 40여 일간 진료업무 지원에 적극 동참했던 모습은 어제 일처럼 생생하다.

2007년 12월에 발행한 서해안 기름 유출사고 발생시 유출 기름 제거를 위해 승합차를 직접 운전하여 새벽에 달려간 태안 앞바다는 코를 찌르던 기름 냄새로 두통과 메스꺼움으로 힘들었지만 바다와 어민의 아픔을 생각하며 적극 동참했었다.

2003년도 매미, 2010년도 콘파스, 2012년 볼라벤 등 크고 작은 태풍 피해와 장마철 집중호우 피해로 고통받는 지역으로 찾아다니면서 떨어진 과일 줍기 및 판매, 과수나무 세우기 등에 참여하면서 실의에 빠진 피해 농가의 한숨과 삶의 애잔함에 마음이 무거웠던 일도 새롭다.

산불 진화 작업에 지친 봉사자들에게 뜨끈한 밥 한 끼를 챙길 때의 뜨거운 가슴.

금산지역의 인삼 농가 피해로 달려간 그곳에서 장애인 부부의 넋을 잃은 모습에 억장이 무너지던 일도 선명하다. 그 농가들은 지금 인삼을 잘 키우고 있을까?

내가 만난 모든 분들은 서로가 소중한 인연이고 피해복구를 꿈꾸는 내 기도 속의 분들이다. 어제도, 오늘도 그리고 내일도 그분들의 평안을 기원하고 있다.

지역 축제를 돕는 봉사현장에 갈 때면 활기와 기대에 눈빛 반짝이는 관광객을 만나는 기쁨도 있었다. 봉사현장이 늘 눈물 바람만 일어나는 곳이 아니니까.

유치원이나 초등학교 학생들을 만날 때면 저절로 웃음이 나온다. 내일의 희망의 꽃인 아이들은 언제 어디서 만나도 반갑고 어여쁘고 사랑스럽다.

네 번에 걸친 국제 봉사활동으로 라오스나 캄보디아라는 나라에 대하여 새로운 모습을 알게 되었으며, 가난하지만 미소를 잃지 않는 그들의 눈빛에서 희망을 보았다.

50~60년대, 열악한 환경에서 우리나라의 경제를 일으켜 선진국으로 이끈 선조들의 부지런함과 교육열에 깊은 고마움을 느낀 시간이었다.

그 나라 국민들도 훌륭한 지도자를 만나 문화와 경제가 발전하고 서로의 손을 따뜻하게 마주 잡고 걸어가길 빌고 있다.

코로나19로 인한 어려운 시기에 백신 접종 봉사로 어르신들의 불편함을 보면서, 내 부모님께 제대로 효도하지 못한 회한으로 가슴이 아렸다. 어쩌면 어르신들을 만나 봉사와 나눔을 실천하는 내 모습은 부모님께 못다 한 갚음을 간접적으로나마 표현하고자 하는 열망이었을까?

빵 나눔 봉사를 할 때면 치아가 없으시지만, 오물오물 맛있게 드시는 모습에서 내 입속에 들어가는 음식물의 단맛보다 더 큰 행복을 느낀다.

잘못된 판단과 순간의 실수로 범죄에 빠진 청소년을 만나 상담을 하면서 아쉬움이 깊다. 이들에게 좋은 멘토가 되어줄 더 많은 상담사와 지도사가 필요하단 사실을 절감하면서 말이다.
우울과 고립에 빠져 이웃과 소통을 하지 못하는 외로움에 처한 어르신들을 만나면 웃음치료사의 역할을 기꺼이 맡는다. 깊이 패인 주름살에 미소란 그림을 그려드리고 싶다.

내 삶의 일부가 아닌 전부가 되어버린 봉사활동 44년. 나는 한결같은 마음으로 그 길을 걸어왔다. 그것은 인간에 대한 예의를 다짐하며 실천하는 일이었다. 혼자서는 할 수 없는 일, 함께라서 더 힘이 나고 기쁨으로 승화할 수 있는 일이었다.

내게는 함께해 준 수많은 봉사원들이 있다. 서로 위로하며 지칠 때 힘이 되어준 동료들, 엄마의 부재를 원망없이 잘 자라준 남매, 응원과 박수를 보내준 내 형제자매들, 늘 바빠서 정신없는 나를 인정해 준 시댁 식구들, 묵묵히 지지하고 격려해 준 남편이 고맙다.

오랜 기간 나와 같은 자원봉사자의 길을 동행해 준 남편과 딸,

가족이란 이름 앞에 '봉사와 사랑을 실천하는'을 붙여놓고 우린 손을 맞잡는다. 기력이 있는 한, 우리를 필요로 하는 곳이면 어디든지 달려갈 것이다.

혼자 걸으면 외롭지만 함께해서 좋은, 사람 사는 세상, 아름다운 웃음꽃을 피우는 일이라면 언제든지 달려갈 것이다.

15

부모님 전상서

-윤태순

부모님,

못 배운 것이 평생 한이 되어 살다가, 이제 그 한을 풀었습니다. 올 2월에 선영 ASMP 과정의 학사모를 쓰고 사진도 찍고 졸업 행사도 가졌습니다. 이 기쁜 소식을 하늘나라로 띄우니 제 편지 받으시면 손뼉 쳐 주세요.

엄마가 떠나신 지 사십 년이 넘어도 생각만 하면 눈물부터 나네요. 일이 너무나 많고 손님이 끊이지 않는 종갓집 맏며느리로 얼마나 애를 쓰셨는지요. 객지 살다가 고향 오면 엄마 인심 땜에 많은 친척들이 우리 집에서 먹고 자고 갔습니다.

그것도 모자라 이고 지고 두부 장사 오면 때가 지났어도 "밥 먹었나?" 물어보고 "아직 입니다" 소리 들으면 얼른 부엌으로 들였지요.

아궁이에 잔불을 부지깽이로 휘저어 불을 다시 피우시던 엄마. 광주리장사, 방물장사, 너나 할 것 없이 부엌에 앉히고 가마솥 안에 넣어 뒀기에 온기 남은 밥으로 배를 채우라며 숟가락을 잡혀주던 울 엄마.

대문간에서 기웃대던 걸인에게도 아낌없이 밥을 퍼 주시던 우리 엄마.

귀한 고3짜리 아들, 연탄가스로 하늘나라 먼저 보내고 한이 많아 우시던 엄마.

지지리 가난하던 바우네 수시로 들여다보시던 엄마.

대소가(大小家) 사람들 볼까 봐 시멘트 포대에 담아 망태에 넣어서는 "애기 죽 끓여 주소!" 하시며 밭에 가는 척 기별 넣던 우리 엄마.

보리가 필 때까지 먹을 것이 없어 굶던 사람들이 허다했지요.

그런 집 굴뚝에 연기가 안 오르면 "저 집 땟거리가 없어서 굶는갑다, 우짜노!" 하시던 엄마.

엄마가 이웃에 나누는 것을 몸소 잘 가르쳐서 우리 자매들이 닮았습니다.

각자 사는 곳에서 나름대로 베풀며 잘살고 있어요.

인심도 얻고 신망도 얻고 칭찬도 받으며 손뼉과 감사도 자주 받아요.

엄마,

작년에는 제가 김서방이랑 종순이랑 매달 서울까지 강의 들으러 다녔어요.

새벽에 올라가 저녁 늦게 집에 오는데도 너무 기뻤어요.

전국 각지에 언니 동생도 생기고, 너무 선하고 인정 많은 지인들 만나서 행복해요.

엄마 딸 종순, 태순, 김서방, 또 해순, 갑순도 덤으로 유명 인사가 되어 참 좋아요.

아부지가 학교 안 보내주신 것 원망 많이 하고 살았는데 이젠 아니에요.

부모님이 딸을 많이 낳아주셔서 우리 자매들 정말 행복합니다.

양반가의 도리만 찾으시던 아부지. 그땐 무섭고도 미웠어요.

중매가 들어오면 성만 묻고 직업과 재산 따위는 별로 개의치 않으시던 우리 아부지.

자식보다 대소가의 친척들을 더 챙기시던 멋쟁이 아부지.

"남의 것 탐내면 안 된다."고 정직과 바른 삶을 가르치시던 아부지.

언니가 거의 전 재산 남에게 속아 날려도 "잘했다. 돈 떼인 사람은 발 뻗고 자도, 돈 떼먹은 사람은 평생 맘 편히 못산다. 그 돈 언제라도 다시 돌아 네게 온다." 하시던 울 아부지.

남의 풋고추 하나, 벼 이삭 하나도 손대면 안 된다고 정직함을 교육시킨 아부지.

엄마에게 다정하게 대함을 보여주신 아부지.

나눔을 배워 몸소 실천하게 만드신 울 엄마.

사각모자 쓴 딸, 예쁘지요?

저희 부부가 함께 찍은 사진, USB에 저장했다가 큰 TV에 옮겨 볼 때 엄마 아부지도 저희 집에 오셔서 함께 봐 주세요.

저희 자매 잘 키워주셔서 감사합니다.

엄마 아부지 사랑합니다.

내 삶의 나날

-이경순

친정엄마

작년에 그랬듯 내 생일에 엄마가 계시는 온양에 내려왔다. 69년 전, 나를 낳으시느라 꼬박 이틀을 고생하셨다던 엄마를 생각하며 다정히 웃으며 손을 잡아드렸다. "엄마, 오늘이 내 생일이야. 나 낳느라 애쓰셨다며?" 알아들으시는지 표정 없이 그냥 웃기만 하신다. "미역국은 먹었니?" "뭐 먹고 싶은 건 없니?" 이런 인사치레의 말도 못 챙기는 형편이 되고야 말았다.

엄마의 치매 증세는 3년 전부터 살짝 와서 물어본 말을 수없이 되풀이하신다. 누가 언제 다녀갔는지도 모르신다. 하루 종일 최고치의 높은 소리로 TV를 틀어 놓으신다. 소리 중독 수준인 것 같다, TV를 끄면 깨시는 걸 보면. 막내 올케의 보살핌이 효부상을 몇십 개를 수여한다고 해도 과함이 없는 수준이다. 아버지 때부터 지금까지 벌써 10년이 넘어가고 있는데도 한결같다.

나도 시부모님의 마지막을 함께 해 드렸지만, 시누이올케 사이를 떠나서 존경스러울 뿐이다. 친정집과 이어진 산책길에 여기저기 찔레꽃이 만발해 있다. 아카시아꽃도 짙은 향을 날리며 하얀 웃음을 날려 꿀벌을 끌어안는다.

일제 강점기에 일본은 자국엔 낙엽송과 편백나무 같은 목재용 나무를 심었고, 우리나라 산에는 목재로는 어림도 없는, 다만 잘 자라고 번식력이 우수한 아카시아를 심었단다. 민둥산 조림(造林)용으로 심었지만, 아카시아꽃 덕분에 양봉이 시작되었고, 벌이 꽃가루 수분을 해 주었기에 여러 농사가 잘되는 결과가 뒤따랐다는 이야기를 들은 적이 있다.

벌이 사라지면 먹이사슬이 무너지고, 식물들 자람의 질서가 뒤죽박죽 된다는 생태교란의 문제까지.

엄마는 옆집 화단의 예쁜 꽃을 몰래 꺾어다가 물병에 담아 놓으셨다. 작년 가을엔 월남고추를 아침마다 따다 식탁에 올려놓으시더니 여지껏 계속 그러셨는지? 옆집에 가서 정중히 사과드리고 따로 인사를 해야겠다. 돌아오는 주일 예배를 드리고 집에 가려 한다. 그때까지는 엄마 식사를 맛있게 차려 드려야겠다. 틀니 끼기에 실패하셔서 이가 두서너 개밖에 안 남은 우리 엄마 진지는 죽처럼 묽게 쑤어드려야 한다.

엄마를 보면서 '오래 사는 것이 좋음만은 아니다'라는 불효막심한 생각을 한다. 태어남은 순서가 있지만 가는 것에는 순서가 없다지만, 자식들 앞세우지 말고 너무 오래 치매 속에서 힘들지 않으셨음 한다.

엄마의 뒤를 따라 나도 곧 그렇게 되겠지. 인생 참 찰나다. 엄마 배 속에서 열 달을 지내고 이틀 동안 엄마를 고생시켜 태어나 어찌어찌하며 살다가 내년에 칠순을 맞는 엄마의 외동딸인 나. 슬픈

듯 슬프지 않은 듯 그냥 허망하다. 세상의 모든 영화가 헛되고 헛되다 하였으니.

형제들과의 만남

코로나 이후 참으로 오랜만에 삼 남매가 엄마를 모시고 냉면집에서 만났다. 내 생일 직후라서 내가 점심을 대접했다. 예전에 동생들은 중·고등학생이었고, 내가 대학생일 때 돼지 짬밥 나르던 이야기로 어릴 적 기억들을 꺼내어 서로를 칭찬하거나 장난 섞인 질책으로 한참을 웃었다. 결론은 아버지는 엄마를 만나신 것이 '인생 최고의 축복이었다'로 마무리됐다.

둘째 동생은 하룻밤을 자고는 오늘 아침 일찍 테니스 대회에 참가해서 1위를 했다며 아끼바리쌀 한 포대와 구운 김 한 보따리를 갖다 놓고는 떠났다. 두 동생 모두 몇 달 사이 10kg 정도의 체중을 감량하여 더 건강해 보이고 젊어 보였다. 부러움의 박수를 보내며 나도 도전해 보려 결심한다. 동생들의 다이어트 비결은 간헐적 단식이 아닌 1일 1식과 저탄고지 저염식과 테니스로 성공을 하였단다.

치매가 점점 깊어가는 엄마는 옆집 화단의 꽃을 이번에는 뿌리째로 뽑아오셨다. 아무리 말해도 우이독경, 마이동풍이 되고 마는 것 같다. 자꾸 잊어버리신다. 남의 것에는 눈길도 안 주던 분이었는데 치매는 사람을 엉뚱한 모습으로 변화시킨다. 옆집에 가서 미안하다고 사과드리고 뽑아온 꽃을 심어드렸다. 앞으로 엄마가 어떤 엉뚱한 행동으로 다른 사람을 불편하게 할지 사뭇 염려스럽다.

대파를 사서 상추와 무치려고 온 동네를 헤매다가 진이 다 빠져서 들어왔다. 모든 슈퍼마켓이 커피집, CU, 롯데리아, 양꼬치 집으로 바뀌고 야채를 파는 곳이 머얼리~ 보이지도 않는 구석에 있단다. 이제 상추를 무쳐서 엄마랑 저녁밥을 먹어야지.

내일 집으로 돌아가면 언제나 또 오게 되는지 모르겠다. 앞으로 몇 번이나 오갈 수 있을는지…. 내가 사는 의정부와 엄마가 사시는 온양이 천 리 먼 길처럼 느껴지는 것은 무엇 때문인지?

길을 걷다가 문득 내 친구 경애 생각이 났다. 통화를 한 며칠 뒤, 홀연히 세상을 떠났다. 작별의 말도, 그동안 고마웠다는 인사도 없이 훌쩍 떠났다. 이젠 영원히 볼 수가 없게 될 줄 꿈엔들 생각했었던가? 그립다 말을 하니 더욱 그리워지는 언니 같던 예쁜 내 친구 김경애.

이런저런 생각으로 가슴에 바람이 인다. 세상은 온갖 봄꽃으로 아름답고, 새잎 돋아 푸르름으로 가득한데, 엄마는 이 봄꽃을 내년에도 보시려나? 아니, 나는 이런 봄을 몇 번이나 더 맞으려나?

황인숙 권사님 남편 천국 환송예배

며칠 동안 절실하고 애타는 기도의 시간들이 흘러갔다. 상담 선생님의 부군인 안집사님이 오랜 투석으로 인해 심장에 이상이 오고 급하게 수술을 하고 쾌유를 기도했지만 의식불명의 상태가 왔으며 연명치료를 할 것인가를 정해야 하는 안타까운 순간이 찾아왔다.

2월에 심장 부정맥 수술을 한 상담 선생님은 두 번째 폐부종으로 호흡곤란이 와서 응급실로 실려 갔다며 어떻게 하면 좋겠냐는 조언을 구하는데 참으로 마음은 아프지만 보호자인 딸과 사위를 생각하라는 말을 전할 때는 내 마음도 무척 힘들었다. 이제 나도 연명치료 거부신청을 해놓아야겠다고 결심했다. 남은 가족들이 죄의식을 느끼지 않도록.

오늘 0시 10분에 안집사님은 본향으로 가셨다. 언젠가는 우리도 모두 가야 하는 아버지 하나님께서 반겨주실 우리들의 본향 그곳으로. '아파서 힘들었지?' '살아내느라 고생했지?' 머리를 쓰다듬어 주실까? 손을 잡아 주실까? 뜨겁게 안아주시며 칭찬의 등을 두드려 주실까? 안성배 집사님 우리 그때 반갑게 만나요. 그리고 예수님께 남겨진 아내와 아픈 아들과 효성스러웠던 딸들의 세상 나그네살이를 잘 부탁해 주세요.

예쁜 꽃들과 찬송으로 가시는 길을 배웅해 드립니다. 남은 가족들에게는 위로의 기도로 7배의 힘을 보내드립니다. 그리스도의 심장으로 사랑합니다.

친구와의 수다

친구가 씁쓸한 이야기를 했다. 몹시 우울하다고 하면서. 같은 라인에 살지만 별로 친하지 않은 이웃이 인테리어를 새롭게 했다면서 구경하고 가라 권하기에 거절하기도 민망하여 들어가 처음으로 안면을 트며 다과를 나누고 이야기를 나누던 중에 요즘 동생

분은 집에 안 계시냐고 묻더란다. 그래서 여동생은 없고 어쩌다가 올케가 가끔 다녀간다고 했단다. 그랬더니 그 여자는 올케는 아닌 것 같고, 얼굴이 비슷하고 굉장히 우아하고 세련된 분이라고 하더란다. 그래서 집으로 돌아와 생각해 보니 몇 년 전의 자기를 말하는구나 하고 깨닫게 되었다며 너무 슬프다고 전화를 해왔다. 내가 말했다.

"누워만 지내는 어머니 모시느라 살도 빠지고 멋도 안 내는 요즘의 모습을 보고 그렇게 착각한 듯하니, 살도 좀 찌우고 예전처럼 곱게 차리고 하루에 한 번씩 무조건 외출을 하라." 나도 며칠 전 까망이(우리 집 강아지)를 데리고 선글라스에 모자와 마스크까지 쓰고 산책을 하는데 길 건너편에 보행기를 밀며 가던 할머니가 손을 흔들며 "개도 키우는지는 몰랐네." 하며 아는 체하고 웃으셨다. 지나치고 생각하니 팔십은 넘어 보이는 할머니가 나를 자기 친구로 착각한 것 같아서 나도 깜짝 놀랐다고 말해 주었다.

이젠 우리도 별수 없는 할머니들이지만 그래도 꾸미고 다니는 것이 예의이며 의무이기도 하다며 수다를 떨었다. 고목나무에도 꽃이 핀다잖아. 아니 무서울 정도로 많이 피운 그 오래된 나무를 나는 보았다. 내가 잎이라고 생각하며 날마다 찍어 두었던 신기한 모양의 이파리들은 모두가 씨앗의 방이었다. 이제서야 잎이 조금씩 나온다. 기계충을 앓고 있는 사내아이의 머리처럼 드문드문 마지막 몸부림이며 발악이라고나 할까? 참 신기함을 느끼는 순간이었다. 고목의 신비를 직접 눈으로 보다니, 그것이 희망이며 기쁨이었던 것을.

내년을 기약하며

토요일부터 혈압약도 먹게 되었다. 이제는 약 먹는 시간도 까먹을 판인데 먹는 약의 가짓수는 더 늘어나고 있다. 아침 산책길에 잠깐 벤치에 앉아 까망이 털을 고르려 하는데 저만치 옆에 앉아 있던 키가 멀쩡하게 큰 남정네가 말을 걸어온다. "어디 사니? 어디서 이사를 왔니? 몇 살이야?" 늙고 뚱뚱한 주제에 뺀다고 할 것 같아서 고분고분 대답했다. 나와 갑장이라며 반가워한다. "어머! 저보다 훨씬 젊어 보이시는데요~" 하고 치켜세워 줬다. 그 남자는 오른쪽을 못 쓴다는 것을 이미 알 수 있었기에.

10년 전 뇌 병변 수술 후유증이라고 하며 본인은 48평에 살고, 약사였으며 동대표도 했다고 연신 자랑질을 한다. 왠지 짠해 보인다. 오늘과 내일을 얘기할 꺼리가 없으니 지난 시간을 돌이키며 알량한 경제적 여유를 드러내는 모습이 가엾다. 내가 일어서니 쓸데없는 말을 많이 해서 죄송하다며 인사를 한다. 씁쓸한 마음이 스쳐 지나간다.

며칠 만에 걷는 천변엔 메꽃이 무수히 피어있고 쥐똥나무 꽃향기가 은은히 코끝으로 전해져 온다. 오늘은 고이케 마리코의 '아내의 여자친구', 모파상의 '비곗덩어리' 안톤 체호프의 '청혼'을 들으며 걸었다. 부부의 자기중심적인 사랑과 오해와 편견의 무섭고도 냉혹한 결말에 입 안이 쓰다. 요즘 고등학교 단체 카톡방엔 칠순 여행으로 외국 여행을 다녀온 사진들이 올라오고 있다. 3년간의 코로나로 인해 금지되었던 외국 여행이 자유로워지고 있다는 사실이 실감된다.

나는 내년 칠순 여행은 어디로 갈 수 있을까? 경상남도 고성 바닷가로 달려가 남외경 작가를 만나서 그녀에게 미래 지향적인 역동적 할매라고 인정받을 수 있을까? 노인들의 일평생을 《고성신문》에 연재하고 있는 그녀는 과거지향적인 노인들이 싫다고 했으니 당연하면서도 얄밉다. 늙을수록 바로 전에 일은 깜빡깜빡해도 수십 년 전 어릴 적 이야기나 시집살이 이야기는 일점일획도 빠짐없이 기억하며 열변을 토해내고 있으니 그럴 만도 하다.

내년이여 어서 오라~~ 그동안 건강관리를 잘하고 부지런히 운동을 할 것이다. 막개 바닷가를 자분자분 맨발로 걸어볼 수 있도록~~♡♡♡

제5장
쉼

① 쉼

-이명례

유월의 찬연한 햇살 아래
별처럼 빛나는 숲의 색깔들을
캠퍼스에 담았습니다.

비 오는 날이라면
고소한 맛의 르완다와
블루마운틴으로
싸이폰 커피를 내리겠습니다.

화창한 날이면
체리향이 살아있는 구찌나
고케허니를
점 드립으로 대접하겠습니다.

쉼
쉼

쉼
제 그림의 주제는 한결같이
여유와
여백입니다.

글자와 글자 사이
무엇인가 막힘이 있다면
쉼, 앞에서
잠시 쉬었다 가십시오.

물감도둑 이명례 올림
(삽화 그린이)

2

가슴에 묻어둔 이야기

-이명자

어머니,

떠나신 그 나라에는 무슨 꽃이 피었을까요? 봄꽃 흐드러진 길을 따라 걸으며 어머니 생각에 눈물겨웠습니다. 사람보다 식물을 더 좋아하셨던 어머니, 사람에게 정 주는 것이 두려우셨던가요? 아닐 거예요. 이별의 슬픔이 너무나 크고 아팠기에 그 고통 삭여내시느라 곁을 주지 않으셨던 거예요.

살아오신 그 삶을 생각하면 제 가슴이 저려요. 돌아가시기 전에 마주 앉아 도란도란 이야기도 나누고, 맛난 거 사 드리고, 여행도 함께 하면서 오랜 상처를 풀었어야 했는데 그걸 못하고 떠나보내고 말았습니다. 주위에 모녀간의 애틋한 사연을 들으면, 까닭 모를 눈물이 흘러내리는 것은 그리움이고 애증이겠지요.

어머니,

인물 좋고 다정다감하셨던 아버지를 만나 5남 1녀를 낳으시는 동안은 행복하셨지요?

아버지께 사랑 많이 받으며 유복한 가정주부로 사시는 동안은 참 좋으셨죠?

그런데 우리네 삶에는 얼마나 많은 함정이 도사리고 있었던가요? 막내가 세 살 때 아버지가 심장마비로 돌아가시고, 하늘이 무너지는 막막함 속에서도 자식들을 먹여 살리기 위해 보따리 장사를 나가셨던 어머니. 그때 어머니는 마흔의 젊고 아름다운 새댁이셨지요.

어린 자식들을 집에 놔두고 어찌 발길이 떨어졌을까요?

초등학교 저학년 때, 고명딸이었던 저는 어머니 대신 부엌에서 밥을 짓고 있었습니다. 방에 콩나물을 뽑으러 간 사이, 다섯 살이던 막내가 아궁이 앞에서 놀다가 화재가 났고, 불길에 목숨을 잃었지요.

막내를 안고 꺼이꺼이 울음을 삼키던 어머니의 모습이 눈에 선~~합니다. 그리고 불행은 연속으로 찾아온다는 말처럼 엎친 데 덮친 격으로 또 다른 고통이 어머니를 찾아왔지요.

나서면 골목이 훠~언 할 정도로 인물 좋았던, 동네 사람들 모두 탐내던, 우리 집안의 기둥이었던 큰 오빠의 사망통지서를 받아 들고 혼이 나간 듯 마당에 주저앉았던 어머니. 통지를 받은 날은 12월 25일, 큰오빠는 귀국을 한 달 앞두고 귀대를 기다리는 월남파병 군인이었지요.

자식 둘을 앞세웠지만, 죽은 자식이 효도한다고, 미혼이었던 큰오빠는 어머니가 돌아가실 때까지 연금을 남겨주셨기에 어디에도 손 벌리지 않고 자존심 당당히 지키면서 살아내셨으니….

어머니,

고통과 외로움의 시간을 살아오시는 동안, 어머니의 가슴엔 맷돌이 쌓이고 슬픔의 강물이 바다로 흘러갔겠지요?

웬만해서는 곁을 주지 않고, 오직 기도와 봉사만으로 살아오신 그 삶을 경배(敬拜)합니다. 그러나 한편으로는 정말 야속하고 미웠단 말씀도 첨언(添言)합니다.

저는 어머니의 사랑과 칭찬을 받으며 따스한 봄 햇살처럼 살고 싶었어요. 어머니의 가슴에 차가운 얼음이 비수가 되어 꽂혀있는 것을 보았기 때문에 더욱 그러했을 거예요. 아버지와 큰오빠와 막내아들을 차례로 잃은 어머니의 심정이 어떠하셨을지 알면서도 저는 따뜻함이 너무나도 그리웠어요.

제가 어머니께 인정받는 유일한 방법이 공부를 잘하여 우등상을 받고 장학금을 받는 것이었습니다. 초등학생 때부터 의자에 엉덩이를 본드로 붙인 듯이 공부를 했답니다. 눈 밑에 안티푸라민을 발라가면서 열공하던 제 모습이 떠오릅니다. 그만큼 절박하고 처절했던 저의 어린 시절을 어머니는 기억이나 해주셨을까요? 중학교를 졸업하고 인문계 고등학교에 가고 싶었답니다.

제 꿈은 선생님이었거든요. 그러나 언감생심, 집안 형편상 꿈도 못 꾸고, 좋은 점수로 여상에 진학했어요. 주산과 부기를 배웠고, 대차대조표, 손익계산서를 익혔답니다. 그리고 '한국생사'라는 실크 만드는 회사에 경리로 취직하여 열심히 일하면서, 직장 동료들과 산에도 가고 놀러 다녔죠. 어두운 집안 분위기에 짓눌려 힘들었던 시간들을 보상이라도 받듯이 신났습니다.

그때 저만 즐겁고 신나서 죄송해요. 어머니의 삶은 고인 물처럼 조용하고 변함없었는데, 저만 친구들과 밖으로 나다니며 멋 부리고 영화 봤던 거 미안해요.

저는 게으르지 않게 살았습니다. 못다 한 학업의 꿈을 방송통신대에 입학하여 열심히 공부하면서 풀었습니다. 동생의 학원비며, 등록금을 내면서도 신이 났고, 통장에 돈이 쌓이는 것을 보면서 내일을 꿈꾸었습니다.

그러다가 지인의 소개로 남편을 만났습니다. 경남 의령이 고향인 순수하고 순박하고 순진한 사람이었습니다. 그이의 한결같은 마음에 반해 어머니의 염려를 무릅쓰고 결혼하게 되었습니다. 아시지요? 청춘의 특권은 반대를 무릅쓰고 소신대로 직진하는 데 있다는 것을요. 눈에 씌인 콩깍지는 콘크리트보다, 무쇠보다 깊고 단단하다는 것을요.

신혼기를 지나 어느 정도 살림이 안정되자 남편은 인사동에서 골동품 가게를 열었습니다. 남편 고향인 의령은 한지의 원산지이고, 오랜 역사와 전통의 고장이었거든요. 남편은 고서화(古書畵)와 古家具(고가구)와 골동품을 정말 좋아하고 관심이 많았기에, 시골에서 날라온 온갖 물품들을 진열하여 닦았습니다.

자신의 취미에 흠뻑 빠진 남편은 행복하고 즐거워 보였기에 저 또한 삶의 기대와 희망에 부풀었지요. 그러나 어머니는 성에 안찬 사위가, 미래지향적인 사업이 아닌, 과거로 향하는 것을 못마땅해하시며 혀를 끌끌 차셨습니다. 선견지명 있으셨던 어머니의 예견처럼 남편은 형편없이 망하고 말았습니다.

어머니,

사위의 사업 실패로 하나뿐인 딸의 생계가 막막해질 때 얼마나 맘 아프셨어요? 그런데 어머니는 저를 위로하기보다 헤어짐을 권하셨지요?

저는 그럴 생각이 전혀 없었습니다. 제가 선택한 사람이었고, 우리는 깊이 믿고 의지하는 사이였으니까요. 집에 쌀이 떨어져도, 연탄이 없이 냉골로 밤을 새울 때도 결코 어머니께 도움을 요청할 수 없었습니다. 제 선택에 대한 책임감이기도 했지만 사위를 인정하지 않는 어머님을 향한 오기이기도 했으니까요.

정말 처절하게 절약하고 인내하면서 살아낸 시절이라고 이젠 고백하렵니다.

저는 원래 소심하고 말이 없고 조용한 딸입니다. 생계의 절박함에 닿으니 못할 일이 없더군요. 청와대에 편지를 보냈답니다. 이러저러한 사정으로 우리 가족의 생계가 어려워졌고 힘든데 어린 자식들을 맡길 데도 없고 취직자리도 마땅찮으니 어떻게 하면 좋을까요? 청와대 담당자가 저에게 어떤 회사의 경리 자리를 알선해 주었는데 아이들을 돌봐 줄 사람이 없어 포기했습니다. 어머니가 제 아이들을 잠시 맡아주셨으면 참 좋았을 터인데 거절하셨지요? 그 일이 두고두고 앙금으로 남아서 어머니께 서운했습니다.

하여, 시간이 자유로운 보험 영업을 시작했지요. 아침에 아이들을 학교 보내고 출근하고, 아이들이 귀가하기 전에 퇴근했습니다. 5시 이후에는 약속을 잡지 않는 방법으로, 제 아이들을 챙겼답니다.

서른두 살 되던 해부터 성격과 어울리지 않았지만 5년간 영업을 한 뒤에, 10년 이상을 지도장으로 신입사원 교육과 관리를 하며 사회생활을 계속했습니다. 그렇게 식구들의 생계를 도맡아 정말 열심히 살아왔습니다.

제 딸은 얼마나 예쁜 아이였던지요. 말끝마다 예쁜 엄마, 고운 엄마, 사랑하는 엄마를 달고 지냈습니다.

"우리 예쁜 엄마가 어디 아파요?"

"우리 고운 엄마는 뭘 입어도 멋져요!"

"사랑하는 우리 엄마는 어쩌면 이렇게 열심히 일하실까요?"

제가 어머니께 드리지 못한 말들을 제 딸이 제게 해줄 때 알았습니다. 세상이 얼마나 공평하고 따뜻한 곳인지를요.

저는 어머니를 돕는답시고 어릴 때부터 밥하고 빨래하고 돈을 벌어 갖다 드렸지만 다정하고 예쁜 말씀을 미처 드리지 못했습니다. 어머니께 힘이 되는 방법으로 나름의 효도를 다 한다고 생각했지요. 하지만 제 딸은 예쁜 말과 다정한 태도와 눈빛으로 사랑을 전하며 효도를 한 것이었더군요.

어머니,

그 딸은 홍익대 시각디자인학과를 졸업하여 지금은 헬로키티

회사에서 디자인을 하고 있습니다. 즐겁고 재밌는 그림을 그리고, 저에게 자랑하며 보여줄 때, 딸의 얼굴은 봄꽃보다 화안합니다. 제게도 저런 시절이 있었던가요? 어머니를 향해 봄꽃처럼 활짝 웃던 그런 모습이 있었던가요?

쉰이 넘어 제게 우울증이 찾아왔습니다. 우울증에 사로잡혀 남은 생을 낭비하기 싫은 마음에 상담 공부를 시작했지요. 남의 얘길 들어주고 남의 고통과 아픔에 귀 기울이면서 상대방의 입장을 헤아리는 법을 배웠습니다. 그 속에 어린 날 상처 입은 작은 짐승같이 웅크린 제가 보였습니다.

어머니께 칭찬받고 인정받고 사랑받고 싶은 열 살 소녀를 만났습니다. 아버지와 오빠와 동생의 죽음을 직접 목격하면서 웃음과 따뜻함을 잃은 어머니도 만났습니다. 어머니는 열 살 딸은 안중에도 없었고, 저 또한 마흔 살 과부이신 어머니를 이해하지 못했습니다.

마냥 차갑고 냉정하고 칭찬에 인색한 어머니 곁에서 인정받으려 애쓰는 작은 소녀가 있었을 뿐이었습니다.

"애비 없는 자식 소리 들으면 안 된다"라며 엄하게 키우던 한부모 자녀들의 여린 모습만 보였습니다. 우리 앞에서 눈물 한 번 흘리지 않은, 얼음 같은 어머니의 표정이 신앙 속에 잠들어 있었습니다.

기도와 봉사 속에서 제 삶을 이어갔습니다.

제가 어떤 어려움 속에서도 넘어지지 않고 꿋꿋이 견뎌낼 수 있었던 것은 남편의 사랑 때문입니다. 어머니가 못마땅해하시던 사위는 한결같이 제 곁을 지켜주었고, 믿어주었고, 사랑으로 함께했습니다. 신앙으로 자식들을 지켜왔습니다. 2017년에는 한양사이버대학 사회복지를 전공하여 졸업을 했답니다.

부모님께 못 받은 따스한 말과 마음을 남편에게 받으며 저는 지금 웃으며 살아갑니다. 나이를 못 속이니 몸의 여기저기가 아프지만 제 스스로 다스려 가며 평화롭게 살고 있답니다.

어머니,

언젠가 그 나라에서 어머니를 만난다면 다정하게 불러보고 싶어요.

어머니께 흡족한 딸이 되지 못해 죄송했다고 사과드리고 싶어요.

남들처럼 귀엣말하며, 손잡고 오순도순 서로에게 덕담하며 걷고 싶어요.

이미 늦었지만, 돌이킬 수 없지만, 마음으로 기도하며 어머니께 빌고 싶어요.

철없던 딸이 이젠 할미가 되어 어머니의 삶을 진정으로 이해하고 있음을 고백하고 싶어요.

저는 아들과 딸의 좋은 어미였는지 반성도 해 보렵니다.

남편의 괜찮은 아내였는지도 따져보렵니다.

어머니 마음에 들지 않을지라도 이렇게 말씀 한마디만 남겨주세요.

"그만하면 되었다. 그동안 살아내느라 애썼다"라구요. 그 말씀
꼭 듣고 싶어요.

저도 이렇게 말씀드리려구요.

"어머니, 사랑해요! 저 낳아주셔서 고맙습니다."

2023년 봄꽃 화안한 사월에

딸 명자 올림

3

나의 인생 시계의 반세기를 돌려본다

-이명조

직장 선배를 따라 부산 광복동 입구(구 시청 건너편)《고전》클 래식 뮤직홀의 좁은 통로를 지나면 안쪽은 어두컴컴한 공간이 꽤 나 넓다.

선배와 가운데쯤에 자리했다. 깊숙한 의자는 앞사람의 정수리 만 약간 보이고 건너 옆 사람조차 분간이 어렵다.

실내는 어두운 공간을 압도하는 차이콥스키의 〈비창〉이 흘러나 왔고 연이어 베토벤 교향곡 제9번 〈합창〉의 웅장함이 어두운 공 간을 생명이 움 돋는 곳으로 밝히는 것 같아 숨을 몰아쉰다.

오전 11시경에 입장해서 오후 8시쯤에 나오는 경우가 많았다. 점심으로 따끈따끈한 팥찐빵 6개, 도넛 4개로 선배와 나눠 먹으 면 20대의 왕성한 식욕을 만족시키기에 충분했다. 찐빵은 소리와 냄새가 안 나서 옆 사람에게 실례가 안 된다.

〈고전〉은 우리의 아지트였다. 그 당시는 휴대폰이 없어《고전》 에서 약속이라도 한 것 같이 그곳에 가면 선배를 만났고 아니면 음악만 감상하고 왔다. 선배와 나, 우리가 동성연애한다는 소문도 있었다.

선배는 자그마한 체구에 좀 화려한 편이다. 그림을 잘 그렸다. '부산 일요화가 동우회' 회원이었고, 지금도 팔십을 넘겼는데도 활동한다. 그 무렵 산으로 수채화를 그리려 갈 때면 나는 이젤을 들고 가는 게 즐거웠다. 내가 마치 화가가 된 듯한 기분, 선배에게서 대리 만족을 느꼈다.

선배는 좋은 취미를 가졌을 뿐만 아니라 멋쟁이였다. 교회에도 여러 번 날 데려갔다. 선배 어머니는 진주여고 교사였고, 아버지는 독립투사였으며 김해 초대 경찰국장이셨다.

선배는 접근하기에 어려운 편이다. 작은 체구지만 카리스마가 강했고 아버지의 성품을 받았는지 강한 성향도 있었다. 어머니는 작은 체구에 온화하시면서 단정한 머리에 항상 성경을 읽고 계셨다.

그 무렵 선배는 무척 바빴다. 서울에서 개최하는 '전국 1회 패션 디자이너 콘테스트'에 응모하여 금상을 수상했다. 작품명은 "페르샤의 환상"이었다. 《고전》에서 신청곡으로 선배는 〈페르샤의 시장〉을 즐겨 감상했다. 이 음악에서 영감을 받아 작품을 만들었다. 나도 감격했다. 선배 본인의 감개무량함은 어땠을까~

선배는 자주 서울에 갔다. 작품 제출로, 작품 품평회로, 작품 금상 수여식으로. 한 번은 선배가 누구를 만난다고 함께 가자고 해서 갔는데 그 자리에 《고전》 뮤직박스 DJ-Mr 김이 있었다. 선배의 금상 수상을 축하하며 맛있는 거 대접하겠다고 했다. DJ 김은 센티멘털한 호남형이다. 감성적인 여성들이 좋아할 타입이다.

그날 저녁 융숭한 대접을 받고 두어 번 더 미팅이 있었다. 그리고 선배는 서울로 진출했다.

나 역시 스승님이 운영하시던 샵을 인수하라 하셨기에 급작스럽게 인수하게 되어 예기치 않은 대표가 되었다.

그런 각자의 인생 삶이 전개되고 12년의 세월이 훌쩍 지나 선배와 만났다. 선배는 서울에서 아들 둘과 부군 되는 남편과 함께 자리했다. 깜놀, 이 어쩜인가!! 선배 남편은 그 DJ 김이셨다. 이제는 형부라 해야 맞겠다. 두 사람은 '놀랬지?'라는 표정으로 눈을 크게 뜨고 웃었다. 나도 남편과 함께 인사를 나누고 우리 아파트에서 한 달을 잘 지내고 선배는 서울로 갔다.

그리고 나서 소식이 잘 안 닿았고 몇 년 후 형부가 하늘나라로 먼저 가셨단다. 연극 같고 의미 깊은 뮤지컬에 비유하는 게 인생인가 싶다.

각자 종족 보존을 위한 자녀 둘씩 남겼다. 내 남편도 2년 전 하늘나라로 먼저 떠났다.

선배 아들과 내 아들의 키가 1미터 90이다. 큰아이들은 동년배다. 내 외손자가 지난 9월에 전역했다. 선배는 아직 손자를 못 봤다. 이제 내가 인생 선배가 되는 격이다. "내가 할미로서는 선배요!" 하고 깔깔거렸다.

요즘 선배와 나의 주된 관심사는 김호중 이야기이다. 음악은 서로를 연결시킨다. 트로트는 즐기지 않았는데 김호중이 선곡한 곡들은 서정적이며 진심 어린 노래다. 김호중으로 에너지를 받는다. 김호중은 가창력이 독보적인 데다 오페라 가수를 방불케 한다.

22년 6월 9일 전역하고 6월에 굵직한 공연이 세 개나 있었다. 거기다 플라시도 도밍고가 김호중을 부산 공연에 게스트로 초대했다. 도밍고가 누구인가? 세계 3대 거장 중 한 사람이다. 또 거기다 7월에 이태리 촬영 일정 중 안드레아 보첼리를 만났고, 안드레아 보첼리와 루치아노 파파로티 두 재단에서 아시아 최초로 김호중을 홍보대사로 임명했다.

김호중 음악 인생에 경사요, 축복이다. 전역한 지 불과 백 일 남짓인데 마치 '김호중 시대'가 열린 것 같다. 문화 평론가들이 김호중은 가수가 아니고 '음악가'라 평한다. 클래식, 국악, 발라드, 팝 음악의 어떤 장르라도 가능하며 작사 작곡, 영화 연기, 예능에도 두각을 나타내고 무대 사회와 매너가 짱이다. 심지어 음악 '신'이라고까지 말한다. 아리스팬에게 사랑받기에 충분하다.

인간 김호중은 평범치 않은 인생 스토리가 무궁한 테너다.

이제 32세다. 앞으로 김호중의 음악 세계가 어디까지 뻗어 나갈지 예측 불가다.

4
선희의 인생 가방

-이선희

저는 경북 예천군 하리면에서 태어나 초등학교 중학교를 다녔습니다. 대구시로 유학하여 여고생의 웃음기를 베어 물고 행복한 소녀 시절을 만끽했구요. 또 대도시로 나갈 기회를 잡아 서울에서 직장생활을 하며 처녀 시절을 보냈답니다.

81년 중매로 만난 남편은 우직하고 성실한 공무원이었어요. 시어른을 2년간 모시고 살면서 아들을 낳았답니다. 그런데 어른과 함께 살면 말 못 할 어려움과 고민이 생기는 것은 만고의 진리가 아닐까요?

자유란 누릴 때 모르지만, 부자유의 삶을 살게 되면 가장 아쉬운 부분이랍니다. 수많은 영화(특히 빠삐용)와 연극, 문학 작품에서 자유란 주제를 얼마나 중요하게 다루었던가요.

빈손으로 분가하게 되어 생활은 어려웠지만 내 삶을 주도적으로 살 수 있었으니 좋았습니다.

저는 배움에 관심이 많았고 봉사활동을 하며 이웃과 주위를 살폈고, 사람들을 사귀며 함께 사는 동행의 삶을 지향하고 있었으니까요. 물론 알뜰살뜰 살림하며 여느 엄마들처럼 아들을 잘 키우려 애썼고, 인문학적 교양을 쌓는 여성으로 살았습니다.

공무원 월급이 빤한 거는 세상 모든 사람들이 아는 일이고요. 손톱을 저미듯 절약하고 저축하며 사치와 낭비를 배제하고 살았습니다.

2013년에 아들이 결혼하고 남편도 정년퇴직을 하게 되었습니다.

남편도 평생 공무원으로 매여 사느라 힘들었을 테니, 우리는 서로의 삶을 위로하면서 오손도손 행복한 노년을 누리는 중이었답니다. 그렇게 5년의 시간이 흘렀을 때 남편에게 불면증이 왔습니다.

남의 중병보다 본인 손톱 밑의 가시 박힌 것이 더 아프다고 하잖아요? 세상에는 불치병, 암, 뇌졸중 이런 병을 큰 병으로 분류하고, 이런 병에 걸리면 가족과 환자가 힘들다고 생각하지만, 불면증도 참으로 고약하고 힘든 병이랍니다.

사람은 하루를 삼등분으로 나눠서, 그중 8시간은 수면을 취해야 건강이 유지된다는 것은 누구라도 알겠지요. 하지만 남편은 잠을 이루지 못해 애태웠고 옆에서 보는 저 또한 불면증에 우울증까지 오더군요.

지금까지는 무난하게 별다른 어려움 없이 평범한 주부의 삶을 살았는데 남편이 아프면서 제 생활도 완전히 바뀌더군요. 남편 따라 저 자신도 멘탈이 흔들리면서 점점 무기력한 나날을 보내게 되더군요.

아무런 의욕도 없고, 맛난 음식도 입에 들면 무맛이고 씹기도 싫고, 나들이를 위해 옷을 챙기는 것도 허망하게 느껴지더군요. 사람 만나는 것도 누구와 통화하는 것도 힘들어서 하루하루를 우울하게 보냈습니다. 남편이 환자면 그 아내도 환자가 되는 것이 맞는 이치인가요?

그런 와중에 파크골프를 배우게 되었습니다. 공을 맞히려고 집중하고 걷고 땀을 흘리니까 정신도 맑아지더군요. 운동이 사람에게 얼마나 필요한지, 왜 운동을 해야 하는지를 확실히 깨닫게 되었습니다. 남편께는 조금 미안한 일이었지만 저라도 건강해야 제대로 간병을 할 수 있으니까요.

저는 운동으로 점점 활기를 되찾았는데, 남편은 점점 상태가 나빠졌습니다. 남편은 우울증 증세 중에서 불안감이 점점 심해져서 병원 치료를 계속 받았습니다. 입퇴원을 반복하는 동안 정신이 피폐해져 갔습니다.

2022년 1월경 남편의 뇌 기능이 급격히 저하되어 입원하였습니다. 몇 달 뒤에는 치매 판정을 받아 요양병원에서 5개월간 지냈답니다. 그러다가 2023년 1월 하늘나라로 떠났습니다.

떠난 사람은 모를 겁니다. 떠난 사람의 빈자리가 얼마나 큰지를요.

시장 갔다가 대문을 열면, 거기 마당에 남편이 앉아 계신 듯 싶고, 손에 고구마를 들고 부엌문을 열고 나올 것 같습니다.

봄볕이 화사한 날, 제게 향 좋은 프리지어 꽃다발을 내밀 것 같습니다.

"선희야, 가방을 왜 쌌니"라는 노래를 흥얼거리며 저를 놀려댈 것 같습니다.

제게 주어진 남은 삶, 조용히 나직하게 지내다가 언젠가는 남편 곁으로 가겠지요. 아직은 추슬러야 할 부분이 제겐 남아 있습니다. 떠난 사람의 삶을 정리하고 매듭짓는 일이 그것입니다.

저는 평생 남편의 월급을 받아 살아왔고, 불평불만 하지 않았고 정성 들여 살았습니다.

떠난 남편이 제게 연금을 남겼으니 그 돈으로 살아가면 될 것입니다. 얼마나 감사하고 고마운지요. 제 또래 중에는 경제적인 문제로 힘들어하고 아직도 생활 현장에서 돈벌이를 하는 사람들이 많습니다. 그분들께는 미안한 마음입니다.

앞으로 이웃들을 돌보면서 사회에 대한 감사를 표현하며 살려 합니다.

남편 덕분에 평온하게 살아온 제 삶이었으니, 모든 것이 고마울 따름입니다.

오춘기

-이선희(써니)

나이테 무색하다 마음만은 사춘기라
잊고 살던 두근거림 주책없이 설레는 맘
나조차 모르는 내가 내 속에도 있었네

철쭉

-이송자

무릎 꿇을 수 없어 버티고 서 있다.

산속 여기저기 피는 새빨간 철쭉들
넘어져 깨진 내 무르팍에서
똑똑 떨어진 핏방울이 꽃 되었나
내 마음에서 흘러내린 쓰라린 상처가 비명 되어 밤새 온 산을
울리고
아침 이슬 속에 찬란한 꽃이 되었다.

한 걸음 한 걸음 걷다가
뒤돌아보는 내 눈 속에
피 같은 꽃들이 아른거린다.

햇살이 바람이 안개가 쓰다듬은
시간의 걸음마다 봉오리 맺은 뜻은
이맘 때 꼭 한 번은

활짝 피어 환호하는 기쁨을 보기 위해

내 어머니

-이송자

오뉴월 삼복에 몸 푸시고

땀띠가 범벅이 되어도

웃어른들 틈에서 몸조리나 하셨는지

양반집 막내딸로

아버님 곰방대 불붙여 주시다

여섯 살부터 담배를 피우셨다던 어머니

자주 댕기에 정갈하게 쪽찐 머리

하얀 모시 적삼에

앞치마를 발등까지 내리시고

칠월 칠석이면 우리 남매들

부엌 바닥 풍로가에 앉히시고

애호박전 얇게 부쳐 주시던 어머니

곱디곱던 젊은 시절 일찍 홀로 되시어

노심초사 자식들 위해

밤낮으로 염주를 돌리시던 내 어머니

어머니 보내고 흘린 눈물

서 말 닷 되도 넘겠지만
무슨 소용 있으리오
한번 가신 분은 백골조차 찾을 길 없고
오늘도 조용히 불러봅니다.
어머니, 내 어머니!

8
자폐아 둘을 돌보는 나날

-이숙영

우리 집은 아침부터 밤까지 전쟁터다.

7살과 8살, 연년생인 두 손주는 잠시도 가만있지 못하는 ADHD(주의력 결핍)다. 아침에 눈을 뜨는 순간부터 잠드는 순간까지 뛰고 굴리고 던지고 싸우고, 그야말로 아수라장이다.

그런 녀석들과 아침 7시 30분이면 기도를 시작한다. "하늘에 계시는 하나님 아버지…" 내가 선창하면 아이들은 두 손을 모으고 다음 기도문을 왼다. 그리고 조용히 식탁으로 이동하여 밥을 먹인다.

아이들이 좋아하는 육류에 야채를 곁들인다. 양배추샐러드와 오이무침을 꼭 먹도록 칭찬과 잔소리를 버무려 식탁에 얹는다.

이 두 녀석은 내 사촌 언니의 손주들이다. 촌수로 따지면 나와는 상당한 거리가 있지만, 사촌 언니의 사정이 딱해서 손주들 키우는 걸 거들다 보니 이젠 친손주처럼 가깝고 함께 생활까지 하게 되었다.

극히 개인적인 사건이라 입 밖에 내는 것이 여의찮지만, 두 녀석은 아이들 엄마가 십대일 때 이웃 아저씨한테 성폭행을 당하여 태어났다. 애들 아빠인 사람은 양육 책임도 폭행 책임도 지지 않았기에 그에 합당한 벌을 받았다.

그렇지만 아이들은 무슨 죄가 있을까? 애들 엄마는 두 아들을 낳고는 집을 떠났다. 아직 이십대의 새파란 청춘에 뜻하지 않게 엄마가 되었지만, 그 엄마도 아직 철들지 않은 애들이 아닌가?

그나마 요즘같이 출산을 기피하는 세상에 배 속에 찾아온 귀한 생명을 낳아준 게 고마워서 누굴 미워하고 기피할 수 없었다. 내 맘속의 감사함으로 둘을 품어 안기 시작했다.

사촌 언니는 극히 외향적인 성향의 분이다. 살림살이는 뒷전이고 바깥 활동에 열중이다. 언니가 돈을 벌어야 두 손주들을 먹여 살리고 키울 수 있으니 어쩌랴. 언니는 돈을 벌고, 나는 손주를 돌보는 일을 맡아서 하는 것이다.

두 녀석들은 자주 사고를 친다. 책을 찢고 학용품을 망가뜨리는 것은 기본이고, 친구들에게까지 해코지를 할 때가 종종 있다. 그럴 때마다 나는 해당 아이들의 엄마께 사과를 하고 용서를 빈다. 학교나 학원에 불려 가는 일은 예사다.

나도 사람인지라 화가 머리 꼭대기까지 치솟을 때가 있지만 기도하며 인내심을 발휘한다.

'저 두 녀석도 엄마를 선택하여 태어나지 않았고 그런 성향을 스스로 결정한 것도 아니다. 모든 것은 어른들의 잘못이고, 어쩔 수 없는 운명이지 않은가? 어쩌면 어른들의 이기적인 행동과 결정의 피해자들이 아닌가?' 이런 생각을 하면 손주들이 가엾고 안타깝다.

내가 둘을 돌본 지 4년째다. 그동안 조금씩 좋아진다는 의사 선생님의 말씀을 들을 때마다 보람을 느낀다. 두 녀석이 좀 더 철들고 상태가 나아지길 간절히 빌고 있다.

"작은할머니께서 잘 돌봐주셔서 점점 나아지는 모습을 보입니다. 덕분입니다. 고맙습니다." 이런 치사를 들을 때마다 부끄러우면서도 나의 결정을 확신한다. '이 세상에 사랑보다 더 좋은 양육 방법은 없다'는 것을.

내 나이도 곧 칠십이 넘어간다. 손주들을 돌보는 데 힘이 부친다. 두 녀석들이 중학생이 될 무렵이면 나는 시골의 어느 바닷가를 천천히 걷고 있을 것이다. 도시 생활을 끝내고 남은 내 인생은 조용한 마을에서 작은 도서관을 찾아 책을 읽으며 지내고 싶다.

두 녀석이 내 노년의 평화를 보장해 주면 좋겠다. 두 녀석이 잘자라서 자신의 삶을 스스로 책임지는 어른으로 성장해 주면 참 좋겠다.

나팔꽃반

-이숙희(복토끼)

　나는 1954년 대구초등학교 1-4반 나팔꽃반에 입학했다.

　6·25 전쟁 직후라 운동장에는 국군과 미군이 막사를 치고 주둔하고 있었다.

　담임선생님이 1-4반 나무판자 피켓을 들고 "나팔꽃반!"을 외치면 왼쪽 가슴에 흰 콧수건을 단 신입생들은 구령에 맞춰 학교 운동장을 돌아다녔다.

　입학한 지 며칠 되지 않아 나는 홍역을 앓게 되어 학교에 가지 못했다. 심한 고열과 발진으로 지독한 홍역을 치르며 죽음 직전까지 갔다고 한다. 다행히 홍역은 물러갔지만 나는 온통 기가 다 빠져 얼이 나간 듯 멍청해졌다. 앓기 전, 나는 총기 있고 하는 짓도 엽엽해서 어른들께 칭찬을 많이 받았다고 한다.

　어느 날 학부모들 수업 참관이 있는 날, 우리 엄마는 고운 한복에 올림머리를 하고, 하얀 코고무신을 손에 들고 버선발로 교실 뒤에 서 계셨다. 친구들은 선생님을 따라 노래와 유희를 하고 칠판에 쓴 글씨도 소리 내어 읽고, 선생님 질문에 대답도 했지만 나는 멍하니 자꾸 뒤를 돌아보며 엄마의 표정을 살폈다.

학년이 올라가도 공부가 나아지질 않았다. 언니와 남동생은 성적이 우수했다. 남동생은 전교생 중에서 아이큐가 제일 높았고, 귀공자처럼 얼굴도 잘생겼다. 엄마는 치맛바람이 쎄지고 학부모 모임이며 소풍과 운동회 때는 멋진 솜씨로 선생님들 도시락을 도맡아 싸셨다.

나도 부모님들 기대에 부응하려 노력했지만 공부가 되질 않고 언니와 남동생 사이에서 주눅이 들어 늘 할머니 방에 가서 만화책을 읽으며, 그리기나 만들기 놀이를 했다. 할머니는 나를 무릎에 누이고 옛날이야기를 들려주셨다. 그리고 늘 착하다고 칭찬해 주시며 공부 못하는 나를 쓰다듬어 주셨다.

언니는 내가 답답했는지 공부를 가르쳐 준답시고 모르면 머리에 꿀밤을 주며 면박을 했다. 잘난 언니는 한 번씩 물상 과목의 개구리 해부와 물고기 해부의 그림 숙제는 내게 부탁을 했다.

우리 아버지는 클래식을 좋아하셨다. 키도 크시고 젠틀하셨다. 아침잠이 깰 때쯤이면 늘 클래식 음악이 들렸다. 〈전원교향곡〉과 드보르작의 〈유모레스크〉는 나의 감성을 자극했다.

아버지는 회사의 중역이었다. 직장에서도 존경받으며 가정적이고 자식들 교육에 신경을 많이 쓰셨다. 너무 엄하셔서 걸음걸이도 조심해야 되고 말소리는 물론, 밥 먹을 때는 수저 소리도 조심했다.

엄마는 키가 작아 아버지 어깨밖에 오질 않았다. 엄마는 늘 한복 차림으로 일본 잡지를 읽으며 집을 가꾸고 화단에 장미를 많이 심으셨다.

선생님들이 가정방문을 오시면 엄마는 훌륭한 다과를 대접하셨다. 부모님의 로맨스는 고향에서 소문이 났고 두 분은 사이가 아주 좋으셔서 모든 사람들에게 부러움을 샀다.

아버지는 최고 성능의 스테레오 전축으로 음악을 감상하셨다. LP, SP 도너츠판이 200장 가까이 있었다. 그리고 사진작가로 활동하시며 외국의 사진전에 여러 차례 입상하셨다. 한마디로 교양 있는 예술가셨다.

언니는 늘 방에서 음악을 들으며 공부를 하고, 엄마는 남동생 공부에 온 신경을 썼다.

나는 아버지께 관심받고 싶어서 웃겨드리기도 했다. 아버지가 흔들의자에 앉아계시면 지휘봉을 든 카라얀의 흉내를 내기도 하고, 왈츠곡이 나오면 춤도 추고, 마리아 칼라스의 카르멘을 따라 부르기도 했다. 그것이 내 어리광이었다.

5학년이 되자 나의 중학교 진학이 걱정되었는지 입주 가정교사를 들이셨다. 가정교사 조선생은 인물이 미국 배우 존 웨인처럼 잘 나고 키가 큰 법대 출신이었다. 조선생이 들어오자 나는 꼼짝 없이 붙잡혀 밖에도 나가지 못하고 공부를 해야 했다. 너무 엄해서 성적이 안 나오면 회초리로 종아리를 때렸다.

6학년이 되자 선생님들은 아이들을 명문 중학교에 들여보내기 위해 스파르타식 공부를 시키고 매일 시험을 쳐 성적 순서대로 앉혔다.

어느 날 갑자기 아버지가 담임 선생님을 만나러 우리 교실에 오셨다. 나는 그날 성적이 좋아 일 분단에 앉았는데 유리창 밖으로 아버지가 보이고 다른 반 선생님과 아이들이 아버지를 구경하러 나와 있었다. 아버지는 영국 신사 같았고, 선생님과 상담을 마치고 나에게 눈길도 안 주시던 아버지가 너무 자랑스러웠다. 나는 공부로 인한 열등감이 차츰 자신감으로 바뀌었다

나는 부모님의 바램대로 소위 명문 K여중에 합격하고 언니도 K여고에 들어갔다. 그다음 해 남동생도 K중학에 합격하고 조선생은 우리 집을 떠나셨다. 조선생이 우리 집에 계실 때 동네의 지체 있는 집안에서 사위 삼으려는 사람들이 많았다. 나는 중학교에 들어가자 또 성적이 부진해 언니가 다니는 K여고에 낙방했다.

어느 날 우연히 길에서 공직에 계신 조선생을 만났다. 엄마에게 그 이야기를 하자 엄마가 무척 기뻐하셨다. 그로부터 자주 우리 집을 드나들던 조선생은 언니와 결혼을 하고 조선생은 나의 형부가 되었다.

나는 재주라고는 그림 그리고 만드는 재주뿐이라 미대를 준비하던 중 조각칼에 손을 크게 다쳐 미대에 진학하지 못했다.

몇 년이 지나서 나도 아버지 회사에 근무하는 남편을 만나 결혼을 했다.

남편은 용모가 단정하고 성실하고 예의 바른 양반이었다. 무엇보다 마음이 따뜻해서 좋았다. 시댁은 대대로 한학을 공부하는 고

루한 종갓집이었다. 형제들은 부모에게 효성이 지극하고 콩 한 쪽도 나누어 먹을 만큼 우애가 진했고 모두 인성이 훌륭했다. 결혼하여 신혼집 가까이 시어머님이 시골에서 나오셔서 시동생 시누이 조카들을 데리고 계셨다.

남편은 늘 어머니를 편안하게 모시고 싶어 했다. 결혼한 지 4년이 되어 내 지참금을 보태고 은행대출을 받아 큰 한옥을 샀다. 그리고 우리 식구 네 명과 시댁 식구 여덟 명이 함께 살게 되었다.

시동생 시누이들은 착해서 형님 말을 잘 따랐다. 나는 자랄 때 일이라고는 해 보지 않아 일머리가 없어 살림이 어려웠다, 섬섬옥수 같았던 내 손은 까칠해졌다. 파출부도 하루 오고 나면 일이 많다고 오질 않았다. 남편은 휴일도 없이 방계회사 일까지 맡아 하고 공부까지 하며 바쁜 날을 보냈다.

남편은 퇴근하고 오면 어머니 방부터 들러 방이 따뜻한지 아랫목에 손도 넣어보고 편찮은 데는 없는지 어머니를 보살펴 드렸다. 막내아들이 태어나 우리 식구도 다섯이 되었다. 어쩌다 우리 식구끼리 외식이라도 하는 날이면 어머님 음식부터 포장해 놓고 먹었다.

해마다 큰 잔치를 치렀다. 지차(셋째)인 남편은 집안 대소사를 맡아서 했다. 서울 시아주버님은 공직에 계셨는데 입신양명의 열망으로 늘 공부에만 열중했다. 시어머님은 그런 아들이 마음 편하게 공부하라고 어린 질녀를 우리 집으로 데려와서 키웠다. 내가 사는 모습을 항상 아버지가 지켜보시는 것 같아 어려움도 참고 의

연해지려고 노력했다.

대식구에 손님들이 많이 오셔서 학교 다니는 큰딸 아이의 공부를 봐주질 못했다, 자랄 때 나의 부족함으로 성실히 공부를 가르치지 못한 것이 살아가면서 후회되었다. 나는 큰딸에게 피아노를 배우게 했다. 레슨을 받고 오면 나는 피아노 레슨을 한 번이라도 줄이려고 테이프를 듣고 연습시켰다. 작은딸은 목관 악기를 가르쳤다.

남편도 이사로 승진하고 우리가 아파트로 이사 갈 즈음 시어머님만 모시게 되었다.

박실댁 인동장씨 시어머님은 그 위엄이 말로 다 못했다. 늘 "여기가 내 집이다" 하시더니 우리 집에서 돌아가셨다.

이듬해 종갓집 며느리인 손윗동서가 우환이 생겨 집안 제사 모시는 데 큰 문제가 되었다. 그래서 우리 집에서 모시기로 했다. 사대 봉제사와 차례까지 합쳐 1년에 10번 제사를 모셨다. 남편은 모든 것을 의무라 여기고 조상 모시는 것을 명예라 여겼다.

제사는 단지 의례가 아닌, 견고한 가족 단합의 장이었다. 지차가 지내는 제사라 소홀하다는 말을 듣지 않으려고 나는 더욱 제사음식에 신경을 썼다. 집안 어른들이 우리 집에 큰일이 있을 때마다 내 손을 잡으시고 "시집와서 지차가 평생 애먹는다. 복 받을 거다"라며 덕담을 해 주셨다.

고등학생이 된 아들 공부가 늘 걱정이 되었다. 막내아들은 성적

표를 받아오면 성적이 제대로 나오지 않는다며 속상해했다. 학원 다녀도 집중이 안 되고 과외는 돈이 아깝다며 싫다고 했다.

아들을 붙들고, 수학과 화학 빼고는 공부를 같이했다. 제사 때마다 손아랫동서들이 오면 조카들 성적 자랑을 했다. 그럴 때마다 내 속은 말이 아니었다. 친정 언니 자식들도 수재들이라 일찍 교수가 되었다.

나는 항상 공부에 대한 자신감이 없었다. 나는 늘 어리둥절하던 초등학생 나팔꽃반의 내가 떠올라 아들의 공부가 내 탓인 것 같았고 속상했다.

남편은 성적 때문에 힘들어하는 아들을 보며 "걱정하지 말라, 다 길이 있다"고 안심시켰다. 같이 등산도 다니고, 밥 먹으러도 다니며, 회사에 데리고 가서 아빠의 살아온 이야기도 들려주었다.

고3이 된 아들이 대학 입학원서를 쓰려는데 성적에 맞는 학과는 적성에 맞지 않다며 지원하지 않으려 했다. 그 당시 사진과가 신설되어 인기가 있었다.

아들에게 "외할아버지께서 평생 카메라를 가까이하시던 작가셨으니 사진과를 가면 어떻겠냐?"고 했더니 그렇게 하겠다고 했다.

대학 입시원서를 쓰던 날 아들과 나는 사진과 원서를 내며 불투명한 아들의 미래를 생각하며 멍한 표정을 짓고 있었다. 담임 선생님이 나를 한참 쳐다보시더니 남학생들의 진로는 30년 앞을 내다봐야 된다며 뜻밖의 말씀을 해주셨다.

2023년은 아들이 진로를 정한지 꼭 30년이 되는 해이다.

사진을 전공한 아들은 서울 중앙 부처에서 공직생활을 하고 있다. 아버지를 제일 존경하며 나를 '복토끼 엄마'라고 부른다.

나는 딸들의 연주회에서 음악을 듣고, 카메라를 좋아하는 아들을 보며 늘 아버지가 그립다.

10

하늘에 있는 나의 별, 손녀를 생각하며

−이영희

부러울 것도, 특별할 것도 없이 평범했던 우리 부부의 생활은 소박했지만 달달했다.

어쩌면 평범 속의 그 달달함을 남들이 부러워할 생활이었는지도 모르겠다. 하나뿐인 사랑하는 우리 딸 역시 평범하게 자라 평범하게 결혼하여 그저 그렇게 살게 되리라 믿었던 내 생각이 어리석다는 것을 보여주시는 신의 섭리였을까?

손주를 기다렸고 반가운 임신 소식을 들었다. 딸은 임신 중 몇 가지 검사에서 선천적 심장이상이 있음을 알게 되었으나 의사를 믿었다. "수술하면 크게 걱정하지 않아도 된다"는 조언을 믿은 우리 가족은 반가운 마음으로 아이를 기다렸다.

심장이상으로 태어났지만, 새 생명을 지키려는 마음에 무려 7번의 개흉수술을 해야 했다.

1년여의 병원 생활 동안 우리 가족의 모든 관심과 정성은 아이에게 닿았다. 끝없는 기도와 간절한 마음의 성경 필사를 이어갔지만, 그 어떤 노력도 통하지 않았다. 결국 산소 호흡기에 의존한 1년여 힘듦을 내려놓고 하늘의 별이 된 나의 손녀~~ 벌써 6년이 흘렀다.

지금은 새로 태어난 손자의 건강한 모습을 보며 평화와 건강을 기도한다. 육아의 힘듦은 잠시, 즐거움과 기쁨은 태산처럼 우리에게 왔다. 우리 딸도 손자의 예쁜 투정과 건강함에 웃음을 다시 찾고 감사함으로 생활한다.

유월 밤하늘에 별이 총총하다. 우리 부부는 하늘의 별을 보며 우리 가슴에 남은 별을 생각한다. 언젠가는 만나리라.
천상에서 다시 만나면, 그 별 다시 만나면, 지상에서 못다 한 이야기 손잡고 나누리라.

'쉼'에서 쉬다

-이예순

양주에 있는 나눔갤러리에서
쉼을 얻는다.

자작나무 어깨를 기대고 다정한데
저 멀리 집들은 아득하다.

길은 어디에서 어디로 이어지는지
전봇대 따라 시간이 쥘부채로 접히는 마을

때로는 기차가 지나가고
더러는 달구지가 지나갔을 풍경

어린 소녀가 턱을 괴고
흰 수피樹皮의 자작나무 가지에 앉아 그네를 탄다.
소녀의 수줍음이 수피에 바알갛게 물든다.

사람들은 평화의 이불을 덮고
창문마다 감사의 등을 밝혀

하늘에 뜬 달
마을을 둥글게 감싸 안는다.

여백 넉넉한 그림 앞에서
나는 쉼을 얻는다.

저 풍경 속에 걸어 들어가
의자 하나 놓고 앉고 싶다.

(이명례 화백의 전시회 관람 소감)

Salon de Pirang(쌀롱드피랑)

-이장원

끝이 보이지 않았던 코로나라는 긴 터널을 우리는 정말 잘 견뎌왔다. 사실 아직은 그 터널의 끝이 완전히 보이진 않지만, 그래도 조금씩 예전의 활력을 되찾아 가는 것 같아서 기쁘다.

항구도시 통영에도 사람들이 다시 찾아오면서 활력으로 넘실대기 시작한다. 역시 관광지는 사람들이 찾아와야 제맛이다. 왁자지껄 사람들이 모여드니 그냥 구경만 해도 기분이 좋기만 하다. 시장 상인들의 얼굴에도 미소가 가득하고 통에 담긴 싱싱한 생선들도 반가운 듯 펄떡거린다.

예향의 도시라 불리던 이곳 통영에는 신선한 해산물이 넘쳐나고, 동양의 나폴리라고 불릴 정도로 아름다운 풍경과 야경을 자랑한다. 이색적인 통영 운하와 아시아 최초의 해저터널도 있고 섬도 570개나 있다.

통영 사람들이 '토영'이라고 정겹게 부르는 이곳에는 '피랑'이라는 특별한 말도 있는데, '피랑'이라는 말은 통영에서 비탈길, 까꾸막 등 경사가 있는 언덕 위를 일컫는 말이다. '벼랑'이 '비랑'으로 '비랑'이 '피랑'으로 발전된 통영 고유의 방언으로써 동쪽에 있는 벼랑을 '동피랑', 서쪽에 있는 벼랑을 '서피랑'이라고 한다.

이미 잘 알려진 동피랑은 우리나라 최초로 성공한 벽화마을이고, 서피랑은 소설가 박경리 선생님의 고향이자 통영을 대표하는 예술가들이 왕성하게 활동을 했던 통영문화예술의 성지였다.

여기에 새로이 추가된 곳이 바로 디지털과 피랑을 조합한 '디피랑'인데, 생긴 지는 1년이 조금 넘었지만 이미 인기 있는 관광명소로 자리를 잡았다고 한다.

그중 동피랑은 우리가 이미 잘 알고 있듯이 2년에 한 번씩 벽화축제가 개최되는 이쁜 벽화마을로, 중앙시장과 함께 언제나 사람들이 많이 찾는 명소이고, 서피랑은 바로 소설가 박경리 선생님의 고향이자 선생님의 소설 『김약국의 딸들』의 배경지인데, 『김약국의 딸들』은 1864년대부터 1930년대까지의 시대상을 반영한 소설로써 가상의 집안과 인물들이 다양하게 등장한다.

특이한 점은 서피랑의 실제 지명을 배경으로 사용했다는 것이고, 흥미로운 점은 그 내용에 당시의 사실적인 요소들이 일부 반영되어 있다는 것이다.

그만큼 서피랑에는 정말 많은 이야기들이 숨어 있고 이곳엔 400년간 이순신 장군의 위패를 모시고 있는 사당인 통영 충렬사가 있고, 그곳에서 400년 동안 제사도 모시고 있어서 언제나 이순신 장군님이 곁에 계신 것만 같다.

동피랑과 서피랑을 다니며 자연스레 만나게 되는 세월의 때가 묻은 통영의 골목길은 마치 과거로 여행하는 듯한 새로운 즐거움도 준다. 동피랑의 정상에서는 강구 안의 이쁜 풍경이 보이고, 서피랑 정상에 오르면 도심에서는 보기 힘든 탁 트인 풍경이 눈앞에 쭈욱 펼쳐진다.

서피랑에는 무엇보다 유치환, 윤이상, 김춘수, 전혁림 등 통영을 대표하는 문화예술인들이 왕성하게 활동하던 통영문화협회의 아지트도 있었고, 서피랑을 중심으로 통영 곳곳에서 많은 활동들이 이루어졌다.

마지막으로 새로 생긴 디피랑은 미디어아트를 강구 안에 있는 남망산의 자연산책로와 결합해서 신비롭고 특별한 경험을 할 수 있는 곳으로써 가족들이 함께 구경하거나 연인들의 데이트 명소로 소문이 났는데, 조만간 디피랑에 특별한 우물과 재미난 공간이 하나 더 만들어진다는 소식이 있어서 개인적으로 무척 기대가 된다.

결국, 이렇게 '동피랑→서피랑→디피랑'으로 이어지는 흐름 속에서 이 '피랑'이라는 말은 그렇게 자연스럽게 통영을 대표하는 이름으로 자리를 잡았다.

나는 'Salon de'라는 프랑스 말과 통영 방언인 'Pirang'을 조합한 'Salon de Pirang(쌀롱드피랑)'이라는 말을 오래전부터 사용하고 있는데, 이 말은 '피랑에서 열리는 예술파티'라는 뜻으로, 코로나로 우리에게 성큼 다가온 문화의 시대라는 거대한 파도를 타고 '동피랑-서피랑-디피랑'을 아우르는 문화의 향기로 가득한 희

망찬 통영을 간절히 염원해 본다.

Art For Your Life 'Salon de Pirang'

제6장
노래를 노래하는 사람

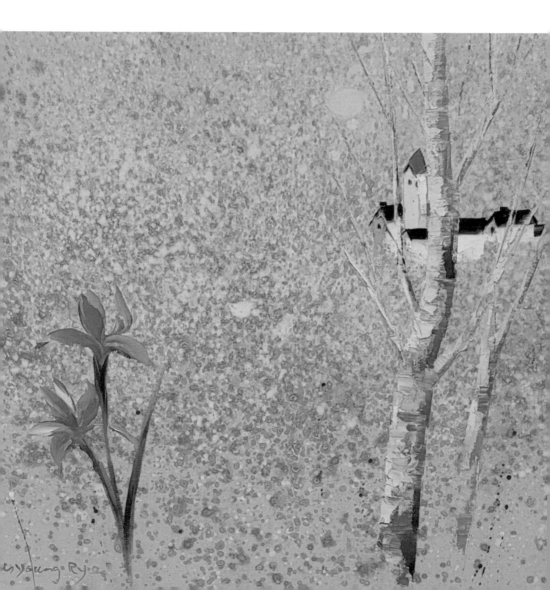

노래를 노래하는 사람
-김호중 개념어 사전

-이종섶

　어휘는 각각의 분명한 뜻을 가지고 있다. 그 뜻을 모르면 언어를 사용할 수가 없고, 말을 해도 서로 소통이 되지 않는다. 단어의 의미를 잘 알고 있어야 서로 표현하고 알아듣는 일이 가능해진다.

　김호중이 어떤 사람인지 또 무엇을 하는 사람이며 앞으로 어떤 활동을 하려고 하는지를 알려고 하는 경우에도 마찬가지다. 김호중이 사용하는 어휘를 알아야 하고, 나아가 김호중이라는 사람이 그 어휘를 어떤 개념으로 사용하고 있는지를 알아야 한다. 그래야 김호중과 원활하게 소통이 될 뿐만 아니라, 그의 음악을 향유하는 감상의 폭과 진가가 넓어지고 깊어진다.

　김호중을 알아가는 차원에서 김호중이 사용하는 언어를 이해하려고 할 때, 제일 먼저 학습해야 할 단어의 개념은 명사 '노래'와 동사 '노래하다'이다. 물론 형용사 '노래하는'이 있긴 하지만 '김호중이 노래한다'와 같은 문장의 앞뒤를 바꾸면 '노래하는 김호중'이 되기 때문에, 즉 동사가 주어 앞으로 가면 형용사가 되고 형용사가 문장 끝에서 서술어가 되면 동사가 되기 때문에 사실상 하나라고 봐도 무방하다.

　명사 '노래'와 동사 '노래하다'를 구분하면서 그 각각의 필요성을 절대적으로 언급하는 이유는 명사 '노래'와 동사 '노래하다'가 서로 다른 차원의 영역에 속해있기 때문이다. 즉 '노래'는 작곡가가 곡을 만들어서 악보로 남겨놓은 것이고, '노래하다'는 그 '노래'를 어떤 사람이 부르는 행위를 말한다.

　그렇다면 명사 '노래'를 김호중은 어떻게 이해하며 사용하고 있을까. 김호중이 사용하는 '노래'라는 개념은 말 그대로 '노래'라는 의미다. 사람이 부를 수 있도록 만들어진 노래, 현재 사람이 부르고 있는 노래다. 이것이 김호중의 '노래'가 가지고 있는 개념이다.

　노래에는 장르를 일컫는 클래식부터 대중음악까지, 시간을 일컫는 과거부터 현재까지, 공간을 일컫는 외국에서 한국까지, 사람을 일컫는 아이에서 노년에 이르기까지 그 각각의 형태가 매우 많고 다양하다. 사람이 살아가는 세상과 사회가 그러하니 노래도 그럴 수밖에 없다.

　김호중이 말하는 '노래'의 개념은 이 모든 것을 제한하지 않는다. 이 모든 것이 다 노래이기 때문이다. 노래임에도 불구하고 '이런 노래 저런 노래'라는 형식에 갇혀 있는 경우가 많다. 노래임에도 불구하고 '이쪽 노래 저쪽 노래'라는 프레임에 갇혀 있는 경우도 많다. 그렇게 되면서 노래 앞에 특정 타이틀을 붙이게 되고, 노래의 성격을 한정적으로 부여하게 된다.

　김호중의 노래 개념은 위에서 말하는 형식과 성격을 뛰어넘는다. 그 모든 것을 다 포괄한다. 노래라는 말로 다 포함하고 흡수한다. 김호중의 마음에는 다 노래만 있을 뿐이지 그 노래와 노래 사이에 장벽은 없다. 있다고 할지라도 다른 사람이 선행적으로 학습한 노래의 외적 형태와 공간적 구분 앞에서 오로지 그들과 소통을 위해서 그렇게 할 뿐이다.

김호중이 노래와 관련하여 사용하는 '노래하다'의 개념은 어떤 것일까. 이 역시 명사 '노래'와 마찬가지로 말 그대로 '노래하는' 의미로써 '노래하다'이다. 어떻게 부르느냐와 관계없이 노래하면 되는 것이고, 영역 구분에 따른 표현의 제한성을 뛰어넘어 노래하겠다는 의지를 자기만의 방식으로 피력한 것이다.

'노래하는' 행위도 '노래'만큼이나 그 성격과 영역이 다양하다. 쉽게 말하면, 클래식을 바탕으로 하는 성악 발성과 대중음악에 기반한 대중가요 발성이 있다. 그 안에서도 이러 저러한 발성과 그에 따른 가창법과 기교가 달라서, 발라드와 트로트의 발성과 기교가 다른 것처럼 그렇게 자기만의 영역으로 발전하면서 정착되어 왔다.

그 각각의 영역에서 추구하고 이뤄가야 하는 음성이나 음색을 말할 때 '소리'가 있고 '발성'이 있고 '창법' 등등이 있다. 이런 경우 어느 영역에서 그 분야의 특정 방법으로 노래하는 경우가 일반적이다. 그 안에서 자신의 실력과 위치를 견고하게 구축해가는 것이 성공의 지름길이기도 하다.

그러나 그 영역을 넘나드는 형태가 발생했는데 대표적인 것이 크로스 오버다. 한 쪽에서 다른 쪽으로 넘어가는 것이다. 클래식 음악을 하는 사람이 대중음악을 하는 것이다. 성악을 하는 사람이

팝이나 대중가요를 부르는 것이다.

그러나 이런 형태의 크로스 오버 음악은 제한적 입장의 크로스 오버일 뿐 진정한 의미에서 크로스 오버라고 할 수가 없다. 왜 그런지에 대해서 두 가지로 설명할 수가 있다.

첫째는, 언제나 한 방향에서 다른 한 방향으로 일방적으로만 움직인다는 것이다. 성악을 예로 들면 언제나 성악하는 사람이 대중음악을 하게 되지 대중음악을 하는 사람이 성악을 하게 되는 경우는 전혀 없다. 이것은 아예 불가능한 일이다.

둘째는, 한 방향에서 다른 방향으로 움직일지라도 잠시 갔다가 다시 돌아오는 경로로써 넘어가는 행위에 불과하다는 것이다. 넘어가서 오래 머물러 있거나, 그 분야에서 확고한 자리를 구축하는 경우는 거의 없다고 봐야 한다.

그와는 반대로 한 방향에서 다른 방향으로 넘어가서 자리를 잡은 경우, 출발 이전의 환경에서 자리를 잡지 못한 상태라는 것과 새로 잡은 방향에서 이전의 방향으로 다시 넘어가지 못하는 상태도 있다는 것을 감안해야 한다.

이와 같은 입장에서 살펴보면 김호중은 지금까지의 선례와는 다른 케이스가 될 공산이 크다. 최초로 양방향에서 활동하며 '노래하는' 사람이 되는 것이다. 통합적인 성격과 방식으로 노래와 영역을 택하고, 융합적인 자세와 기교로 양방향성의 노래를 부르는 것이다.

물론 이것은 이제 출발이며 진행형이므로, 앞으로 그렇게 할 수 있는 단단한 기초를 견고하게 쌓았다는 의미를 전제해야 한다. 그리고 이제 사람들이 그것을 알아보기 시작했고 김호중의 진가와 그의 음악 세계에 환호하기 시작했다는 것도 함께 전제해두어야 한다.

그래서 김호중을 이야기할 때, '노래하는' 김호중이라는 수식어를 붙일 때, 김호중 앞에는 노래의 제한이 없고 활동 영역이나 공간의 제한이 없으며, 가창의 방법이나 형식의 제한도 없다는 것을 기억해야 한다. 오로지 김호중 앞에는 노래만 있을 뿐이고 노래하는 행위만 있을 뿐이다.

장르와 공간을 넘나드는 노래로 그의 음악을 좋아하는 사람들을 만나 노래하는 것. 더 이상 바랄 것이 있을까. 다른 공간과 영역의 사람들에게 또 다른 영역의 확장을 보여주며 이끌어가는 것. 그 이상 바랄 것이 있을까.

김호중은 모든 노래를 노래한다. 여기서 '모든'을 빼자. 김호중은 노래를 노래한다. 여기서 또 '노래를'을 빼자. 김호중은 노래한다. 어순을 바꾸면 '노래하는 김호중'이다. 이제 되었다.

종로선글 방송을 들으며

-이필숙

선영대 총장님이 들려주시는 〈찔레꽃〉 연주를 들으면서 돌아가신 어머니 생각에 많이 울었는데 오늘은 또 백남심 학우의 '어머니'란 시가 저를 또 울립니다.

살아생전 조금만 더 잘해 드릴 걸 하는 후회만 남았습니다.

1남 3녀 중 딸 중에 막내를 제치고 막내 노릇 하던 저였지요. 그런데 1남 6녀의 외동아들과 결혼한다고 할 때 어머니가 조금만 더 생각해 보라고 만류하셨음에도 전 신랑이 좋아 결혼했답니다.

막내딸이 시어머님 모시는 게 기특하다며, 주위 분들께 자랑하시면서도 저 땜에 맘 아파하셨답니다. 시어머님과 살아 조심스럽다면서 딸네 집에 한 번도 못 오셨어요. 딸이 사는 모습 얼마나 보고 싶었겠어요?

이런저런 것들이 다 맘에 걸리며 지금 살아 계시면 효도 엄청 해드릴 텐데 아쉽기만 합니다.

어느덧 세월이 흘러 지금은 제가 돌아가신 어머니보다 더 많은 나이가 되었네요. 어머니의 심정이 눈에 밟혀요. 이젠 손을 잡아

드리고 싶어도 잡아 드릴 수 없는 곳으로 가신 지 36년이란 세월이 흘러갔어요. 어버이날 이런 저런 생각을 하며 눈물만 하염없이 흐릅니다.

등나무 말씀하시니 옛일이 생각나네요.

결혼 전 시댁에 인사 갔는데 등나무 터널 속에 돌멩이를 밟으며 걸어 들어갔어요. 등나무 보랏빛 꽃 한줄기에 여러 꽃이 달려 있더라구요. 잊고 살았었는데 방송이 그때의 추억을 소환시켜 주네요. 벌써 42년이 되었군요.

아버님이 이쁘게 가꾸어 놓으신 정원을 보면서 '아 좋다!'라는 생각만 했었지요. 지금의 감정이라면 보랏빛에 더 감동 받았을 텐데요. 제게 이런 추억을 안겨주신 아버님은 고혈압이라는 지병이 있으셨지요. 스포츠 중계 보시다가도 흥분하면 쓰러지셨어요. 제가 결혼하고 1년도 못 돼서 천국으로 가셨답니다.

저는 1남 6녀의 외며느리였답니다. 저 대단하지 않나요? 제 친구들은 저보고 통도 크다 했어요. 어떻게 그런 집에 시집갈 생각을 했냐구요. 여섯 시누이를 감당할 자신이 없어서 제 신랑은 가족사를 고백하는 순간 빵점짜리 남자가 되었다나요?

연애하다 보니 그저 신랑만 좋으면 된다고 생각했지요. 그래도 시어머님께서 제게 참 잘 해주셨어요. 그리고 시집살이한다고 친정엄마가 저를 대견스럽게 생각하셨거든요.

큰시누님이 80이 넘으셨구요. 막내가 저하고 동갑이랍니다. 저 대단한 여자 맞는 거죠? 철이 없다 보니 간이 커졌었나 봅니다.

　그동안 많은 가족들과 이별하며 살았네요. 양가 부모님은 오래 전에 돌아가시고, 제 남편도 세상을 떠났어요. 이젠 저의 차례가 오는가 싶어요. 언젠가 맞을 그날을 담담히 평온히 맞을 각오를 하고 있어요. 마음의 빛이라도 남기지 않으려고 나름의 준비를 하면서요.

3

LA에서 보내는 편지

-이행자

저는 1942년 일본에서 태어났습니다. 아버지는 일본의 철도청에서 근무를 하셨지요.

1945년 해방이 되어 한국으로 오셨는데 일본에서 같은 동네에서 살던 몇몇 가족이 전남 영암군 군서면에 자리를 잡으셨습니다. 다들 고향은 달랐지만 고국에서 삶도 어려우니 서로 아는 사람끼리 함께 살자 하신 거지요.

우리 집은 부유하진 않았지만, 부모님은 자식 교육에 관심이 많았고, 상당히 신세대적인 생각으로 살던 평온하고 화목한 가정이었습니다.

그렇게 살던 중에 6·25 한국전쟁이 발발했습니다. 당시 열여덟 살의 큰오빠는 서울 중동고 2학년이었습니다. 전쟁통에 큰오빠는 행방불명이 되었고, 부모님은 슬픔에 겨워 정신이 없었습니다.

열여섯 살 작은오빠도 서울로 유학을 보내고 싶었으나 형편상 영암에서 중학교에 다니게 되었습니다. 작은오빠 생일날 아침에, 아버지가 닭을 잡으려고 마당에 나가셨다가 빨갱이로 오해를 받아 집 모퉁이에서 총살을 당하셨습니다.

어머니는 혼이 반쯤 나가셨지요. 남편과 아들을 잃었으니 그 마음이 오죽하셨을지 미루어 짐작합니다. 생후 9개월 된 막내(남동생)를 안고 땅을 치며 통곡하던 어머니의 모습이 지금도 선연합니다.

그때 저는 초등학교 2학년, 여덟 살이었습니다. 여동생과 막내는 입학도 하지 않은 아가들이었습니다. 어머니는 저를 전북 고창의 외가로 보냈습니다. 딸도 공부를 시켜야 된다는 생각은 깊으셨지만, 영암에서는 학교를 계속 다니기 힘들었고 집안 형편도 어려웠으니까요.

저는 외가에서 학교까지 먼 길을 걸어 다녀야 했습니다. 동네에서 학교에 다니는 여자아이는 저 혼자뿐이었습니다. 학교 갈 때면 외삼촌이 외진 곳 절반은 항상 데려다주시고, 집에 올 때는 저를 데리러 와주셨습니다. 외삼촌의 고마움을 못 잊고 있습니다.

훗날, 딸이 없었던 외삼촌의 환갑 때, 외삼촌의 바지저고리 두루마기와 외숙모님께는 가지색 양단치마와 옥색 저고리에 끝동을 가지색으로 맞춤했습니다. 어머니께 배운 솜씨로 제가 직접 두 분 한복을 지어드렸지요.

어머니는 난리통에 어린 자식들 데리고 서른아홉의 젊은 나이에 일가친척 하나 없는 타지에서 살아가기 무서워서 외삼촌들이 살고 계시는 곳으로 이사를 했습니다.

저하고 여동생은 초등학교만 졸업하고 중학교 진학을 못했지요. 대신 막내 남동생은 서울로 학교를 보냈습니다. 나와 여동생은 어머니께 바느질, 길쌈, 음식 만드는 법 등을 배웠지요.

어머니는 혹시라도 "홀어미가 애비없이 키워 자식들이 본때 없다." 이런 소리 들을까 두려워 우리 사 남매를 엄격하게 키웠습니다.

남의 집안으로 출가시킬 딸들한테는 예의범절을 잘 가르쳐야 된다고 하셨지요. 항상 몸가짐을 단정하게, 어른을 만나면 다소곳이 고개를 숙여 인사하고, 문을 여닫을 때는 소리 안 나게, 방에 들어올 때는 여자는 뒷문으로, 음식을 먹을 때는 씹는 소리 안 나게, 누군가 누워 있을 때는 발아래로 지나가기, 항상 조심 또 조심, 얌전하게 행동하라는 교육을 받았습니다. 그래서 저희 자매는 어머니 말씀을 잘 따르며 살았습니다.

서울에서 고등학교를 다니는 막냇동생을 챙기러 어머니는 서울로 가셨습니다. 우리 자매도 어머니를 따라 1960년부터 서울에서 살게 되었습니다. 자식들이 언제나 어머니 옆에 살도록 항상 챙기셨지요.

남동생이 서울에서 의과대학을 마치고 미국에 있는 USC 대학원에 오면서 어머니가 막내와 미국 생활을 시작하셨습니다. 어머니는 서울에 살던 우리 남매들을 미국으로 데려오려고 백방으로 알아보셨습니다. 큰아들을 못보고 사는 것도 원통한데 자식들을 떼어놓고 사는 게 너무나 싫으셨던 게지요.

1977년에 어머니의 노력으로 우리 사 남매는 미국으로 이민을 왔습니다. 그때는 LA에 한국 사람이 많이 없어 길에서 한국인을 만나면 반갑게 인사 나누면서 이웃으로 생각했습니다. 어렵게 살던 시절이지만 따뜻한 온정이 많았던 때였지요.

미국에서의 생활은 어머니가 아이들을 보살펴 주시고 우리 남매들은 바로 이웃에 모여 살면서 열심히 일하고 저축도 조금씩 쌓여서 경제적으로도 안정이 되었습니다. 막냇동생은 미국에서 의사면허를 받았고 월급도 많아서 어머니께 효도하면서 걱정 없는 생활을 하게 되었습니다. 그러나 어머니는 얼굴에 그늘이 지고, 웃음이 없으셨습니다. 생사를 모르는 큰아들 생각에 언제나 기운이 없으셨지요.

한국 전쟁 뒤 어머니는 자신 생애의 반인 41년 동안을 잃어버린 아들을 찾는 데 바치셨습니다. "아들아, 살아만 있거라. 너는 항상 내 안에 살아있다. 평생 동안 이 어미는 하늘에 절하며 내 마음속에 너를 길러 왔다. 제발 살아만 있거라."

어머니의 기도와 외침은 애절하고 깊었습니다. 어느 순간, 어느 자리에서도 큰 아들에 대한 간구와 그리움은 끝없이 이어졌습니다.

그러던 어느 날, KBS 방송국에서 《누가 이 사람을 모르시나요》란 프로그램이 시작되었습니다. 이산가족 찾기를 신청하고 애타게 찾아보았지만, 소식이 없었습니다. 그러다가 LA 한인교회 목사님께서 우리 가족의 사연을 들으시고 북한의 소식망을 통해 인적 사항을 넣었습니다.

1991년 늦은 봄날, 큰오빠가 살아 있다는 소식이 왔습니다. 큰오빠의 증명사진 한 장과 장문의 편지가 왔습니다.

"꿈결에도 잊을래야 잊을 수 없는 어머님께 올립니다"로 시작된 편지와 사진을 받아 든 어머니는 혼이 반쯤 나갔습니다.

"꿈인가, 생시인가. 내 아들이 살아 있다니, 세상에 이런 효자 놈이 어디 있느냐? 어미가 숨지기 전에 어서 만나자. 너를 만져 보아야지. 평양 학교도 다녔다니 장하구나. 너는 무엇이든 잘했었지. 평양에서 서울대나 하버드 같은 대학에서 배우는 수준 높은 공부도 했다니 꿈만 같구나. 어서 만나자. 네가 오랴? 내가 가랴? 누가 못 오게 막으면 걸어서 가마. 한평생 소식 끊긴 모자지간, 우리 혈육 상봉하는데 누가 막겠느냐. 너는 내 새끼고, 나는 네 어미다."

어머니는 큰오빠 소식을 듣고 희망과 기대에 부풀었습니다.

"나랑 평양에 가자. 큰오빠를 만나 보자. 나 죽기 전에 마지막 소원이다."

어머니는 큰오빠 회사 직원들에게 줄 와이셔츠와 넥타이를 각각 50개 준비하고 너무 좋으셔서 꿈에 부풀어, 그만 뇌출혈로 쓰러지고 말았습니다. 그래서 가족회의 끝에 오빠가 미국으로 오시는 방법을 찾았습니다.

1991년 8월 1일, 큰오빠가 오기로 했습니다. 어머니는 수술을 받고 숨만 쉬고 계시는 중이었고, 큰오빠는 매일 편지를 보내왔습니다.

"어머니 뵈러 8월 1일에 갑니다. 어머니 기다려 주세요."

다음은 어머니가 의식 없이 누워 계실 때 온 편지입니다.

어머님께 올립니다.

멀리서 편지로 축원의 인사를 올립니다. 꿈결에도 그립고 자나 깨나 그리운 어머님. 이 세상 끝까지 간들 잊으려야 잊을 수 없는 나의 어머님. 이제는 그렇게도 걱정하시고 마음 쓰시던 저의 소식을 알게 되셨으니 마음 편히 즐겁게 지내시도록 하세요. 어머님의 얼굴에 언제나 웃음꽃이 송이송이 피어나기를 간절히 바랍니다.

1950년, 고생 많으셨던 아버님이 세상을 하직하셨고, 서울로 떠나보낸 저 역시 소식을 전하지 못하게 되었으니 어머님의 상심이 얼마나 컸을지 짐작만 할 따름입니다. 아버님 돌아가신 뒤, 올망졸망 어린 동생들을 데리고 모진 세월의 폭풍과 헤쳐 오시느라 마음고생인들 얼마나 많으셨을지요? 밤잠인들 제대로 주무셨을지, 어느 하루도 맘 편히 쉬신 날이 있었겠습니까? 어머님의 현실적 고생보다 큰아들인 저에 대한 소식 알지 못하시어 마음 쓰신 노고의 여운이 깊이 어리어 있음을 짐작할 수 있습니다. 서울로 떠나보낸 이 아들을 생각하시어 눈이 오고 비가 오고 찬 바람이 불어도 이제나 소식 올까, 오늘은 무슨 소식 있을까, 까치가 울어도 이 아들이 싸립문으로 들어오지 않은지 하고 언제나 마음 쓰셨을 것입니다.

어머니가 저에게 들려주신 태몽이 기억납니다. 외할머니가 큰 바가지로 쌀을 곡산으로 담아 황소 등에 얹어 어머님께 가져다주었다고 했습니다. 그 태몽을 꾼 뒤에 제가 태어났다고, 그렇기에 어디에 가나 굶지 않는다고 하신 대로 이날 이때까지 한 끼의 밥도 굶지 않고 살아왔습니다. 언제나 인자하시고 미더움을 주시고 키워주신 어머님이 손잡아 이끄신 덕분입니다.

그립고 뵙고 싶은 정다운 어머님, 늦은 감은 있으나 이 아들의 소식을 아시게 된 이상 언제나 마음 한구석에 자리 잡은 그 시름을 흘러가는 물에 떠내려가는 가랑잎처럼 흘러 보내시기 바랍니다. 정든 집 내 고향의 동백꽃이 방긋 웃듯이 어머님은 웃으시고 기뻐하시면 우리 가족 온 집안에 웃음꽃이 만발하고 저 때문에 깊어진 주름살이 펴지시고 젊어지게 될 것입니다. 어머님과 헤어진 지 40여 년이 지났으나 어머니 생각하면 긴긴 겨울밤도 언제 지새는지 동생들의 소식을 알게 되고 편지와 가족들 사진을 받아보니 참으로 감개무량합니다.

우리 친구들도 반갑겠습니다. 친구들 어머님께서도 연로하신데 건강하시다지요? 축복의 인사를 받습니다. 다시 말씀 올리지만 이제는 시름 다 놓으시고 즐거운 기쁨과 웃음을 웃으셔야 40여 년 동안 쌓인 노고가 물거품처럼 쏟아질 것입니다. 어머님이 저의 소식 받아 보시고 기쁘시길 빕니다. 연로하신 어머님, 여든의 고령을 마다않고 저를 보러 북한으로 오시겠는데 어머님 건강에 해를 끼칠까 걱정입니다.

어머님이 부디 만년 장수하시기를 바랍니다. 우리 동생들, 우리 가족 모두에게 인사를 전해주시기를 바라며 안녕히 계십시오.

큰아들 올림

그러나 어머니는 큰오빠가 미국에 오기로 한 하루 전, 7월 31일 세상을 떠났습니다. 그렇게 그리워하던 큰오빠를 만나지 못한 어머니의 심장은 멈췄지만 차마 눈을 감지 못하셨습니다.

1991년 8월 1일, 우여곡절 끝에 북한의 민간인으로는 첫 번째로 미국을 방문한 큰오빠는 어머니 장례식에 참석차 LA 공항에 왔습니다. 공항에는 취재하러 온 기자들이 장사진을 이뤘고 열기가 대단했습니다.

큰오빠는 간단한 인사를 한 뒤에, 간신히 기자들을 따돌리고 병원으로 가서 건강 체크부터 했습니다. 우리 사 남매가 완전체가 되어 자동차에 타고 이동하면서 울고 웃었습니다. 어머니가 늘 말씀하시던 확인의 방법이 있었습니다.

"너거 큰오빠 오른팔에 크고 검은 점이 있으니 꼭 확인해야 된다."

우리는 큰오빠 팔을 확인하고 부둥켜안고 반가움, 슬픔, 울다, 웃기를 반복했습니다.

그렇게 41년 만에 큰오빠는 맏상주로, 돌아가신 어머니의 시신을 마주했습니다.

관이 열리고 41년 만의 모자 상봉이 이루어졌습니다. 큰오빠는 품에서 고이 접은 비단 한 필을 꺼냈습니다. 결혼할 때 준비해 놓은, 언젠가 통일이 되면 어머니께 옷 한 벌 해 드리려고 간직해 온 자주색 비단을 어머니 시신에 덮어 드렸습니다. 그리고 큰오빠는 길고 긴 기다림에 지쳐 차마 감지도 못한 어머니의 눈을 감겨드렸습니다. 빈소는 울음바다가 되었고, 큰오빠가 제일 슬피 울었습니다.

8월 15일 장례식을 마치고, 큰오빠는 동생들 집에서 어머니 잠옷을 입고 3일씩 주무시고, 8월 30일에 북한으로 돌아갔습니다.

큰오빠가 다녀가실 즈음에 저는 태평양 바닷가 LA 서쪽 산타모니카 옆 베니스 비취에서 관광객들이 찾는 티셔츠 가게를 하고 있었습니다.

평생 큰오빠 생사를 몰라 애태우며 살던 우리 어머니, 큰오빠가 살아있다는 소식을 듣고 만남이 성사되기 이 주일 전에 뇌출혈로 쓰러져 돌아가신 어머니, 얼마나 안타깝고 보고 싶었을지….

생전에 잇지 못한 만남은 저승에서 이루어질까요? 고속도로를 달리는 자동차 운전석에 앉아 안타까워 울면서 베니스 비취에 장사를 다녔습니다.

큰오빠와는 편지 왕래로 소식을 주고받았습니다. 큰오빠의 따뜻한 위로를 받으며 살고 있던 1992년 1월 어느 날, 남편이 공사현장에서 목수 일을 하다가 8.5미터 높이에서 떨어졌다는 전화를 받았습니다. 눈앞이 캄캄했습니다. 제발 죽지만 말라고 기도하면서 병원으로 달려갔지요.

남편의 상태는 왼쪽으로 팔다리가 부셔져서 뼛조각이 이리저리 나와 있고 혼수상태였습니다. 중환자실에서 의식없이 지낸 30일 만에 의식이 돌아왔고, 몇 차례 수술 끝에 6개월 동안 병원생활을 했습니다. 그때부터 내 고생이 시작되었지요. 영어를 제대로 못 하니 의사나 간호사와 소통이 안 되고 답답했습니다. 베니스 비취 장사도 문을 닫고 남편 뒷바라지에 매달려 아무것도 할 수가 없었습니다. 미국의 생활은 일을 안 하고는 살 수가 없답니다. 내가 할 수 있는 일을 찾던 중 한국 사람이 청소회사를 하고 있어 청소 일을 시작했습니다. 비어 있는 집을 깨끗하게 청소하는 일, 얼마나 몸이 고달프고 힘들었던지 내 인생에서 가장 힘들고 비참했던 시절이었습니다.

그러나 위안이 되었던 것은, 우리 형제자매들이 금강산에서 다시 만난 일입니다. 아름다운 금강산을 구경하는 일보다 큰오빠를 만나 형제자매간의 우애를 나누면서, 돌아가신 부모님의 이야기를 하며 울고 웃었습니다.

1995년, 편지로 소식을 주고받던 큰오빠도 돌아가셨습니다. 우리 남매들의 눈물이 다 말라버린 세월이기도 합니다.

몇 해가 지나서 아들이 결혼했는데 며느리는 의과 대학을 다니던 학생이었습니다. 공부하면서 2002년 큰손녀가 태어났습니다. 하던 일을 접고 손녀 키우기로 나섰지요. 2004년 두 번째 손자, 2007년 세 번째 손녀가 태어났습니다. 아이 셋을 키우며 거동이 불편한 남편은 30년이 지난 지금까지 양말을 신겨 줘야 됩니다. 몸은 고달프고 힘들지만, 잘 자라주는 귀여운 나의 손주들이 사랑스럽기 그지없습니다. 어려서부터 할머니 음식으로 자란 아이들이라 날마다 도시락을 싸고 먹이고 입히고 학교 데려다주고 끝나면 데려왔습니다.

내 별명이 '아이 셋 할머니'였습니다.

그로부터 20년이 지났습니다. 큰 손녀, 손자는 각각 다른 주에서 대학을 다니고, 막내 손녀는 지금도 도시락을 싸서 학교에 데려줍니다. 막내가 고등학생이 되어 운전면허를 받으려고 연습 중인데 면허를 받아 운전을 하게 되면 이 할미의 일이 끝납니다.

돌이켜 보니 어린 손자, 손녀 키울 때가 좋았습니다. 며느리는 지금 캘리포니아에서 유명한 암 전문병원(City of Hope) 높은 위치에서 일하는 중입니다. 아들은 엔지니어로 일하는 중입니다. 저는 아들과 며느리한테 효도 받으며 잘 살고 있습니다.

내 어머니는 39세 때 남편과 큰아들을 잃었습니다. 밤이면 어린 자식들을 재우고 혼자 쓸쓸히 울고 계셨습니다. 믿을 데라곤 자신뿐이셨겠지요. 그래도 남은 네 명의 자식들 때문에 굳건히 삶을 일으켰습니다. 여덟 살 어린 생각에도 '어머니 말씀 잘 들어야지. 이젠 내가 맏이가 되었으니 어머니께 힘이 되어 드려야지'라는 마음을 먹었지요.

일찍 철이 들어 어머니 말씀을 거역할 수 없었기에, 여동생과 나는 공부를 더 이상 못했습니다. 초등학교만 졸업하고 어머니께 집안일과 바느질, 예의범절을 배웠습니다.

막내 남동생은 서울에서 고등학교부터 대학까지 마쳤고, 어머니의 고생 뒷바라지로 미국 유학까지 마쳤습니다. 당연하다고 생각하면서도 한편으로는 딸들에게 엄격하고 공부를 더 할 수 있게 챙겨주지 않으신 어머니가 원망스러울 때도 있었습니다.

어려서부터 우리 집에는 웃음과 음악 소리 없이 살아왔습니다. 웃음은 곧 즐거움이고 행복인데 우리 집에서 그런 것은 금기의 영역이었습니다.

저는 남 앞에 나서지 못하고 낯가림이 많아 외로운 삶을 살았습니다. 더욱이 미국에 이민 와서는 영어가 통하지 않아 친구도 없어 입을 닫고 살다가 우리 가수를 만났습니다.

가수의 노래를 들으면, 가슴이 뻥 뚫리는 느낌을 받고, 내 가슴속에 쌓인 한과 서러움이 모두 사라지는 경험을 했습니다. 〈천상재회〉를 듣노라면, 눈물이 앞을 가립니다.

'천상에서 다시 만나면, 어머니와 아버지와 큰오빠, 내가 가장 사랑했던 막냇동생과 내가 의지했던 작은 오빠를 다시 만나면…' 못다 한 이야기를 나누고 싶습니다. 저도 공부를 더 했으면 얼마나 좋았을까, 미국으로 이민 가지 않고 한국에 계속 살았다면 어떤 사람이 되어 있을까, 상상에 빠지기도 합니다.

지금 제 나이 81세, 미국 LA에 살고 있습니다.

선영대 21학번으로, 종로선글 TV 방송 듣는 시간이 가장 즐거운 할머니입니다.

낯익은 한국말로, 때로는 사투리로, 전국에 사는 학우들이 보낸 사연과 댓글을 들으면서 제가 한국에 사는 듯한 착각을 합니다. 방송에서 자주 뵙는 분들은 직접 만나서, 얼굴을 마주한 듯싶습니다.

작년 연말에는 주위의 반대를 무릅쓰고 한국에 나가서 그리운 분들을 만났습니다. 우리 가수의 콘서트에도 갔습니다. 먼 발치에

앉아 노래를 들었지만 더할 나위 없이 행복했습니다.

　노년의 나를 일으켜 준, 머나먼 이국에서 외로이 살고 있는 내게 웃음과 기다림을 준, 가수와 선영대 조재천 님, 친근하고 다정한 학우님들, 모두 모두 고맙습니다.

　우리, 언젠가는 또 만나요!

덕분에 뜻깊은 경험했어요

-임정옥

별님,

어제는 함박눈이 펑펑 내려 온 세상이 포근했어요.

며칠 전 12월 13일 KBS 1TV 연말 특집 모금 생방송 《나눔은 행복입니다》라는 방송에 '김호중 팬클럽 아리스' 이름으로 나눔에 동참하는 영상이 실리게 되었어요.

저희 '용인분당수지아리방'과 이웃 세 지역방이 별님의 '선한 영향력'을 본받아서 십시일반 따뜻한 사랑을 모아 수지구에 거주하는 어려운 이웃에게 이불 100채를 기증하게 되었답니다.

여기에 제가 잠깐 인터뷰하는 사람으로 생애 처음 지상파 방송을 타는 영광을 얻어 무척 뜻깊고 행복했습니다.

별님 덕분이지요!

지난해, 제가 여러모로 힘든 일들을 만나 우울하고 괴로웠는데 저희방 리더(하겐)님이 제게 힘내라고 배려해 주신 것 같아 또한 감사하구요.

별님을 사랑하고 별님을 응원하는 마음으로 별님에 관한 것이라면 무엇이든 보관하고 소장하고 싶은 마음에 저희 집에 「별님 사랑방」을 하나 만들었어요.

소문을 듣고 PD님이 저희 집에 오셔서 이 방을 촬영도 하고 인터뷰도 했었는데 이 부분은 방송에 실리지 못했어요. 아쉬운 마음을 달래주듯 어제 PD님이 촬영분을 보내주셨네요.

비록 방송을 타진 못했지만 제겐 특별한 경험이었고 너무나도 감사한 일이라 이렇게 편지로 고백을 합니다.

'100세까지 노래하는 사람'으로 남아주세요.

그리하여 온 세상 모든 이에게 감동과 울림과 용기와 사랑을 주는 사람이 되어 주세요. 또한 세계 정상에 우뚝 서시길 축복하고 기도합니다.

내게 너무나 특별한 별님!

덕분에 저는 다시 일어설 수 있었고
덕분에 다시 걸을 수 있었고
덕분에 다시 살았습니다.
덕분에 다시 힘을 내고 용기를 얻고 기운을 낼 수 있음에 정말 고맙습니다.

　주말마다 이어지는 단콘으로 별님을 만날 수 있음에 더욱 감사하고 행복합니다.

　특별히 건강 잘 챙기시길 소망하며 '김호중의 아리스'라 행복합니다.

　많이많이 사랑합니다.

내 삶에 빛이 되어 주는 사람

-장미란

2019년 7월 말, 나는 부주의로 전신화상을 입고 입원하면서 피부 이식수술을 하게 되었다. 하루하루 고통스런 치료로 힘든 시간을 보내고 있던 나에게 한밤중에 전화가 걸려 왔다. 너무 아파서 참기가 힘들다는 남편의 지친 한 마디.

이듬해 4월, 남편은 나를 두고 하늘나라로 먼 여행을 떠났다.

트롯에 전혀 관심이 없던 나에게 《미스터 트롯》은 그저 흔한 예능 프로그램 이름 중에 하나였을 뿐, 나와는 상관이 없었다.

남편을 보내고 멍하니 앉아서 유튜브 채널을 돌려보고 있던 어느 날, 언젠가 《스타킹》 프로그램에서 성악을 참 잘했던 고등학생, 김호중이라고 자신의 이름을 말했던 그 앳된 소년이 어느새 어른이 되어 노래를 부르는 영상을 보게 되었다.

홀린 듯 그의 모든 무대 영상을 찾아보았고, 앨범을 구입해서 듣기 시작하였다.

사회복무기간 동안 그가 부른 클래식 곡과 외국곡을 모두 찾아 공부하기 시작하였다. 각 장면별로 나오는 아리아를 이해하기 위해 오페라를 찾아 무한 반복해서 들었고, 한음 한음 한글로 받아써가면서 나만의 음악 노트를 만들어 갔다.

어느 새 두 권이 채워졌고 나의 보물 1호가 되었다. 모든 곡의 떼창이 가능할 때까지 연습을 했다. 이렇게 2년의 시간이 흘러갔다.

가수에게 빠져, 가수의 노래를 듣고, 아리아를 공부하는 동안, 내 몸은 점점 회복되어 갔다. 엄청난 화상 치료의 고통을 가수가 나눠 짊어진 듯했다.

김호중의 모든 공연을 모두 직관하고 LA와 뉴욕 공연을 보기 위해 미국으로 떠났다. 앨범, 응원봉, 담요를 캐리어 안에 꽉 채워 넣고, 3개월 여정으로 LA 딸 집에 와 있다. 딸 가족들에게 김호중의 콘서트를 보여주고 싶었다. 두 손주를 데리고 딸과 사위와 함께 공연을 보는 내내 행복하고 즐거웠다.

"김호중에게는 어린이와 젊은 팬이 늘어나야 해. 이 좋은 노래를 듣지 않으면 어쩌누?"

뉴욕 공연은 특별히 LA 아리스 팀과 동행하여 평생 잊지 못할 추억을 만들었다. LA 할리우드볼에서 꿈에 그리던 보첼리의 공연을 보면서 김호중이 보첼리와 함께 무대에 서서 노래하는 모습을 상상해 보았다.

김호중은 언젠가는 내가 상상하는 모든 일들을 이룰 것이다. 그는 아직 젊고 활기차고 의욕적이고 출중한 능력의 가수이므로. 어떤 노래도 소화하고 자기 것으로 만드는 특별한 재주를 가졌으므로. 그의 재능을 알아보고 인정하는 전 세계의 수많은 아티스트들이 그를 찾을 것이므로.

나만의 음악 여행 노트는 아직 여백이 많이 남아있다. 앞으로 또 어떤 곡들로 빼곡이 채워질지 기대하면서 내 아픈 몸과 마음을 치유해 준 김호중의 음악 여정에 온 마음을 다해 끝까지 함께 할 것이다.

아버님 전상서

-장벽춘

아버님,

고향 울산으로 내려가는 기차 안에서 이 편지를 씁니다.

윤이월의 창밖에는 봄꽃이 부지런히 피고 있는데 꽃 피는 모습을 마냥 좋아할 수만은 없는 심정입니다.

마주 앉은 여동생도 저와 눈을 맞추지 않는데, 그 옆모습이 쓸쓸해 뵙니다. 이별은 우리 삶에서 도저히 익숙해지지 않는 아픔이며 상실이니까요.

아버님,

제 나이 여든이 넘었고, 윤달이라서 더 이상 미룰 수가 없었습니다. 더구나 윤이월은 자주 오지 않는다네요. 2004년에 지나갔으니 이십 년 만에 윤이월을 맞습니다.

몇 달 전부터 동생들과 이런저런 통화도 했고 자리도 마련하여 제 생각을 간곡히 전했습니다. 마지막까지 반대 의사를 표하던 막내도, 결국은 마음을 정했음을 알립니다.

아버님,

죄송합니다.

부모님은 저희 3남 3녀를 낳아 부족함 없이 잘 키워 주셨는데 대(代)를 끊게 되었습니다.

요즘 세상에 그런 것을 따지는 게 어리석기도 하고 형편에 맞지 않음은 저도 잘 압니다. 아들보다 딸의 출산을 더 반기고 좋아하는 분위기도 잘 압니다.

저도 사실은 아들보다 딸과 더 많은 이야기를 나누고 속내를 터놓기도 하니까요. 딸이 더 좋다기보다 같은 여성인 입장에서 서로를 잘 이해하고 마음을 알아준다는 말이 더 맞겠지요.

아버님,

남동생 셋이 아들을 출산하지 못한 것에 제가 개입할 여지도 없을 뿐 아니라, 그것을 따지자는 것도 아닙니다. 다만, 남동생네 딸들인 저희 조카들에게 어떤 부담도 주어서는 안 되기에 이런 결정을 내리게 되었습니다. 부모님께서도 이런 속사정을 이해하시고 받아들여 주시리라 믿습니다.

세상은 빛의 속도로 변하는데 돌아가신 분들의 산소에 대하여 이러쿵저러쿵 하기가 마땅치 않은 것이 현실입니다만, 저희 형제자매들이 떠나고 난 뒤 부모님 산소의 모습이 어떨까를 생각해 보았답니다.

산소 관리에 아들과 딸이 무슨 소용이냐고 하실지도 모르겠지만, 젊은 세대들에게 기성세대의 짐을 지우는 것이 옳지 않다는 것이 저희 판단입니다.

　벌초를 하지 않아 풀이 무성할 수도 있는 산소를 생각하면 안타깝기도 하구요. 손녀들에게 어찌 그 일을 감당시킬 수 있겠습니까?

　아버님,
　하여 두 분께 완전한 자유를 드리려 합니다.
　훨훨 자유롭게 자연 속으로 돌아가시옵소서.
　부디 어머님의 손 놓지 마시고 두 분 함께 떠나소서.

　아버님,
　산소가 파헤쳐지고 유골을 모시면서 젊은 아버님의 모습을 떠올렸습니다.
　기골이 장대하셨고, 인물 좋으셨고, 꿋꿋하고 당당하시던 아버님의 모습을요.
　단아한 한복에 버선코 오똑하게 세웠고, 비녀를 꽂은 모습이 당차던 어머님의 모습을요.
　육 남매의 자식을 허술함 없이, 소홀함 없이, 차별 없이 성장시킨 부모님께 배읍(拜揖)합니다.
　더없이 훌륭하셨고 대단하셨습니다.
　육 남매의 자식들이 부모님의 살아생전 모습과 태도를 결코 뛰어넘지 못했음을 고백합니다.

아버님,

저도 이제 몇 번의 봄을 더 맞을지 장담하지 못할 나이에 닿았습니다.

너무 오래 살지 않기를 바랍니다. 건강히 살다가 이웃들에게 폐끼치지 않고, 자식들에게 짐이 되지 않을 때 부모님이 계신 그곳으로 떠나고 싶습니다. 먼저 가셨으니 좋은 자리 마련하시어 뒤따라갈 저희들을 기다려 주옵소서.

아버님,

윤이월 봄볕 따스이 맞으시며 영원한 안식처 주님의 품 안에서 영면에 드시길 빕니다. 혹여 저희의 선택이 불민하고 불효한 일일지라도 너그러이 용서해 주시길 바랍니다.

이 땅에 남은 부모님의 피붙이들 모두 사회와 이웃에 쓰임 있는 사람으로 살다가 어느 날 홀연히 천상으로 떠날 수 있게 이끌어 주시길 간절히 청합니다.

2023년 윤이월 초사흗날
벽춘 모니카 올림

아시나요?

-장일선

명절이 되면 유난히 외롭습니다.

방송에서 한복을 차려입고 고향으로 가는 사람들 뒷모습만 봐도 눈물이 주르륵 흐릅니다.

어버이날이 되면 더 슬픕니다.

카네이션을 달아드릴 부모님이 계신 사람들이 부러워서 눈물이 납니다.

현충일이 되면 슬픔과 외로움과 기쁨과 보람이 한꺼번에 몰려옵니다.

그날은 만사 제쳐놓고 현충원에 계신 부모님을 뵈러 갑니다.

제 아버지는 군인으로 6·25 때 전사하셨습니다.

어머니는 간호장교로 복무하셨는데 전쟁 때 다치신 뒤, 전쟁이 끝나고 돌아가셨습니다.

아버지가 돌아가셨을 때 저는 갓난쟁이였고, 어머님이 돌아가실 때 저는 꼬맹이였습니다. 8살에 고아가 된 저는 부모님 사랑이 무척 그립고 간절했어요.

보훈 자녀가 되어 경제적으로는 나라의 보살핌을 받았지만, 사람의 정이 그리웠어요.

항상 외로움에 사무친 저에게 좋은 이웃, 좋은 가족이 생겼습니다. 저랑 같은 가수를 응원하는 분들이 모여 친구가 되어주고 이웃이 되어 주시니까요.

저는 서산의 어느 산기슭 작은 집에서 살고 있습니다.

딸들은 도시에 살고 저희 부부만 시골에 내려와 전원생활을 하지요.

봄이 되면 씨앗을 뿌리고 채소 모종을 심습니다. 고사리를 꺾어 말리고, 산에서 나는 온갖 산야초들을 꺾어 와서 장아찌를 담급니다. 고추도 매년 500포기 이상 심습니다.

제 집은 온통 보라로 꾸몄고, 등산객들에게 커피 봉사를 하고 있어요. 산을 오르내리는 산객들에게 향 좋은 커피를 내려 드리고 약수도 드린답니다. 제게 왜 이런 봉사를 하느냐고 묻는 분들에게 이렇게 말하지요.

"항상 외롭던 내 마음에 사랑을 준 사람 때문이에요."

"어머, 그 사랑을 주신 분 대단하시네요?"

"그럼요. 어마어마한 분이지요."

"누구신데요? 궁금해요"

"별님이라고 아세요?"

"별님이 누구신데요? 하늘에서 반짝이는?"

저는 오늘도 내일도 모레도 커피를 내리고 보라색 꽃을 피웁니다.
이곳에 오셔서 커피와 차와 쉼을 드세요. 모든 것은 공짜입니다.

별사이

-전금희

별중의 별 호중별 가장 크고 가장 높이 떠 가장 멀리 찬란하게
온 세상을 비추어라.

사랑과 믿음으로 맺어진 반짝반짝 빛나는 별들의 무리

이 세상을 호중 별님과 함께 많은 식구들의 합창 소리가 전 세
계 행복의 나래를 펴고 멀리멀리 퍼져나가리

다독임

-전복순

하늘 아래, 땅 위에 여러 호칭으로 살아도 나는 나다.

인생의 늦가을쯤인 내 나이와 가을이라는 계절의 정취가 절묘하게 어우러져 마음 밭에 지각 변동이 일어났다.

가을은 염세주의에 빠져서 하찮은 일에도 슬픈 감정을 이입시켜 눈물짓던 소녀 시절을 소환하는 마법이 있다. 갈바람에 흔들리는 은빛 억새는 내 머리카락이고, 곡예 하듯 떨어지는 슬픈 나뭇잎은 내 청춘이 내동댕이쳐진 모습이다.

그 시절, 즐겨 듣고 부르던 노래가 뛰쳐나오고, 친구가 손짓하고, 고향의 정다운 산과 들이 그립다.

추억을 말할 수 있는 건, 그 시절이 아름답기 때문이리라.

현재 내 이름을 잊고 엄마, 아내, 며느리, 딸, 할머니로 살아가는 내면을 들여다보니 억울하다고 아우성친다. 정말이냐고 되물어도 대답은 똑같다.

"내 이름이 없으니 내가 없어서 억울하다"고 한다.

자식들의 엄마여서 행복했고, 남편의 아내여서 감사했다는 것은, 남들 앞에서 잘살고 있다고 교묘하게 포장했었나 보다. 스스로 그렇게 세뇌시키며 사십여 년을 살아왔기에 행복한 엄마, 감사한 아내라고 자처했다.

그 아우성을 외면하고 싶지 않았다. 이 가을이 가기 전에 내 감정에 솔직하고 싶었다.

'독립적인 인간, 나의 거짓 없는 날것인 마음은 무엇인가!'

'보물 같고 애물단지 같은 자식들이 태어나고, 손자 손녀가 세상에서 가장 예쁜 사람 꽃으로 안기운 감격은 진심이었는데!'

'그동안 살아온 날들이 모두 내가 없고 위선인 것만은 아니었는데!'

진심도 많았다는 소리가 들렸다. 다양한 감정이 뒤섞여 혼란스러웠다.

내 의무와 책임을 요구하는 집을 벗어나 관조해 보기로 했다.

불화가 있어서 집을 나온 것은 가출이지만, 자아를 찾기 위해서 방편을 쓴 것이니 여행이었다.

시내를 벗어난 차창 너머의 가을 풍경은 자연이 빚은 최고의 작품이었다.

오염된 기후의 방해에도 기특하게 곡식과 과일은 튼실했다.

선선하게 나부끼는 바람에 아내 호칭을 날려버렸다.

엄마, 며느리, 딸, 등 내 이름을 잊게 한 호칭들을 멀리멀리 날려버렸다. 무거운 돌덩이처럼 안고 살아왔던 삶의 무게가 쑤우욱 빠져나가자, 몸과 마음이 날아갈 것 같았다.

홀가분함에 '폴짝폴짝' 제자리 뛰기를 해 보았다. 그런데 홀가분한 마음은 한나절이 지나자, 이상하게 변질되었다. 나를 감싸고

있던 많은 호칭을 떼어버리자, 지탱하고 있던 지지대가 무너지는 허탈감이 엄습했다.

마음을 다잡고 '아니야, 이제 나를 위해서 이기적으로 살아야 해', '내 이름 전복순을 이번 기회에 꼭 되찾을 거야' 하고 두 주먹에 힘을 주었다.

가장 절박한 순간에는 이 나이에도 둥지를 찾듯 친정어머니가 생각난다. 구순의 연세에도 건강하신 어머니께 전화를 했다.

"어머니는 배고픔과 시집살이 서러움을 어떻게 견디셨어요?"

나의 갑작스런 질문에 잠시 시간이 멈췄다.

"요즘 것들은 자기주장만 해서 문제야. 잘난 사람만 많아서 세상이 너무 시끄러워. 축대를 쌓을 땐 큰 돌만 쌓으면 그냥 무너져. 큰 돌을 쬐깐(작은) 돌이 받쳐줘야 움직이지 않아서 오래 버틸 수 있는 거야. 큰 돌이 날뛸 때 나는 쬐깐(작은) 돌이 되어 조용히 따독(다독임)거렸단다."

나는 그 자리에 우두커니가 되었다. 천둥 벼락을 맞은 것도 아닌데 꼼짝할 수가 없었다. 까막눈인 어머니의 말씀이 그 어떤 선지자가 하는 말보다 큰 울림이 되어 나를 무섭게 내리쳤다.

'내 이름은 호칭 때문에 잊혀진 게 아니라 삶의 명분이었구나.'

어머니께서 날뛰던 나를 다독이셨다. '지난날 살아왔던 것처럼 앞날도 그렇게 살아가면 되는 거야. 쓰담 쓰담.'

고개를 드니 곱게 물든 단풍물이 뜨겁게 손등 위로 떨어졌다.

집으로 돌아오는 길에 치과 치료를 하는 남편을 위해 다진 쇠고기뭇국 재료와 부드러운 두부조림 재료를 사 왔다.

10

호중 사랑 同行

-정정자

한번도 만난 적 없어도 우린 압니다.
노래하는 사람 김호중을 응원하는 그 마음을

온라인에서 만난 인연으로 영천에서 만납시다.
함께 얼굴 보며 밥 한번 먹자는 그 마음을

마늘종을 빼다가 달려와 김치를 담궜답니다.
생선회를 썰다가 멍게를 땄답니다.
복지관 급식봉사 뒤에 잡채꺼리를 볶았답니다.
어르신 인터뷰를 하다가 가리비를 건졌답니다.

봄바람이 살랑대는 5월 10일, 영천 신녕 새터
'호중 사랑 同行'
전국에서 달려온 사람들이 반갑게 손을 잡았습니다.

"형부!"라고 불러주는 호칭에
남편은 입이 귀에 걸려 "허허허~~"
"언니!"라고 불러주는 호칭에
나도 너무 좋아 "호호호~~"

보라 혈통의 우리들은 모두가 보라보라하고
화기애애 룰루랄라 신났습니다.
풍성한 식탁에 웃음이 넘쳤습니다.

모두모두 반갑고 감사합니다.
오래오래 건강하고 사랑하며 살아갑시다.

변화

-정영숙

먼 훗날인 줄만 알았던 늙은 어른이
어느 새 머리에 흰서리가 내리고

수분 빠진 손등은
서글픔으로 다가오지만

마음만은 거슬러
청춘으로 돌아간다.

너의 노래로 하루를 열고
그리움으로 그림도 그려보고
기다림으로
이렇게 시를 써 보는 용기도 내 본다.

시간은 흐르고
나의 나머지 시간도

보랏빛으로 물들여
이 세상 끝까지
우리 함께 하자고
너의 두 손을 꼬옥 잡는다.

제7장
엄마 생각

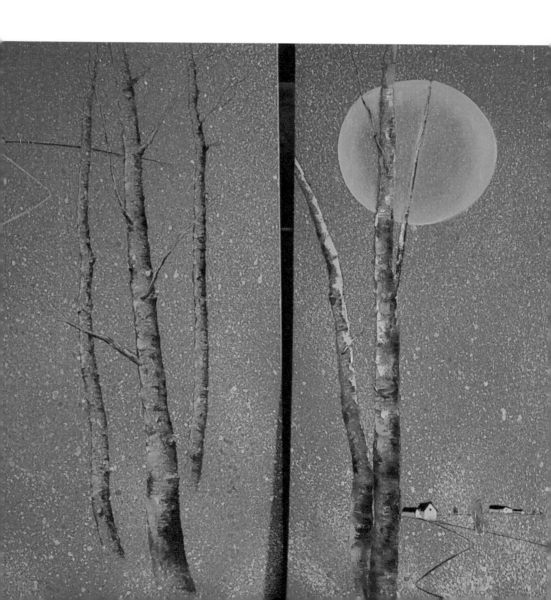

엄마 생각

-정은

오늘 문득 그 옛날 어린 시절 생각이 납니다.

엄마는 제 생일날 떡이 먹고 싶다고 했더니 농번기로 바쁜 상황에서도 아침 일찍 방앗간에 가서 쌀을 빻아 와서 떡을 해주셨던 기억이 납니다.

제가 초등학교 다닐 때는 음력으로 생일상을 차려 주셨는데, 지금은 기억하기 좋게 양력으로 생일을 챙겨 먹지요.

그때 그 떡 맛은 아직도 잊을 수가 없습니다. 아마 그때 절편과 송편을 해주셨던 걸로 기억이 납니다. 제가 송편과 절편을 제일 좋아하거든요. 엄마는 제가 제일 좋아하는 떡까지도 기억하셨던 것 같아요.

울 엄마는 지독히 고생을 많이 하셨어요. 제가 5살 때 아버지가 일찍 돌아가셔서 홀로 6남매를 키우기 위해서는 새벽부터 논으로 밭으로 나가서 일을 하셨죠. 지금 생각하면 참 억척스럽게 사신 것 같아요.

왜 그리도 허리띠를 졸라매시고 힘들게 일했을까?

지금에 와서 생각해 보니 가슴이 넘 아픕니다. 우리 6남매를 키우기 위해 당신 전부를 희생하신 것 같아요. 그런 엄마 한 분을 모시는 자식들이 없어서 노년에 혼자서 자식들을 그리워하며 쓸쓸히 사시다 하늘나라로 가셨지요.

제가 나이가 먹고 엄마가 되고 보니 내 손으로 생일상을 차려 먹는다는 게 쉽지 않네요.

지금은 시장만 가면 다 살 수 있고, 전화 한 통이면 얼마든지 쉽게 배달해 먹을 수 있는 편리한 시대가 되었어요. 지금은 엄마 대신 신랑이 내 생일을 기억하고 챙겨 줍니다.

올해 생일은 엄마를 더 생각나게 하고, 그립기도 하고, 보고 싶게 합니다. 올해 생일은 신랑이랑 피자 한 판을 사서 먹었습니다.

그 옛날 어린 딸에게 생일 떡을 해주시던 엄마는 안 계시지만, 내 곁에서 함께해 주는 신랑이 엄마 대신 매번 챙겨줘서 늘 감사하고 고맙습니다.

2
산책길에서의 상념

-조경순

선선한 가을 공기가 살갗에 닿는 느낌이 상쾌하다. 여름 동안 끈적거리고 후줄근하게 했던 땀을 잊어버리고 싶을 만큼, 가을은 이젠 살겠다고 소리치고 싶은 계절이다.

주홍색 메꽃이 점멸등처럼 풀숲에 감겨있다. 손톱만한 꽃이 앙증맞게 어서 오라고 반기는 듯해 기분 좋은 아침을 맞게 한다.

산책길은 많은 언어를 내포한 듯 걸음걸음마다 상념에 젖게 한다. 나이 든 이들의 발걸음도, 젊은이들의 활기차고 씩씩한 발걸음도, 자전거 도로 위를 패기 넘치게 달리는 사람들도, 산책길의 풍경은 정겹기도 하고 생동감이 넘친다. 사는 동안 생기있게 살아가길 소원하고 희망하는 발걸음들인 것 같다.

지나가는 이들마다 옷매무새도, 걸음걸이도 특색이 다양하고 다르다. 더러 자기가 좋아하는 노래를 크게 틀고 다니는 사람들이 곁을 지나친다. 그들은 흥겹기도 하고 만족스럽기도 하겠다 싶다. 내가 애정하는 사람의 노래가 아님을 참으로 다행스럽게 생각한다.

그의 노래는 방뇨하듯 길에 흩뿌리는 노래가 아니다. 조용하고 편안한 자리에서 품격있게 들어야 하기 때문이다. 결손 가정에서 자라서 상처로 얼룩졌던 그의 삶이었지만, 자신을 무대에 올리기까지 인고의 세월을 견디고 다져서 실력 있는 가수로 대중들에게 자리매김하고 있으니 단순한 연민이 아니고 진정 그의 성공을 바라는 마음이다.

봄을 노래한다면 벚꽃만한 게 있으랴.

르누아르의 파스텔화처럼 온화하고 따스한 풍경이 봄으로의 향연에 빠져들게 하던 벚나무. 여름내 열정을 다해 살았노라고 붉은 단풍으로 거리를 환하게 밝히더니 지면에 떨어진 잎마저도 흩뿌린 꽃잎 같다. 산화하기 전까지 자신의 역할을 다한다는 듯 오가는 사람들의 발길을 멈추게 한다.

이슬 맞은 풀숲은 고요하다. 스러져 가는 풀잎들과 함께 살아 움직이는 것들은 동면하기 위해 둥지를 틀었거나 또 다른 삶을 기약하고 내년에 돌아올 모양이다.

떼 지어 날아다니는 참새들이 자기들의 존재를 알아 달라는 듯 재잘거린다. 함께라서 더 즐거운 저들의 움직임, 낱알 하나도 작은 곤충 한 마리도 서로에게 권하는 나눔을 실천하겠지.

내 얼굴에 책임을 지라 했던가? 내 몸의 책임 또한 나의 몫이리라.

오랜 세월 두통으로 인해 생긴 표정 주름이 아픔을 견딘 흔적으로 남았고, 머리부터 발끝까지 부실한 몸을 가지고 사는 나는 안간힘을 쓰고 있다.

내 몸을 추스르고 위로한다는 구실의 방편으로 하는 산책은 하루의 시작이자 일상이 되었다. 그러나 부실한 몸은 여전하고 노화가 되어 녹슨 내 몸이 나아지길 바란다는 것이 욕심일까 싶다. 생각들이 초 단위로 지움을 당하는 망각은 더해지고, 뜨거운 가슴은 식어 젊은 날의 열정과 꿈은 어디로 갔는지 말초에 느껴지는 가벼운 즐거움을 좋아하고, 신경을 보호하는 본능은 무겁고 복잡한 것을 회피하며 편안함을 찾아 변명하며 사는 나를 보게 된다.

안일함에 안주한 내 일상에 변화를 갈구하고 보람과 성취감을 느끼며 멋지게 살고 싶다. 채워지지 않는 목마름이 있기 때문이다. 하지만 게으름과 용기 없음은 헛된 망상으로 매번 똑같은 삶을 살고 있다.

한때 의욕을 가지고 일을 하며 살았던 적이 있었지만, IMF의 위기를 맞고 나라의 경제 상황이 우리의 존재를 지키기 위한 힘겨루기에 도움이 되질 않았다. 내 능력과 한계치를 넘는 힘겨운 삶이 되고 말았다.

삶의 무게가 너무 버거워 맘과 몸이 다 아팠었다. 사는 동안 겪어야 했던 갈등과 상처들, 그리고 상실감을 어찌 잊을 수 있으랴. 그 모든 일들이 박히고 얽혀서 갈피마다 주름진 삶이 되었다. 그때의 삶들을 거울 속에 비친 내 모습은 말해 주고 있는 것 같다.

여지껏 만족스럽게 산 것은 아니지만 그렇다고 잘못 살아온 것도 아니다.

나의 가족들 그리고 지인들이 나에게 주는 사랑과 관심 배려 모든 것은 나의 안녕을 빌어주는 것이리라. 그들이 전해주는 고마움이 나를 기쁘게 하고 내 맘을 춤추게 하니 그들과 함께한 시간이 소중하고 감사하다.

비와 바람을 견디며 순응하는 자연처럼, 알 수 없는 미래의 내 인생도 나는 견디며 잘 살아가리라. 저물녘에 피어있는 분꽃에서 향기가 나듯 나의 삶도 향기가 나는 삶이 되었으면 좋겠다.

마주하는 눈길과 건네는 말 한마디에도 웃음을 나눔 하는 편안함을 주고 싶다. 산책을 마치고 집으로 오면 안도감과 함께 즐거움으로 충만하다.

내일의 산책에도 이런 상념은 계속될 것을 나는 안다.

❸
뉴욕 할매의 한국 여행기

뉴욕에 살다가 한국에 잠시 다니러 왔습니다.

딸이 출산을 했는데 엄마가 너무나 보고 싶다는 말을 듣고 가만히 있을 수가 없었기 때문이지요. 저도 딸을 낳았을 때 어머니가 그리웠었답니다. 그 마음을 잘 아니까요.

한국에 나왔는데 코로나19가 시작되었지 뭡니까? 처음에는 두어 달 딸네 집에 머물다가 남편이 있는 뉴욕으로 돌아가려 했는데, 모든 하늘 길이 닫히고 손녀를 돌봐야 했고, 저도 한국에 발이 묶였습니다.

《우리가》라는 영화를 보러 간 동래 영화관에서 한 아리스를 만났습니다. 이분은 막 은퇴하신 분으로 전국 여행이 꿈이었는데 코로나19로 막혀있다고 안타까워하셨습니다. 그러면 "우리 둘이 같이 여행 가자"고 제안했습니다. 처음 만난 사이였지만 서로의 눈빛으로 우리는 선함을 알아보았다고나 할까요?

부산을 출발, 남해에서 브릿지 투어를 시작했지요. 여수, 목포,

신안, 보라섬, 새만금에 닿았을 땐 제가 울어버렸어요. 처음 보는 새만금, 한국의 발전상과 섬세함을 눈으로 확인하였습니다. 거기서 다시 진안 마이산, 지리산 노고단, 반달골, 피아골, 밤재고개 등 처음 보는 지리산은 참으로 아름다웠어요.

우리의 첫 5박 6일 동안 한국 여행은 너무나 즐겁고 유쾌했습니다. 다시 대구의 사진전에 갔다가 번개로 아레나 호텔에서 1박 하고, 김천예고 들러서 보고, 충북 사진전에 가려고 하다 취소돼 전남 담양에서 1박 2일, 다시 남해 상주를 여행하고, 3박 4일간 동해안 통일전망대, 양구, 평화의 댐, 말로만 듣던 곳을 구석구석 찾아다녔습니다.

철원에 가는 날은 부산에서 밤새 달려 다음 날 새벽 5시에 도착해 가장 좋은 자리에 주차했습니다. 스타렉스 외관에 김호중 가수의 사진과 응원하는 플래카드를 걸고 잠시 눈을 붙이니, 많은 분들이 사진을 찍고 함께 즐겨 주셨어요.

다음날 철원 여행을 시작했어요. 가는 곳마다 만나는 아리스들이 모두 친절하고 다정하고 인정이 많았습니다.

제가 뉴욕에서 오래 살다가 한국에 나와서 처음엔 살짝 낯설었지만, 정말 많은 경험을 했습니다. 혼자서는 도저히 할 수 없는 여행을 동행이 있어 즐거웠습니다. 우리네 삶은 함께해야 즐겁고 유쾌한 법입니다.

화자 언니는 다리에 깁스를 하고도 이번 여행 내내 동참해 주셨습니다.

철원 공연이 끝나고 다음 주에, 서울 올림픽 경기장에서 콘서트
가 열렸습니다. 거기서도 젤 앞자리의 주차장을 잡아서 플래카드
와 사진을 걸고 가수에 대한 애정을 과시했습니다.

그리고 왕언니를 만나 솔다방에 가서 그 유명한 쌍화차도 마셨
습니다. 가는 곳마다 아리스들을 만나 행복한 시간을 보냈지요.

부산공연에서 만난 79세의 아리스 언니와는 밤에 출발해서 금
욜 새벽 3시에 호텔에 도착했지만, 피곤한 줄도 몰랐지요. 사진전

을 보고 서울 단톡방에 부탁해 현장 구매를 했고, 2일 차와 3일 차 단독콘서트를 볼 수 있어 완전 좋았어요.

저는 머잖아 뉴욕으로 돌아가야 합니다. 남편이 애타게 저를 기다리고 있습니다. 그런데 손녀가 이 할미를 놔 주지 않네요. 어린이집에 가는 손녀를 돌봐주는 일을 멈출 수가 없답니다. 코로나로 힘든 사항이 되었어도 한 가수로 인해 수많은 사람들을 만나 식구가 되어 보내는 저의 나날이 즐겁고 유쾌합니다.

고국의 땅 여기저기를 둘러보며 느낀 소감은 제 안에 고이 쌓아 두었습니다. 산천의 풍경은 제 눈에 담았습니다. 뉴욕으로 돌아가면 고국이 그립고 고향 생각에 눈물겨울 테지요.

그런 날, 맨해튼 거리를 거닐며 제가 한국에서 보낸 날들과 풍경들을 꺼내 보려 합니다.

애틋함과 사랑 가득한 한국에서의 나날을 그리워하면서요.

4

별을 만나 책가방을 메다

-조종순

아~~ 중아!

보라에 스며들다 여학생이 됐네.

중아~ 너는 어찌하여 내게로 왔노?

2020년 12월 어느 날 아침, 일어설 수도, 걸을 수도 없었다. 자식들은 직장에 가고 혼자 걸어서 병원을 가려는데 한 발짝도 뗄 수 없었다. 차디찬 길바닥에 얼굴을 가리고 네 번이나 쓰러졌다.

병원에 입원해 침대에서 내려오기조차 힘든데 병실 사람들이 어디론가 우르르 몰려갔다. 겨우 일어나 벽을 짚고 따라가 보니 대형 TV 속에서 노래를 부르고 있었다.

그 순간, 십수 년의 세월을 건너 어떤 아이가 내 가슴에 와락 안겼다. 단박에 알아봤다. 아~~ 그 아이구나! 나는 《스타킹》이란 프로그램에서 중학생이던 그 성악 지망생을, 고등학생이던 그 성악 꿈나무를 만났었다. 이제 청년이 되어 트로트를 부르는 그 아이와 재회하게 된 것이다.

심장이 덜컹 내려앉고 온몸에 전율이 왔다. 마치 내가 무대에서 그 아이가 되어 노래를 부르는 느낌이었다. '왜, 저 아이에게 이토록 끌리게 되는 것일까? 도대체 무엇 때문일까?'

나는 이미 알았다. 그 눈빛! '아~ 저 아이가 나 자신이구나!'

우연히 한 유튜브를 알게 되어 종종 시청하다가 팬이 되었다. 같이 팬질을 하면서 서로가 언니 동생으로 부르게 되었고, 서로의 사연을 나누고 친하게 되었다.

'내가 김호중 가수를 이렇게 사랑하고 좋아하는데 부르는 노래의 가사는 알아들어야지!'

공부를 하고 싶었다. 김호중 가수가 부르는 〈마이웨이〉의 가사는 외우고 쓸 정도는 되고 싶었다. 후회가 물밀듯이 밀려왔다. 그때 떼를 쓰고 부모님을 졸라야 했었다.

전남 곡성 태평마을 조부잣집 딸은 공부(진학)를 못했다. 지엄하신 부친은, 딸자식은 한글만 깨치면 된다는 지론이었다. 그게 평생의 한이 되었지만, 혼인하고 자식 낳아 기르고 생업에 종사하면서 공부할 엄두를 내지 못하고 나이만 먹은 할미가 되었다.

2021년 8월, 마음먹자마자 학원에 등록했다.

생각은 꿀떡인데 기억력은 완전 돌떡이었다. 공부를 시작할 때는 들뜨고 행복하더니, 선생님 말씀은 오른쪽 귀에 들어오자마자 왼쪽 귀로 삼십육계 줄행랑을 치는 것이었다. 마치 봄바람 부는 날 시냇물 흘러가듯이. 한여름 소나기 내린 날 물줄기 흘러가듯이, 내 머릿속에 머물지 않고 제멋대로 달아났다.

　그러거나 말거나… 기죽고 그만둘 내가 아닌 게지. 손녀를 학교 데려다주고 지하철을 타고 씩씩하게 학원으로 행차했다. 딸네 집에 돌아오면 집안일과 손녀를 돌보고 내 몫의 일을 마무리한 뒤 책상에 앉으면 '까마귀 괴기를 먹었나?' 완전 먹통이 되었다.

　어떤 날은 너무 힘들고 따라주지 않는 머리와 체력에 한계를 느끼며 울기도 했다. 공부에도 때가 있는 법인 게지. 그렇지만 옆에서 지켜보는 손녀에게 부끄럽지 않도록 꼭 해내야지. 이것도 자녀

교육의 일부가 아니겠는가 말이다. 할미를 따라 손녀도 이미 가수에게 빠져들었다.

"수빈아, 호중이 삼촌은 (약간 보태서) 노래 한 곡을 백 번쯤 연습한대. 할미가 영어 단어를 30번쯤 외워서 안 되면 백 번을 외워보지 뭐~"

옆에서 9살 수빈이는 "할머니, 비싼 머리를 사 오세요!"라며 응원해 주었다. 그런 게 있으면 내가 쌈짓돈을 털어서라도 진작 사왔지!

의외로 수학은 재미있었다. 새벽 4시가 되어도 언제 시간이 지난 줄 모르게 수학 문제를 풀고 있는 내가 보였다. 문제는 영어단어가 도대체 암기가 안 되는 것이었다. 왜 젊어서 공부를 안 하고 이 나이에 이 고생이냐? 혼자서 우울해하면 손녀가 다가와서 안아준다. "할머니 울지 마세요. 내가 부지런히 배워서 다 가르쳐 드릴게요." 손녀를 부둥켜안으면 눈물샘이 터졌다.

이렇게 시간이 가고 해가 바뀌었다.

2022년 4월, 드디어 중졸 검정고시를 좋은 성적으로 합격했다.

고등학교 과정은 좀 여유있게 천천히 하고 싶었는데 학원에서 연락이 왔다. 8월에 치는 고검을 준비하라고. 5월에 개강한다고 재촉하는 바람에 얼떨결에 등록했다.

그 와중에 딸이 이사를 했다.

나는 현재 딸 집 무수리 7년째다. "딸아, 제발 해고해 주라!"고 빌고 빌어도 해고는커녕 "엄마 하시고자 하는 일 전폭적으로 지지

해 드릴 테니, 우리 수빈이만 잘 키워 줘요."라고 한다.

'에나, 곶감아! 말은 그렇게 하면서 학원에서 머나먼 곳으로 이사는 왜 하노?' 학원이 너무나 멀어졌다. 오가는데 2시간 반을 뺏기고 체력도 딸렸다.

7월엔 한 달 동안 거의 점심을 못 먹었다. 학원 마치고 집에 오면 지쳐서 밥이 안 넘어갔다. 그렇다고 집안일이 저절로 해결되는 것도 아니다. 날마다 빨래며 청소며 살림은 밀렸고, 수빈이는 할머니를 필요로 했다. 그렇다고 딸의 입장에서 보면 꼭 해야 할 공부도 아닌데 저렇게 악착같이 매달리는 엄마가 조금은 안쓰러웠을 테지.

어느 날 손녀가 "할머니 나 영어 발표해야 하는데 틀리지 않는지 봐주세요." 하는데 그 영어 단어들이 죄다 눈에 들어와 깜놀깜놀~~~

2022년 8월 11일, 고등검정고시 치는 날.

비가 장대같이 쏟아졌다.

전날, 강남에 물폭탄이 쏟아져 엘리베이터가 멈춰버렸다. 걷는 데는 자신 있었는데 웬걸! 17층 계단을 다 내려오니 다리가 후들거려서 지하철역까지 갈 수가 없었다. 택시를 타고 고사장에 가니 1등으로 도착, 아무도 없었다. 버스정류장에 빗물을 훔치고 앉았다.

'김호중은 경연에 나갈 때 마음이 어땠을까?'

폭우 때문에 고사장 입실이 사전에 허락되어 다행이었다. 고사장에 들어가서 차분히 마음을 가라앉히고 시험지를 기다렸다.

며칠 뒤에, 고졸 검정고시 합격증을 받으러 간다.

이제는 김호중이 부르는 노래의 영어 가사를 다 알아들을 만치 귀가 열렸다. 기쁘고 행복하다.

나의 학업 과정을 아는 사람들은 내친김에 대학 과정까지 공부하라고 채근한다. 생각 중이다.

그 전에 컴퓨터를 먼저 배우려 한다. 컴퓨터를 통해 정보 검색법을 익히고 SNS도 하고 싶다.

나는 가수 김호중을 통하여 새로운 인생을 살게 되었다. 칠십이 다 되어가는 늙은이가 중졸, 고졸 검정고시를 준비하고 공부하여 합격했다. 컴퓨터를 배울 것이고 더 많은 공부를 할 것이다.

한 사람이 내 인생에 너무나도 큰 변화를 주었다. 그는 나에게 있어 큰 스승이다.

인생에 있어 언제가 황금기일까? 내 나이 69세, 두 달 뒤엔 70살이 된다. 짧지 않은 인생, 나만을 위한 최고의 순간을 맞았다. 거리를 지나면 영어 간판을 읽는다. 어려운 낱말도 사전을 찾아보고 이해한다.

두려울 게 없다. 허리는 삐끗하여 조금은 힘들지만 대수랴? 허리를 곧 좋아질 것이고, 나는 채 2년이 되기 전에 국졸에서 고졸로 달려온 대단한 할미가 아니냐?

5
용감한 부산 아지매

-최남필

저는 배우는 것을 좋아하는 사람입니다.

젊어서는 먹고 사는데 바빴고, 아이들 키운다고 정신없는 세월을 보냈습니다.

자식들을 모두 출가시키고 나니까, 제 시간이 오롯이 남더라구요. 그런 것을 빈둥지증후군이라 한다고 들었습니다. 텅 빈 집에 혼자 남아 하루 종일 TV를 보거나 먹고 자는 것으로 보내는 것은 무위도식하는 것 같아서 배움의 길로 나섰습니다.

구청에서 여는 문화센터에도 배울 것이 참 많았습니다.

붓글씨와 사물놀이를 배웠고, 사주 명리학과 노래 교실에서 신나게 노래를 불렀습니다.

시 낭송과 동화구연도 해 봤고, 사진과 기타 교실에도 참여했습니다. 이 모든 것을 한꺼번에 한 것은 아니고 해마다 다른 배움을 찾았습니다. 아마도 배움에 대한 한이 쌓여서 자꾸자꾸 새로운 수업에 목이 말랐나 봅니다.

　같이 공부하던 학생들과 모임을 만들고 봉사활동에도 참여했습니다. 보육원과 장애인 시설에 가서 빨래도 거들고 청소도 도왔습니다. 저는 매번 진심으로 열심히 공부하고 참여했습니다.

　우리 인생은 그렇게 길지 않으니까요. 남아있는 제 생의 나날을 알차고 보람있게 보내고 싶어요.

　저는 요즘 노래 교실에 열심입니다. 2년 동안 코로나19 땜에 못했던 것들을 적극적으로 참여하고 싶어요. 모르잖아요. 우리 사는 세상에 언제 또다시 바이러스가 나타나 우리를 꼼짝달싹 못 하게 가둘지요.

저는 오늘도 가방을 챙겨 씩씩하게 복지관으로 갑니다. 집에서 3킬로쯤 되는 거리를 왕복하여 걸으면 하루 운동량도 채우게 된답니다.

노년에 맞이하는 여유로움과 배움, 그리고 건강을 위한 걷기를 통해 기쁨과 보람을 찾습니다.

행복 찾기

-최순자

삶의 길목을 정신없이 걷다가 저 너머 행복이 있다길래
무슨 색깔일까 하고
찾아 헤맸다.

산 넘고 물 건너
바쁘게 살아온 발걸음
색깔을 제대로 찾을 틈도 없이 아이엠에프를 맞아

그동안 이룬 삶의 행적
도랑물로
바닷물로
다 떠내려 보내고
사경을 헤맸다.

어느 날
김호중이란 가수를 만나서

노랫말에
음성에 녹아들었다.

이제
기쁨과 웃음의 색깔을 찾아 작은 행복을 모아 모아서
큰 행복으로 만들어 간다.

날마다 노랠 들으면 귀가 틔고
매 순간 노랫말에 마음을 적시고
위로받으며 살아간다.

이제 욕심은 모두 버리고
행복의 색깔을 찾았다.
고맙소!
감사하오!

내 가슴 가득 번지는 사랑의 색깔

호중 소리길

-크리스티나

청운의 꿈을 품고
누볐던 좁은 골목
밤송이머리 휘날리며
목청 높여 불렀던 노래
그가 이제는 큰 별 되어
골목길을 꽉 채운다.

온통 그의 모습이
그득 들어찬 골목에
보라 물결 일렁인다.
갖가지 포즈로 맞아준 별님
그 옆에 나도 살짝
그가 싱긋 웃어준다.

우리 한 식구잖아요.
받아 주는 별님

식구가 많아

더 이상은 외롭지 않아

별님 인생길엔

이제 행복만 가득하다.

별사이

-피아노

별 : 별님에 대한 사랑이 넘쳐흘러

사 : 사람들에게 열변을 토하니 고개를 저으며

이 : 이 사람 병원 가야 되겠구만~ 그래도 나는 행복한 칠푼이~

그대에게 전하는 봄빛 편지

-한송희

여보!

빌라 앞 흙밭에 수선화가 꽃대를 내밀었어요. 매화가 화사한 웃음을 길어 올린 지는 한참 되었고요. 목련도 솜털 보시시한 꽃망울을 펴네요.

햇살은 얼마나 부드러운지요. 온 세상을 어루만지는 따뜻한 손길을 받아 온갖 식물들이 새순을 틔우고 있답니다.

봄이 되니 당신 생각이 더욱 간절합니다.

4월 12일은 결혼기념일이라 휴가를 길게 내어 전국 곳곳을 여행하는 것을 즐기던 당신.

봄볕을 받아 얼굴은 새까매져도 먼 바다 수평선을 응시하며 삶의 나날을 헤아리던 당신.

번잡한 도시를 벗어나 시골살이에 푹 빠져 행복해하던 당신.

당신이 애정하던 텃밭에 머위가 올라오고, 냉이는 꽃을 피우고, 쑥이며 달래는 노래를 댕겨도, 당신은 안 계십니다. 그 어디에서도 찾을 수가 없습니다.

남녘 먼 바닷가에 사는 아우가 멍게를 보냈습다.

멍게 주둥이를 잘라 껍질을 까니 갯내가 확 풍깁니다.

향긋하고 쌉싸름하고 간간 짭조름한 멍게 향에 취해 당신 생각을 합니다.

싱싱한 해산물을 유난히 좋아하셨지요?

텃밭에서 키운 푸성귀와 함께 비빈 멍게비빔밥을 저 혼자 먹습니다.

예전에는 둘이 먹었는데 지금은 저만 밥상에 앉아 먼 길 떠나신 당신을 생각합니다.

꿈에라도 한번 들러주시지!

야속하고 무정한 당신이지만 여전히 그리워합니다.

여보!

저의 가평 생활도 벌써 3년 6개월이 넘었습니다.

나이가 들수록 병원이 가까운 곳, 은행과 마트가 이웃하고 문화생활을 쉽게 접할 수 있는 도시에서 살기를 원했던 것은 저의 고집이었지요.

당신은 퇴직하면 시골에 가서 텃밭을 일구며 살고 싶다고 노랠 부르셨습니다. 자전거를 타고 이곳저곳을 유람하며 낭만과 서정에 발을 담그며 살고 싶다고 소원하셨습니다.

사실은 캠핑카를 사서 전국을 떠돌다가 마음에 드는 어느 장소에 차를 세우고 해지는 노을빛을 바라보며 소박한 저녁을 차리고 싶어 하셨습니다. 그런데 제가 안 따라나설 줄 알고, 혼자 다니는 것은 싫다며 그 꿈을 포기하셨습니다.

그래도 결국은 가평으로 가겠다는 마지막 희망은 버리지 않았습니다.

"시골에 가서 농사 지을 거냐? 뭐 하고 살 건데?"

저의 비아냥에도 당신은 웃음으로 대답하셨지요.

"공기 맑고 한적한 곳에서 그냥 한량처럼 살다가 가고 싶어."

당신은 소원대로 남이섬과 자라섬 사이, 북한강이 창 너머로 보이는 곳에 작은 셋집을 구하셨지요.

정기적으로 병원에 가는 날과 아이들이 아빠랑 같이 식사하자는 약속의 날만 서울에 오셨고, 저는 매주 금요일이면 당신께 필요한 것들을 챙겨 시장바구니 캐리어를 끌고 가평 집을 향했습니다.

금요일을 손꼽아 기다린다며, 지하철역까지 마중 나와 반기던 당신 모습이 눈에 선합니다.

"나는 금요일이 되면 만남에 설레는데 당신은 어때?"

저의 방문에 참 행복해하던 당신 앞에서 차마 힘든 티를 낼 수도, 귀찮은 발걸음을 거칠게 뗄 수도 없었습니다. 그냥 웃음으로 대신했지요.

고대병원에 검진하러 오는 날이었습니다.

딸들과 횟집에서 식사를 하면서 큰손주를 놀려 준 얘길 하며 즐거워하셨지요. 그 애가 배탈이 나서 회를 못 먹고 장어구이를 시켰는데, 화장실 간 사이에 당신과 손주 둘이랑 맛난 장어를 한 점씩 먹어버려서 큰손주가 씩씩거리며 안타까워했던 사연을 들려주셨고, 가족들과의 만남이 세상에서 가장 행복하다며 봄 햇살처럼 환히 웃던 당신은, 지금 어디 계신가요?

식사가 끝난 뒤 이발을 깨끗이 하고 집으로 돌아오신 당신은 간간이 코를 골며 잠들었습니다.

다음 날, 몸이 찌뿌둥하다며 사우나에 다녀온다는 사람이 인사 한마디 없이 훌쩍 우리 곁을 떠났습니다.

당신을 보내고 저는 날마다 가평을 오갔습니다.

날이 밝자마자 새벽 전철을 탔고 당신이 지내던 셋집 문을 열었습니다.

"여보, 거기 땅콩밭 있었지? 그곳에 편의점이 생겼다!"

"여보, 거기 대추밭 있었지? 그 대추 참 크고 탐스러웠지? 내가 하나만 따 먹고 싶다고 침을 흘렸을 때, 당신이 이렇게 말했잖아. '안 돼. 지나는 사람마다 하나씩 따면 뭐가 남아나겠냐.'"

"그 대추밭도 빈터가 되더니 빌라 두 동이 들어섰어. 그 대추나무들은 모두 어디로 갔을까?"

"여보, 우리 같이 걸으며 냄새 참 좋다고 주고받던 들깨밭에도 빌라 두 동이 생겼어."

혼자서 중얼중얼, 가평 달전마을의 변화를 알렸습니다. 내 얘기에 귀를 쫑긋할 당신은 그 어디에도 안 계셨지만요. 제가 가평읍의 변화를 알려드리는 동안 그 길은 휑하게 변해갔습니다.

여보!

마음이 무너지면 몸도 무너진다고 했던가요?

당신이 떠나신 1년 뒤, 오른쪽 무릎에 인공 치환술을 받았습니다. 두 달 뒤에는 왼쪽 무릎을, 어깨 수술까지 1년 6개월 동안 다섯 번의 수술을 받고 가평으로 내려왔습니다. 당신이 좋아하시던 가평으로요.

별다른 준비 없이 가평으로 내려가겠다는 저를 붙들고 딸애는 울었습니다. 몸이 불편한 엄마를 시골로 보내는 딸의 마음을 알았지만, 당신 손길과 발길이 닿았던 곳으로 가서, 당신이 저를 데려오길 기다리고 싶었어요.

시골 조그마한 방에서의 생활이 시작되었습니다. 몸도 마음도 많이 아팠습니다. 가까웠던 친척과 친구들과도 연락을 끊었습니다.

시장에 가지 못하는 저를 걱정하며 딸들은 교대로 먹거리들을 대문 앞에 배달시켜 주더군요. 걷는 것도 불편했고, 오른쪽 어깨 수술의 후유증으로 왼쪽 손까지 어눌하게 변했거든요.

아는 사람 하나 없는 적막한 곳에서 저의 하루하루는 고통과의 전쟁이었습니다. 장작개비처럼 뻣뻣해진 다리와 위아래, 옆 뒤로 움직여지지 않는 팔과 손가락은 어둠 같은 통증을 데려와 긴 밤 내내 친구 하자고 조르더군요.

어둠이 내리면 점점 조여 오는 통증에 시달려 신음을 토했습니다. 당신이 오셔서 나를 얼른, 계시는 그곳으로 데려가 달라고 빌고 또 빌었습니다.

어느 날, 책 읽는 것도 유튜브 뒤적이는 것도 진력이 나서 TV를 켰지요.

《미스터 트롯》에서 김호중과 장민호가 데스매치 하던 순간이었어요.

"어머! 《스타킹》에 나왔던 노래 잘 부르던 학생이 어른이 되었네? 얼굴과 체형도 변하지 않았네. 성악을 공부하던 학생이 어찌하여 트롯 경연에 나왔을까?"

혼잣말을 하면서 빨려 들어가듯 열중하며 보았습니다. 〈무정부르스〉라는 곡이었는데 노래를 듣다가 저도 모르게 눈물이 주르륵 흘러내렸습니다. 당신을 향하는 저의 마음이 그 노래 가사에 고스란히 담겨 있었습니다. 제 심정을 애절한 음성으로 불러주는 김호중이란 가수가 제 속으로 훅 들어왔습니다.

당신이 그리워서, 당신이 보고파서 울고 또 울었습니다.

"이제는 애원해도 소용없겠지~~"

여보,

아침저녁으로 안부를 묻고는 흐느끼며 전화를 끊는 딸들이 생각났습니다.

워커를 끌고 제방길에 나갔어요. 오늘은 저 다리까지만 걷자, 며칠 후면 두 번째 다리까지. 그렇게 저의 걸음이 시작되었습니다. 걷고 또 걸었습니다. 듣고 또 들었습니다.

김호중이 그리움을 노래할 때면 당신이 못 견디게 그리워서 울고, 슬픔을 노래할 때면 슬퍼서, 기쁨을 행복을 명랑함을 노래할 때면 저 또한 그런 감정에 스며들어 갔습니다. 누군가 나와 같은 감성으로 같은 방향을 바라본다는 사실이 큰 위로가 되더군요.

김호중의 노래에 빠져 듣고 또 들으며 서서히 고통을 잊어 갔습니다.

또한, 가까이서 돌봐 드릴 수 없는 엄마 생각에 날마다 걱정을 쌓는 딸들, 아픈 엄마를 돌보지 못하는 딸들의 가슴앓이가 생각났습니다. 제가 먼저 전화를 걸어 명랑하게 말했습니다.

"엄마는 점점 좋아지고 있어. 운동도 하고 노래도 들어."

"오늘은 다리 교각 다섯 번째를 돌았어. 거뜬해, 곧 다리를 왕복하게 될 거야."

그러는 중에 이웃들이 생겼습니다. 타지에서 온 누군가가 병든 몸으로 운동하는 것을 보고 안쓰럽고 궁금했던 모양입니다. 천주교인들이 기도하러 와 주었고, 추어탕이며 콩국도 나눠주고, 푸성귀도 들고 왔습니다.

가평에 올 때는 내 주변 정리가 필요하다고 생각하고 지금까지의 인연들을 끊어내고 있었는데, 새로운 인연이 생겼습니다. 내 마음대로 끊어지는 세상사가 아님을 새삼 깨닫게 되더군요. 내 생활이 변했습니다. 인연에도 길이 있어, 이어지는 새로운 인연을 거절할 수가 없었습니다.

날마다 김호중의 노래를 들으며 위안을 받았습니다. 자서전을 읽고 CD를 나눠주고 울고 웃으며 아픔을 잊고 다시 희망을 찾게 되었습니다.

팬카페에서 친구와 아우들도 만났습니다. 모두 단절하고 주변 정리를 해 가던 제가 김호중 가수로부터 위안과 평화를 얻었는데, 저도 누군가에게 위로와 힘을 주고, 보탬이 되고 싶다는 의욕이 생겼습니다. 열심히 운동하며 내가 필요한 곳이 어디일까, 이웃에게 위로가 되는 일이 무엇일까, 찾아보게 되었습니다.

여보,

저도 나름대로 사회에서 한몫하던 사람이었잖아요.

국세청에서 받을 수 있는 근로장려금과 노인 일자리에서 나눠 준 과제물과 은행 업무 등…

제가 도울 수 있는 일이 많더군요. 복지관 이용을 어려워하시는 분들에게 한글 교실, 하모니카, 노래 교실, 스마트폰 사용, 건강체조 등 다양한 배움터를 안내하는 일을 시작했습니다.

성당의 기도 모임으로 이끌어 시니어들이 보람된 생활을 할 수 있도록 안내하고 함께하는 이웃들을 위해 열심히 기도했습니다.

가평으로 숨어들어 그냥 세월을 좀 먹던 제가, 김호중 가수를 만나 새 삶을 찾았습니다. 3년 6개월 만에 주민등록도 이전하고 성당 교적도 옮겼습니다.

이젠 정말 가평군민이 되었답니다. 가평군민이 된 걸 환영한다는 편지도 받은걸요. 당신이 저를 가평으로 안내했고, 김호중의 노래로 제가 다시 건강을 되찾았습니다.

당신은 언제 어디서나 저를 보고 계시지요? 누군가에게 필요한 사람, 누군가를 도울 수 있는 사람, 누군가를 위해 무엇인가를 할 수 있는 사람으로 당신이 인정해 주신 덕분입니다. 제 곁에는 없지만, 계시는 곳에서 늘 저를 보며 응원과 격려를 보내주신 덕분입니다.

여보,
얼른 당신 곁으로 가려고 했던 제가 마음이 변했다고 서운해 하지 마세요. 당신이 아무 말 없이 제 곁을 떠나신 걸 이젠 용서해 드릴게요. 제게 남아있는 생, 보람차고 행복하게 쓸게요. 그리고 나중에 당신을 만나면 이렇게 말씀드리고 싶어요.
"건강 되찾고, 이웃을 위해 선한 영향력을 실천하고, 행복하게 지내다 왔어요. 모두 당신 덕분입니다."라고요.

오늘은 복지관에 라인댄스 하러 갑니다.제가 얼마나 유연하게 춤을 추는지 당신께 보여드리고 싶어요. 어쩌면 이미 보셨을지도!
그럼, 우리 다시 만나는 그날까지 내 사랑 안녕~

2023년 4월 꽃그늘 아래에서
당신의 희야 올림

🔟

어느 세월의 뒤안길에서

-홍경옥

젊었던 푸르름을 떨쳐버리고 고운 빛깔로 물들어 가는 잎새들이 아름답습니다.

가을이군요. 몇 해 전 내 마음을 띄워 보냈던 그 가을입니다. 깊어진 단풍이 그리도 아름답고 내게 눈물까지 주기는 당신이 떠난 후 처음이었습니다.

여보!

한 번도 이렇게 불러보지 못했던 당신의 이름을 마음속에서 가만히 불러봅니다. 나의 남편이자 소중하고 귀한 두 아들의 아버지 되는 사람!!

소가 여물을 반추하듯, 지금 나는 당신과 함께한 세월을 되돌아봅니다. 이승의 삶이 한 생이라면 우리가 함께한 반세기의 지나간 시간들은 천생을 지나야 맺어질 수 있다는, 그야말로 천생연분으로 이어져 왔습니다. 앞으로 얼마만큼의 세월이 흘러가게 될까요.

지나간 추억들은 다 아름답다죠?

사실 우리의 삶은 비바람 몰아치고 파도 넘실대는 그런 지난한

사연들은 없었습니다. 오히려 굴곡 없이 단조롭고 무덤덤하고 평온한 시간들이었습니다. 지난 세월 동안의 당신은 선하고 성실한 분이었죠. 나 또한 지금까지도 최선을 다하는 삶을 살고 있습니다.

당신 기억하고 있을까요? 얼마 전 우리가 처음 센터를 찾아오던 날 말이에요. 7월 무더위에 그날은 어찌 그리 비가 많이 오던지. 물어물어 찾아오는 길이 몹시도 낯설고 발조차 빗물에 젖어서 엉망이었죠. 그때부터 지금까지 당신 잘 디디고 있으니 나 또한 감사해요.

동병상련으로 모인 환자 가족들과 쌓였던 응어리들을 털어내고 종사하시는 모든 직원분과 선생님들의 관심과 보살핌 속에서 운영되는 프로그램을 따라, 몰랐던 것들을 배우며 알아가고 경험하면서 지내온 시간들이 당신에게 부디 보석 같은 귀한 경험과 추억이 되길 기도합니다.

얼마 전까지만 해도 구청 옆 공원을 지나 센터로 오는 길목의 단풍나무들이 얼마나 아름다운지. 눈이 부시도록 저리도 곱고 아름답게 느껴지는 마음이 나만 홀로인 것 같아 더욱 안타깝습니다. 지금은 모두 낙엽되어 나목으로 서 있네요.

당신 기억하나요?

그 옛날 푸치니의 오페라 토스카에 나오는 아리아 〈별은 빛나건만〉을 부르고 〈오 솔레미오〉를 열창했던 당신이었는데, 어느 날부터 내가 듣고 있는 라디오에서 나오는 음악조차 소음으로 느끼고 시끄럽다고 꺼버리는 변해버린 당신의 모습, 정말 속상하고 마음 저며 왔습니다.

아내로서 지혜롭지 못해 당신께 미안하고 죄스러울 때가 한두 번이 아니었습니다. 자책하며 새롭게 다짐하지만, 당신이 복용하는 약이 한 알씩 늘어가고 새록새록 전에는 없던 증상들이 하나둘씩 늘어 갈 때마다 정말 힘들고 화도 나고 미칠 것 같다고 표현하면서도 한편으론 감사하고 다행스럽게 여기는 것들로 나 스스로 위안했습니다.

　이론과 상식적으로는 남보다 뒤처지지 않는 '나'라고 자부도 했지만, 당신에게는 많이 부족한 아내였습니다. 하지만 내 육신이 움직일 수 있을 때까지 최선을 다해 노력하려 합니다. 이것이 늘 나의 위안처가 되는 내 업, 나의 카르마니까요. 생의 오고 감을 그 어느 누가 좌우할 수 있을까요.

　당신은 먼저 영원의 길을 떠나가셨지만, 이 세상에 남은 저도 머지않아 그 시간을 맞게 되겠지요. 그때 당신이 저를 마중 나와 주세요. 이생에서 못다 했던 이야기 마저 나누기로 해요.

2022년 어느 가을날
당신의 아내 옥이 올림

별사이 두번째

초판 1쇄 발행 | 2023년 9월 4일
초판 1쇄 발행 | 2023년 9월 14일

글 | 선영대 학우들
그림 | 이명례
펴낸이 | 김용길 (010-9314-6575, 하나은행 204-910021-48804)
펴낸곳 | 작가교실
출판등록 | 제 2018-000061호 (2018. 11. 17)

주소 | 서울시 동작구 양녕로 25라길 36, 103호
전화 | (02) 334-9107
팩스 | (02) 334-9108
이메일 | book365@hanmail.net

인쇄 | 하정문화사

ⓒ 2023, 선영대 학우들
ISBN 979-11-91838-17-6 03810